GATO EM TETO DE ZINCO QUENTE

MELINDA METZ

GATO EM TETO DE ZINCO QUENTE

TRADUÇÃO
Giu Alonso

2ª edição

EDITORA RECORD
RIO DE JANEIRO • SÃO PAULO
2025

CIP-BRASIL. CATALOGAÇÃO NA PUBLICAÇÃO
SINDICATO NACIONAL DOS EDITORES DE LIVROS, RJ

M555g Metz, Melinda
Gato em teto de zinco quente / Melinda Metz ; tradução Giu Alonso. - 2. ed. - Rio de Janeiro : Record, 2025.

Tradução de: Mac on a hot tin roof
ISBN 978-85-01-92351-6

1. Ficção americana. I. Alonso, Giu. II. Título.

25-96315 CDD: 813
CDU: 82-3(73)

Gabriela Faray Ferreira Lopes - Bibliotecária - CRB-7/6643

Título original:
Mac on a Hot Tin Roof

Publicado mediante acordo com Bookcase Literary Agency e Kensington Publishing

Texto revisado segundo o Acordo Ortográfico da Língua Portuguesa de 1990.

Impresso no Brasil

ISBN 978-85-01-92351-6

Para a fabulosa Laura J. Burns, minha coautora e amiga de longa data. Quando uma emergência familiar causou atrasos em *Gato em teto de zinco quente*, foi ela que me socorreu. (Ela tem um quê de MacGyver!) Laura salvou o dia com longas conversas sobre gatos e seus filhotinhos, sobre os motivos pelos quais as pessoas se apaixonam e outros pontos cruciais da trama. Preciso recorrer agora a E.B. White e a Wilbur para expressar a minha gratidão. Basta substituir "Charlotte" por "Laura" na seguinte citação:

"Não é sempre que surge alguém que é uma verdadeira amiga e uma boa escritora. Charlotte era as duas coisas."

CAPÍTULO 1

MacGyver olhou para o rosto de sua humana. Ele sempre sabia quando Jamie fingia dormir, e ela não estava fingindo. Mac achava que ela não dava muita importância para a necessidade de cochilos frequentes, mas ultimamente Jamie andava cochilando ainda mais do que ele. E por ele estaria tudo bem... se ela não tirasse uma soneca na hora do seu café da manhã!

Mac chegou mais perto, tanto que seus bigodes fizeram cócegas nas bochechas de Jamie, então abriu a boca o máximo possível e uivou. Ele reservava seus uivos para verdadeiras emergências, e aquela *era* uma verdadeira emergência. Ele estava de barriga vazia!

Jamie soltou um resmungo mal-humorado e suas pálpebras tremelicaram, mas ela não acordou. Mac deu-lhe um tapinha no nariz com a pata, sem as garras. Ela afastou sua pata, ainda sem despertar. Ele considerou suas opções. Sabia que era *capaz* de acordá-la. Um pequeno arranhão bastaria. Mas Jamie era sua humana, e ele não faria isso com ela. A menos que esse tipo de desrespeito começasse a se tornar um hábito.

Mac pulou da cama. Havia muitos humanos por ali que lhe deviam uma refeição. Na verdade, tinha gente ali que lhe devia uma refeição por dia, para o resto da vida! Quando Mac via um humano com dificuldade para administrar o básico do dia a dia, tinha de interferir. Ele sentia que era seu dever, como ser superior. Mas agora era hora de retribuírem o favor.

Mac decidiu fazer uma visita a Gib. Quando conheceu Gib, soube que ele era um cara solitário. Uma simples fungada já lhe informara isso. Não demorou muito para Mac descobrir quem devia se tornar a companheira de bando de Gib, e agora eles estavam morando juntos. Isso mesmo, Gib tinha uma dívida com Mac. E também tinha sempre sardinhas à mão.

Catioro entrou no quarto e começou a choramingar, olhando para Jamie, que continuava dormindo. Mac podia fazer um desvio e derrubar o pote de petiscos para que o cachorro pudesse comer alguma coisa. E talvez fizesse isso, mais tarde. Gatos são prioridade. Antes de ter pena do babacão, ele ia encher o próprio bucho. Mac trotou até o banheiro, pulou no parapeito da janela e abriu a janelinha redonda. Dali foi um salto menor até o galho mais próximo do cedro, sua escadaria pessoal. Ele desceu às pressas e galopou em direção à casa de Gib, a leve brisa agitando seu pelo e a grama orvalhada fazendo cócegas nas almofadinhas das patas. Mac já podia quase sentir as sardinhas oleosas escorregando pela garganta.

E foi então que ele ouviu... alguma coisa. Diminuiu a velocidade, uma orelha virada para trás. Ouviu o som mais uma vez. Um miado, tão fraco que era quase inaudível, mas definitivamente um miado. Ele parou. Havia um gatinho em apuros. E não tinha ninguém além de Mac para cuidar da situação. Ai, ai... As sardinhas teriam de esperar.

Ele levou alguns instantes para calcular de onde vinham os miados, então começou a correr. Ao se aproximar do som, percebeu que não eram todos do mesmo gatinho. Poderiam ser dois ou até três filhotes.

Ah, minha deusa dos gatos! Mac raramente estava errado, mas daquela vez ele havia se equivocado. Quando encontrou os gatinhos debaixo de uns arbustos, perto de onde ele às vezes descolava alguns pedaços de frango, havia quatro filhotinhos, todos tigrados laranja como Mac. Dois deles começaram a miar mais alto quando o viram. Um não fez barulho nenhum, nem sequer abriu os olhos. O quarto filhotinho, uma fêmea, deu um passo à frente e arqueou as costas, seu rabinho tão arrepiado quanto poderia ficar. A gatinha abriu a boca e sibilou. Sibilou para Mac, que devia pesar quatro quilos a mais que ela.

Ignorando a petulância da gatinha em tentar desafiá-lo, Mac respirou fundo, usando a língua para levar o ar ao fundo da boca, reunindo informações. O gatinho menor estava vivo, mas muito fraco. Os outros pareciam saudáveis, mas fazia tempo que não comiam. A mãe não aparecia havia vários dias. Se ela pudesse voltar, já o teria feito.

Os gatinhos não sobreviveriam sozinhos, nem mesmo a atrevidinha que sibilava para Mac. Suas barriguinhas deviam estar muito mais vazias que a de Mac. E não havia ninguém para ensinar-lhes o básico... caçar, passar despercebido ou fazer aquela carinha de gato pidão que era irresistível para os humanos. Mac teria de cuidar daqueles filhotes. Não havia escolha.

Mas, primeiro, Mac precisava levar os bebês para um lugar mais seguro. Estava sentindo cheiro de outros gatos, o que poderia ser perigoso, se eles achassem que um monte de bebês representava uma ameaça ao território deles. Sem falar dos cachorros. Catioro seria capaz de afogar os filhotinhos com suas lambidas babadas, mas ele era um medroso. Mac já tinha visto Catioro fugir de um chihuahua. Um *chihuahua*. O babacão poderia engolir o bicho de uma bocada só, mas era um banana.

Um carro passou por ali, fazendo Mac se lembrar de outra ameaça. Precisava agir depressa. Ele pegou Atrevida pela nuca, ignorando sua tentativa de rosnado. Para onde levá-los? Movendo-se o mais depressa que ousava, Mac pegou o caminho de volta para casa. Mas ele não queria levar os gatinhos para lá. Jamie não conseguia dar comida nem para o babacão nem para ele no momento. Nem limpar a caixinha de areia. David quem teve de fazer isso. Mac precisava descobrir o que havia de errado com ela. Jamie estava com um cheiro estranho havia meses. Ela não estava doente, mas não parecia ela mesma. Mac teria de lidar com aquilo mais tarde.

No momento, ele precisava de um lugar seguro, um lugar sem animais nem humanos. Nem todos os humanos eram como Jamie, David e os amigos de Mac. Eles precisavam ser observados e cheirados com toda a atenção antes que pudessem ser considerados confiáveis.

Atrevida se contorceu, tentando se soltar. Mac a ignorou, o cérebro a mil enquanto andava pela vizinhança. Onde, onde, onde? Ele sentiu cheiro de panos velhos, papelão, madeira e cocô de rato. Os gatinhos não eram muito maiores que os roedores, mas, assim que os guinchadores sentissem o cheiro de Mac na área, dariam o fora.

Ele se voltou em direção à pequena construção que era a fonte dos cheiros. Era mais ou menos do tamanho do quarto onde Jamie e David dormiam, mas o teto era muito mais alto. Mac havia descoberto aquele espaço em um de seus passeios noturnos. Levou a gatinha rebelde pelo túnel estreito que encontrara em sua primeira investigação do lugar e a colocou em um pedaço de carpete velho; depois voltou para buscar os outros. Nenhum dos irmãozinhos se contorceu tanto quanto Atrevida. O último ficou completamente parado. Mas ainda estava vivo. Todos estavam. E o trabalho de Mac era garantir que continuassem assim.

Isso significava comida, e sua casa era o lugar mais fácil para conseguir o bastante. Ele sabia onde ficavam os sachês de atum. Era um bom começo. Ele não tinha permissão para pegar comida nos armários, e Jamie iria chamá-lo de gato mau — se ficasse acordada tempo suficiente para perceber o que ele havia feito —, mas aquilo nunca o incomodou.

Na maioria das vezes, ser um gato mau era divertido. Naquele momento, era necessário, embora esse comportamento fosse temporário. Mac ensinaria aos pequenos tudo o que precisavam saber, então combinaria cada um deles com um humano. Ele conhecia muitas pessoas e era excelente em formar pares. Aqueles gatinhos foram sortudos de ter sido MacGyver quem ouvira seus miados por ajuda.

Serena enfiou a chave na fechadura e fez uma pausa. Ela estava prestes a entrar no lugar onde moraria durante o próximo ano inteiro. Ela nunca havia estado ali. Jamais tinha sequer visitado a Califórnia. Não que Atlanta fosse uma cidade pequena. Mas aquilo ali era *Hollywood*. Havia o letreiro para provar.

Ela virou a cabeça e deu uma boa olhada ao redor.

— Respire fundo — sussurrou.

Ela fazia isso desde os doze anos, era uma técnica que a mãe havia lhe ensinado. Todos os dias, tentava encontrar pelo menos uma coisa incrível no mundo. Então dizia, ou apenas pensava, *Respire fundo*. Isso fazia sua mente registrar com detalhes tudo o que tinha vivenciado, aumentando seu apreço pela experiência. Acabou sendo muito útil em sua carreira como atriz. Agora, Serena fazia isso sempre que queria guardar sentimentos e sensações de um momento específico, bom ou ruim.

— Respire fundo — sussurrou Serena novamente enquanto girava a chave na fechadura.

Ela sorriu ao abrir a porta. Uma escada em espiral era o que mais chamava atenção naquele espaço circular, um misto de sala de jantar e cozinha. A escada parecia infinita, elevando-se quatro andares acima.

— Respire fun... — repetiu ela, depois parou.

Havia coisas demais para ver e vivenciar, não daria para dividir isso em momentos. Teria apenas que deixar a experiência envolvê-la e torcer para que se lembrasse de tudo, tudinho mesmo.

Em vez de explorar o primeiro andar e depois subir, Serena seguiu o impulso de correr até as escadas. O segundo andar era menor — como seria de se esperar de um farol. Ela ia morar em um farol! Bem, não um farol em funcionamento, e sim uma casa projetada para parecer um farol, com listras vermelhas e brancas do lado de fora, e uma amurada ao redor da cúpula. As casas do Conjunto Residencial Conto de Fadas eram únicas. Ela ainda não tivera a oportunidade de ver todas, mas essa era sua prioridade. Suas favoritas até o momento eram as que pareciam casinhas do Condado dos hobbits — redondas, com janelas e portas circulares e telhados de palha — e aquela que parecia uma cabana de bruxa, com telhado e janelas pontiagudas, e uma aldrava em formato de aranha, com um rubi falso no meio.

Serena observou o antigo fogão de ferro fundido, as poltronas aconchegantes e os sofás macios antes de continuar subindo as escadas. No terceiro andar encontrou o quarto. Foi testar a cama — fofinha na medida certa — e passou os dedos pela colcha de retalhos que a forrava, apreciando a sensação das diferentes texturas dos tecidos. Então se levantou, dando uma rápida olhada no banheiro e na banheira estilo vitoriano.

— Respire fundo — disse a si mesma, porque era preciso.

Ao voltar para a escada, ouviu um som baixo, *ahhhhhwaacaah*. Uma buzina de nevoeiro. Não, uma campainha imitando uma buzina de nevoeiro, ela se deu conta quando ouviu o som novamente. Serena desceu as escadas correndo e abriu a porta. Uma mulher de uns cinquenta anos, com cabelo curto preto começando a ficar grisalho e uma franja que quase chegava às sobrancelhas, estava parada à porta, um sorriso amigável no rosto magro.

— Ruby Shaffer? — perguntou Serena.

— Mas com certeza — respondeu Ruby. — Vim dar as boas-vindas e ver se você tem alguma dúvida sobre os requisitos do prêmio.

Serena recuou um passo para deixá-la entrar.

— Tenho certeza de que sim, mas preciso admitir que está difícil pensar no momento. Muitas novidades.

— Compreensível — respondeu Ruby. — Não quero sua cabeça agora. Você sabe as informações básicas... pode morar aqui sem pagar aluguel por um ano. Tudo o que precisa fazer é demonstrar que está desenvolvendo seus projetos criativos. Atuando, no caso. Basta registrar testes, aulas e coisas do tipo, e revisaremos tudo uma vez por mês. Depois enviarei um relatório aos Mulcahy, que criaram a Fundação Farol. É basicamente isso, e estou a apenas alguns quarteirões de distância, se precisar de mim. Além disso, qualquer dúvida, é só me ligar.

— Pode deixar.

Serena tinha conversado com Ruby várias vezes desde que recebera o aviso de que havia sido a ganhadora do Prêmio Farol daquele ano.

— Você aceita... um copo d'água? — perguntou ela. — Hmm, se bem que eu não tenho certeza se tenho copos. Posso oferecer a você a chance de enfiar a cabeça debaixo da torneira e beber um pouco de água?

Ruby deu uma risada.

— Você tem copos. Também tem xícaras e pires. Pratos, lençóis, toalhas, todo o necessário. Os Mulcahy até me pediram que abastecesse a cozinha para que você não precisasse se preocupar em fazer compras. Eu devia ter avisado. Desculpe.

Serena assentiu uma vez, depois repetiu o gesto.

— Não, você avisou. Lembrei agora. Só estou tendo um pouco de dificuldade para absorver tudo. Já disse isso, né? É bondade demais.

— Ei, isso é Hollywood... Uma porcentagem muito pequena de tempo, para uma porcentagem muito pequena de pessoas — disse Ruby. — E vou aceitar um chá de hortelã, que está numa jarra na sua geladeira.

— E a minha geladeira fica logo ali. — Serena foi até a geladeira retrô azul-clara posicionada entre duas seções da bancada arredondada. Uma grande mesa de madeira pintada de verde-menta, na mesma paleta da geladeira, era o centro das atenções da sala, e ao seu redor havia cadeiras floridas que aparentavam ser confortáveis. — Adorei a decoração do lugar, pelo menos o que vi até agora. Cheguei faz só alguns minutos.

— Achei que você chegaria por volta do meio-dia.

— Atrasos. — Serena examinou a geladeira bem abastecida e pegou uma jarra de vidro com um padrão circular de diamantes cor-de-rosa. Combinava perfeitamente com a mesa e a geladeira. Ruby pegou dois copos e um saquinho de biscoitos frescos de sua enorme sacola e os serviu em um prato. Quando as duas se acomodaram à mesa, Serena soltou um suspiro.

— Eu entendo — disse Ruby. — Ontem tive uma reunião de treze horas com a equipe de produção de um filme para o qual estou preparando a cenografia. Treze. Horas. Na verdade, foi mais, porque ontem à noite sonhei que ainda estava na reunião. Pareceu tão real que deveria contar como se fosse.

— Com certeza — concordou Serena. — Os sonhos pesam muito às vezes. Já sonhei que brigava com alguém e, quando acordei, ainda estava brava com a pessoa. Tive que me acalmar e me forçar a lembrar que a pessoa não tinha feito nenhuma daquelas coisas horríveis na vida real. — Ela deu uma mordida em um dos biscoitos, e uma deliciosa mistura de limão, coco e abacaxi fez suas papilas gustativas formigarem. — Então, como você deve imaginar, sendo atriz, quero saber de todos os detalhes do filme, principalmente se tiver um papel para mim. Hmm, esperei tempo o suficiente para fazer a pergunta? Eu respondi a parte do sonho primeiro...

— Não tem problema. O filme, bem, é meio difícil de descrever. Tente imaginar uma versão meio Wes Anderson de *A Casa Sinistra*...

passagens secretas, um assassino à solta, brincadeiras espirituosas... — explicou Ruby. — Todos os atores principais já foram escalados, mas vou ficar atenta.

— Nossa, parece incrível. E não estou só puxando o saco — disse ela, rindo. — O que acho que significa que estou meio que puxando o saco. Mas também quero conhecer você melhor e quero saber mais sobre a indústria do cinema. Basicamente em Atlanta eu só fiz teatro, e isso faz anos. Passei os últimos quatro anos quase inteiros dando aulas de atuação, não atuando de verdade. — Serena balançou a cabeça. — Quatro anos. Parecem vinte, e, ao mesmo tempo, só um mês.

— A natureza contraditória do tempo — comentou Ruby. Ela usou o dedo para desenhar um sinal de infinito na condensação que havia se formado no copo.

Serena gostou dela. Era uma daquelas pessoas com quem bastava trocar algumas palavras para começar a sentir um vínculo se formar.

— O que fez você decidir voltar a atuar? — perguntou Ruby.

— Bom, eu não decidi exatamente deixar de atuar — explicou Serena. — Arrumei esse emprego como professora para pagar algumas despesas extras... tipo o aluguel.

Ruby deu uma gargalhada.

— Já passei por isso.

— Acontece que eu gostei muito da experiência, tive boas avaliações dos alunos — continuou Serena —, aí eles me convidaram para dar mais aulas, e aí... puf... se passaram quatro anos.

— E então você por acaso viu informações sobre o Prêmio Farol e decidiu que queria voltar a atuar? — perguntou Ruby, ainda desenhando na lateral do copo.

— Não, não. Eu fiz uma pesquisa minuciosa sobre as bolsas para as quais poderia me candidatar e me inscrevi em todas — respondeu Serena. — Um dia, depois da aula, ouvi dois alunos conversando. Sobre mim. — Ruby ergueu as sobrancelhas. — Eles estavam dizendo que, apesar de gostarem das minhas aulas, talvez devessem estudar com um ator com experiência prática. Comentaram que, por eu já ter quase trinta anos, obviamente não tinha mais chances como atriz, caso contrário já teria estourado. E que talvez não devessem fazer aulas com alguém que nitidamente não tinha talento.

— Ai. — Ruby passou a palma da mão pela lateral do copo, limpando-o.

— É, doeu. Principalmente porque eles estavam certos. Sem nem perceber, eu tinha desistido do meu sonho de ser atriz. Continuei aceitando mais trabalhos como professora e acabei fazendo disso a minha vida. Parei de fazer testes e...

— Puf! Quatro anos se passaram — completou Ruby, repetindo as palavras de Serena.

— Exatamente. Então decidi fazer o que aconselhava meus alunos a fazer. Dar a cara a tapa. Não desistir. Cada teste é como um bilhete de loteria, e não dá para ganhar se você não jogar.

— E aqui está você. Sabe que venceu muitos candidatos, certo?

— Ainda estou em estado de choque. Um ano de aluguel grátis e uma bolsa para despesas? Quem consegue uma coisa dessas? Ninguém. Mas aqui estou eu. — Serena ficou em silêncio por alguns segundos para um "Respire fundo". — E tudo o que tenho que fazer é exatamente o que quero... me esforçar para me tornar uma atriz em tempo integral.

— Se tornar uma estrela, não? — perguntou Ruby.

— Bem, seria ótimo, claro, mas nós duas sabemos que isso é muito difícil e que é preciso ter muita sorte. Se eu conseguir ganhar a vida fazendo o que amo, já está maravilhoso. Não preciso ser famosa.

Ruby assentiu.

— Fico feliz de ouvir isso. Em alguns anos já tive que distribuir muitos lenços de papel para mulheres se debulhando em lágrimas, arrasadas por não se tornarem sensação da noite para o dia.

— Por que só mulheres são elegíveis para o prêmio? Não que eu esteja reclamando.

— Os Mulcahy tinham uma filha que queria ser diretora de cinema. Ela morreu em um acidente de carro, logo depois de chegar à cidade para correr atrás do seu sonho — explicou Ruby. — Os pais então criaram o prêmio em sua homenagem. Talvez quisessem equilibrar um pouco as coisas escolhendo apenas mulheres. Você conhece as estatísticas sobre diretores homens versus mulheres.

— E a desigualdade salarial em praticamente todas as áreas. — Serena pegou um segundo biscoito, dessa vez de chocolate. O primeiro estava delicioso, mas não tinha chocolate e, na verdade, nada é tão bom quanto chocolate. — Ei, fugimos totalmente do assunto. Eu disse que queria te conhecer melhor e acabei falando sem parar.

Ruby olhou para o relógio amarelo da cozinha, com termômetro, cronômetro e tudo o mais.

— Vai ter uma reunião no pátio do condomínio daqui a pouco. Quer vir comigo? Podemos conversar mais no caminho.

Serena se levantou.

— Com certeza. Afinal, vou fazer parte da comunidade durante este ano todo.

Ela morava mesmo ali! Em Hollywood. No Conjunto Residencial Conto de Fadas, que devia ser o lugar mais adorável da cidade. E estava sendo paga para correr atrás de seus sonhos. Serena não conseguiu segurar um sorriso enorme, tão largo que fez suas bochechas doerem. Como ela pôde ter tanta sorte assim?

— Como eu pude ser tão azarado? — murmurou Erik. Ele lançou um olhar irritado para a parceira.

— Por que você está me olhando assim? — perguntou Kait. — Eu só disse que pelo menos você já conhece o Conjunto Residencial Conto de Fadas, e um monte de gente lá, então nosso trabalho vai ser mais fácil.

O programa de policiais de ronda, um projeto que havia sido descontinuado cerca de oito anos atrás, havia recebido uma segunda chance na cidade, pelo menos em pequena escala. O Conto de Fadas fazia parte do território de Erik e Kait. Sendo assim, haviam marcado uma reunião comunitária para se apresentarem e dar algumas dicas básicas de segurança para os moradores.

— Eu estou cagando para isso. Em qualquer bairro a gente teria feito acontecer.

— Você tem toda razão — concordou Kait rapidamente. — Eu só estava tentando ver o lado bom das coisas.

— Eu estou cagando para o lado bom.

Kait suspirou.

— Tem um estudo de Stanford que mostra que melhorar a atitude das crianças em relação a um determinado assunto na verdade faz o cérebro delas...

— Eu estou... — Erik a interrompeu.

— *Pouco me lixando* para os estudos — completou Kait para ele.

— Não era essa a expressão que eu tinha em mente.

Ela o ignorou.

— Não vou passar meus dias absorvendo essa sua negatividade, Erik. Preciso que meu cérebro funcione na capacidade máxima para a prova do concurso para inspetor. E você devia fazer o mesmo.

Erik apenas grunhiu em resposta enquanto espremia a viatura na única vaga da rua Gower. Ao sair, avistou o brilho dos olhos negros de um rato olhando para ele do alto da palmeira. Quase mostrou o bicho para Kait, que odiava qualquer animal que não tivesse pelos na cauda, mas se conteve. Não é culpa dela os dois terem sido designados para aquele lugar.

— Vamos acabar logo com isso.

— Esse é o espírito.

Kait deu um tapinha no ombro do parceiro. Pelo menos ela não tinha mencionado Tulip. Pelo menos não tinha tentado apontar que já haviam se passado três anos e que, de acordo com tal estudo — Kait sempre era capaz de citar um estudo para cada situação —, ele já devia tê-la superado.

Enfim. Ele *tinha* superado. Só não queria pensar nela, e estar no condomínio tornaria aquela tarefa difícil.

— Temos uma boa plateia — comentou Kait quando chegaram ao pátio.

Se ela continuasse tentando mostrar o lado bom de tudo, Erik mudaria de ideia e lhe mostraria o rato.

Ele fez uma pausa e examinou o grupo reunido ao redor da fonte. Viu alguns rostos familiares. Al e Marie. David e Jamie com seu barrigão de grávida. Os dois tinham se conhecido na mesma época em que ele e Tulip... Erik logo desviou o pensamento. Lá estava Ruby, ao lado de uma mulher que ele não conhecia. O cabelo dessa desconhecida era de um tom claro de ruivo, desgrenhado como se ela tivesse acabado de chegar da praia. Estava usando um vestido verde-claro de alças finas, solto e esvoaçante, que mostrava os ombros e ia quase até os pés. Em uma das laterais, um pouco abaixo do joelho, a mulher dera um nó no tecido, então Erik teve um vislumbre da perna, um vislumbre que o deixou querendo ver mais. Se ao menos o vestido fosse um pouco mais fino...

— Nem começa — avisou Kait.

— Nem começa o quê?

— Nem começa a olhar para as mulheres que moram no Conto de Fadas como possibilidades para um dos seus programas especiais de três-encontros — advertiu Kait, fazendo aspas com os dedos quando disse a palavra “encontros”. — Continue firme nos aplicativos. Onde se ganha o pão não se come a carne.

Erik soltou uma gargalhada.

— Você é tão certinha... Eu estava só dando uma olhadinha, não procurando um pedaço de carne.

— Eu sou policial. Sou boa em ler as pessoas e sou especialmente boa em ler você. E você estava de olho na ruiva — retrucou Kait. — Agora chega, vamos começar.

Ela caminhou até a fonte e subiu na beirada larga. Erik se juntou à parceira e se controlou para não voltar a olhar para a ruiva, se bem que não teria se importado de dar uma espiada mais demorada.

— Bem-vindos, amigos! — gritou Kait. — Sou a oficial Kait Tyson. E este é o meu parceiro, oficial Ross.

— Podem me chamar de Erik. É bom ver alguns rostos conhecidos.

Ele acenou para o grupo e notou Marie assentindo em aprovação. Erik pensou que tinha de vir visitá-la, tomar um chá gelado com ela, bater um papo. Marie sabia quase tudo o que acontecia no Conto de Fadas, e o que não sabia, poderia facilmente descobrir. Ele esperava que, quando tivesse oitenta anos, continuasse com a mente tão sagaz quanto a dela.

— Fizemos algumas mudanças na delegacia e estamos tentando organizar mais rondas nos bairros da região. Erik e eu... fomos designados para esta área.

— Isso significa que vocês nos verão muito por aqui — interveio Erik. — Queremos conhecer todos e ouvir quaisquer preocupações que tenham a respeito da segurança do bairro. Então fiquem à vontade para vir falar com a gente sempre que nos virem.

— Também vamos passar nossos cartões, para que vocês possam ligar ou mandar e-mails — acrescentou Kait. — Alguém tem alguma dúvida?

— Para quê? — perguntou um homem. Ele parecia familiar, mas Erik não lembrava seu nome. — Não tem nenhum criminoso no Conjunto Residencial Conto de Fadas. A não ser que vocês considerem a vez que o MacGyver estava roubando as roupas de baixo do pessoal.

— Esse MacGyver é alguém em que precisamos ficar de olho? — perguntou Kait baixinho.

— MacGyver é um gato. Depois explico — respondeu Erik no mesmo tom, em seguida levantou a voz. — Por mais que o Conjunto Residencial Conto de Fadas possa parecer uma cidade do interior, ele fica em uma cidade grande, e existe criminalidade em todas as cidades grandes. Não queremos assustar vocês. Queremos apenas que cuidem uns dos outros e nos avisem se houver alguma coisa na vizinhança que cause incômodo.

— Me incomoda que o Ed Yoder faça jardinagem de sunga! — gritou alguém, e todos riram.

— Desculpe. Crimes de moda não são da nossa alçada — respondeu Erik, arrancando algumas risadas também.

Kait os colocou de volta nos trilhos.

— Viemos até aqui hoje para dar algumas dicas de segurança.

— Digamos que eu seja um vendedor ambulante e bata na porta de alguém. — Erik ergueu o punho e fez um movimento de batida no ar.

— É uma coisa muito comum — explicou Kait ao grupo. — Trinta por cento das empresas que vendem sistemas de segurança relatam que noventa por cento dos seus novos clientes são captados por vendedores de porta em porta.

— Você abre. — Erik deu um sorriso amigável. — Olá, meu nome é Erik e trabalho na Durma com os Anjos Segurança Ltda. Eu... — Ele parou no meio do discurso, como sempre fazia. — Hmm, isso funcionaria melhor se eu estivesse conversando com uma pessoa de verdade. Alguém gostaria de ser voluntário?

Silêncio mortal. Usar um voluntário era uma boa maneira de aumentar o engajamento de uma plateia, mas, quando ninguém se oferecia, as coisas podiam ficar meio constrangedoras. Cadê o Hud Martin nessas horas? Se estivesse por perto, o ex-astro de TV teria aproveitado a oportunidade antes mesmo de Erik terminar de falar a palavra "voluntário".

— Ninguém? — perguntou Erik.

— Serena vai participar! — avisou Ruby, empurrando a ruiva para a frente.

A mulher riu.

— Claro, sem problemas!

— Ótimo! Venha para cá.

Erik acenou para ela avançar.

— Não ouse — murmurou Kait.

Erik ouviu a reprimenda, mas fingiu que não. Ele estendeu a mão para ajudar a mulher, Serena, a subir na beirada da fonte ao seu lado, e ficou surpreso ao sentir uma onda quase elétrica de atração quando seus dedos se tocaram. Não era a primeira vez que ele sentia algo assim, só que normalmente não acontecia tão rápido, com um contato tão casual.

— Então, esse vendedor aparece na sua porta — continuou Kait, como se achasse que Erik tinha esquecido o que devia estar fazendo. O que não era o caso. Ele só tinha se distraído por uma fração de segundo.

— Certo. Apenas faça o que você faria se eu aparecesse na sua porta, ok? — disse Erik para Serena.

Ela assentiu.

— Entendi.

Ele bateu no ar novamente.

— Hmm, sua mão está indo muito para a frente — disse Serena a ele. — Se a gente levar em conta onde você está, a porta seria aqui. — Ela indicou com o braço. — Tente imaginar. Então vamos de novo.

Ela estava tirando uma com a cara dele ou tentando ser útil de verdade? Bom, não importava. Erik tinha de continuar.

— Certo. — Ele bateu de novo.

— Melhor.

— Olá, meu nome é Erik Ross. Eu estava na rua dos Feijõezinhos Mágicos, vim resolver um problema com um alarme falso. É que a empresa para a qual trabalho vai passar as próximas semanas substituindo alguns alarmes mais antigos que estão dando dor de cabeça para a vizinhança.

Serena cruzou os braços e lhe lançou um olhar desafiador.

— E por que você está me contando isso?

Ela estava realmente entrando na brincadeira. E a plateia estava atenta.

— Bem, é o seguinte. Estou procurando alguns proprietários que possam me ajudar a promover a empresa. Tudo o que você precisa fazer é colocar esta placa com o nosso logotipo e o número de telefone em seu jardim.

— Não estou interessada. Você sabe quanto tempo dediquei a esse jardim? Não vou estragar tudo enfiando uma placa lá no meio.

A voz dela era hostil, mas seus olhos brilhavam.

— Eu estava mesmo admirando suas rosas enquanto vinha para cá — comentou ele, entrando na brincadeira. — A questão é a seguinte: em troca de colocar nossa placa no jardim, vamos instalar um sistema de segurança da Durma com os Anjos na sua casa.

Serena ergueu as sobrancelhas.

— De graça?

— Totalmente de graça. Mas, para isso, você precisa colocar uma placa, uma simples placa, na frente da sua casa.

Ela mordiscou o lábio inferior. Ele não pôde deixar de notar como era um pouco mais cheio que o superior, que parecia... bem delineado. Perfeitamente... arqueado. O arco, ele imaginou ser esse o nome, era nitidamente desenhado.

E, sim, ele o estava encarando. Serena tinha dito alguma coisa enquanto Erik tentava encontrar a maneira certa de descrever aqueles lábios?

— Hmm. Não sei, não. Parece bom demais para ser verdade.

— Com certeza — disse Marie em voz alta, recebendo alguns aplausos dos vizinhos.

Ótimo. Ele não tinha estragado tudo. Ainda estava no caminho certo.

— Nós dois vamos sair ganhando. A Durma com os Anjos ganha em publicidade, e você ganha o sistema de segurança. Mas, para fazer os preparativos, preciso saber quantas portas externas sua casa tem.

— Duas — respondeu Serena.

— A porta dos fundos é por onde ocorre a maioria dos arrombamentos — disse Erik. — Por ser mais isolada. Posso dar uma olhada? Preciso pegar as especificações para a equipe de instalação.

— Hmm... acho que sim.

Serena não entregou as informações de bandeja, mas no fim lhe deu o que ele precisava. Erik se afastou dela e olhou para o grupo.

— E aí pronto. Estou tendo a chance de dar uma boa olhada na casa. Então... — Ele se voltou para Serena. — Que horas você estará em casa amanhã?

Serena lhe entregou a resposta perfeita.

— Só à noite.

— E agora sei o melhor horário para invadir.

— Não estamos dizendo que todos os vendedores ambulantes são ladrões — explicou Kait. — O que estamos tentando mostrar é que vocês precisam estar atentos às informações que oferecem a estranhos.

Serena pulou da beirada da fonte.

— Vamos todos aplaudir nossa voluntária! — gritou Erik, e todos fizeram o que ele sugeriu.

— Outra coisa que se deve levar em consideração é...

Erik teve de se forçar a prestar atenção no que Kait estava dizendo. Ele queria agir rapidamente assim que ela terminasse.

— Só vou ali agradecer à moça que me ajudou na apresentação — disse ele à parceira assim que ela terminou.

— Não finja que não lembra o nome dela. É comigo que você está falando. — Kait deu um suspiro exasperado.

— Volto em alguns minutos.

Erik pulou da fonte e seguiu na direção de Serena. Ela e Ruby já estavam descendo a rua.

— Oi — disse ele quando as alcançou. — Só queria agradecer por ter se voluntariado.

— Agradeça a Ruby por me oferecer como voluntária — respondeu Serena.

— Obrigado, Ruby! Bom te ver.

Embora não fosse o caso. Ele gostava de Ruby, mas a maioria das lembranças que tinha dela envolvia Tulip.

— Que bom te ver também. Estou feliz que tenha sido designado para cá, Erik. Senti sua falta — falou ela, então de repente parou. — Vou entrar aqui. Vamos sair mais vezes, Serena. Você topa um café depois de amanhã?

— Eu adoraria. — Serena acenou enquanto Ruby atravessava a rua.

— Nova aqui no Conto de Fadas? — perguntou Erik enquanto seguiam andando.

— Nova no Conto de Fadas, nova na cidade, nova no estado — respondeu Serena.

Nova na cidade. Ela certamente gostaria de ver todos os pontos turísticos da região. Ele era mais do tipo que ia a um bar tranquilo, ou curtia uma cerveja na varanda, mas...

— Conhece o Frolic Room?

— Acho que você não me conhece bem o suficiente para perguntar isso! — retrucou Serena, fingindo estar escandalizada. Ou pelo menos ele tinha quase certeza de que ela estava fingindo.

— Começou como um bar clandestino criado por um cara chamado Freddy Frolic — explicou Erik. — É o melhor pub da região.

Um ponto de encontro bem Charles Bukowski, sabe? Todo mundo que mora em Hollywood tem que ir lá pelo menos uma vez.

— O que vai acontecer comigo se eu não for? — perguntou Serena. — Você vai ter que me prender?

Ela manteve a expressão séria, mas Erik achou que havia um sorriso curvando o canto dos seus lábios.

— Não curte bar moderninho. Saquei. Vou pensar. — Ele a estudou por um momento, revendo os lugares onde normalmente marcava encontros com garotas que conhecia no aplicativo. As únicas vezes que Erik frequentava lugares que poderiam ser considerados legais era nessas ocasiões. — Estou pensando no Edison.

— O museu de geração de energia? Já ouvi falar muito desse lugar! E sou uma grande fã de eletricidade! — disse ela, os olhos brilhantes de empolgação.

— Estou tendo dificuldade em entender se você está me zoando agora.

Serena o mantinha em alerta, do mesmo jeito que fizera durante o teatrinho dos dois.

— É um dom meu. E eu definitivamente estava zoando você. — Ela riu. — A menos que realmente exista um museu de geração de energia por aqui. Como eu disse, sou nova na cidade. O que é o Edison?

— É um bar. As pessoas dizem que esse bar criou a cultura dos drinques. Os barmen são chamados de "cirurgiões do álcool" — explicou Erik. — Também está na lista dos bares mais bonitos de Los Angeles. — Ele imediatamente se sentiu um idiota. Havia mesmo dito as palavras "lista dos bares mais bonitos de Los Angeles"? Tinha ouvido aquilo de uma das garotas que levou até lá. Sam? Thalia? Ele devia se lembrar desses detalhes, mas os encontros e, sendo sincero, as mulheres estavam começando a se confundir uns com os outros.

— Não sou muito de bares — disse Serena. — Embora Atlanta definitivamente tenha muitos. Uma vez, me levaram a um lugar com um "diretor de bebidas". Isso está acima ou abaixo de um "cirurgião do álcool"?

— Não faço ideia — admitiu Erik. — Na verdade, também não gosto muito de bares. Mas, quando se trata de encontros, eles são praticamente obrigatórios.

— O que você faz quando não está em um encontro? — perguntou ela. — Sem obrigações.

Erik cogitou mentir um pouquinho, a fim de parecer pelo menos ligeiramente interessante, mas decidiu contar a verdade.

— Eu fico em casa. Leio. Vejo TV, basicamente esportes. Cozinho. Cuido do jardim. Tenho até algumas "rosas espetaculares" — disse ele, retomando a fala dela quando interpretava a dona de casa desconfiada. — Mas isso não significa que eu não goste de sair — acrescentou.

— Eu sou assim também. Meus amigos reclamavam de ter que me tirar de casa à força. Não é que eu não queira sair às vezes, como você disse, mas preciso do meu tempo em casa. Agora cozinhar? A menos que você considere minhas habilidades únicas com o micro-ondas...

— Desculpa, mas micro-ondas não conta — rebateu ele. — Gostaria de vir jantar comigo uma noite dessas? Só para não morrer de fome...

— Bom... não sei. — Ela fez aquela coisa de morder o lábio inferior. — Acabei de assistir a uma palestra sobre segurança. Não me parece sensato.

Os dois viraram uma esquina e o farol surgiu à vista. O estômago de Erik deu um nó.

— Bom, vai ter um policial presente o tempo todo — retrucou ele.

— Ah, nesse caso... sim.

A resposta dela varreu a tensão que o farol havia causado.

— Ótimo. Sexta agora?

— Sexta agora — concordou ela. — Eu fico por aqui.

Serena parou na calçada que levava ao prédio listrado de vermelho e branco.

— Aqui? — A tensão estava de volta. Agora o peito dele também estava apertado. — Nessa casa? — insistiu ele, involuntariamente dando um passo para trás, para longe dela. — Putz, acabei de me lembrar que tenho compromisso na sexta-feira. — Mentira. — Um encontro. — Outra mentira. — A gente marca outro dia, ok? — Uma mentira das grandes.

Os olhos castanhos dela se arregalaram, mas tudo o que Serena disse foi:

— Tudo bem.

Erik saiu correndo, acenando sem se virar.

CAPÍTULO 2

Mac deu uma última lambida em Pitico e depois o cheirou. Bom. O gatinho menor agora cheirava a Mac. Qualquer um que se aproximasse saberia imediatamente que aquele gatinho — e seus irmãos e irmãs — estavam sob a proteção de Mac. Bem, qualquer um exceto humanos. Os narizes deles mal funcionavam. Às vezes só conseguiam perceber que a comida estava estragada quando a colocavam na boca.

Pitico bocejou e se aconchegou mais perto de sua irmã Salmão. Mac dera esse nome a ela porque salmão era um dos seus peixes favoritos. David adorava — e fez com que Jamie entrasse na onda. O que significava que Mac ganhava recompensas em dobro. Pitico era como Jamie chamava Mac quando ele era filhotinho, não muito maior do que aqueles nenéns, e foi por isso que Pitico ganhou esse nome.

Mac examinou seus pupilos. Depois de alimentados e limpos, todos pareciam prontos para dormir, até mesmo Zoom, aquele que vivia correndo de um lado para o outro, passando por baixo dos móveis e pulando em tudo. Mac gostava de fazer isso às vezes, especialmente à noite, e David sempre balbuciava *zoom, zoom* quando Mac começava a correr pela casa. Parecia um bom nome para o gatinho mais veloz.

Finalmente, Mac poderia fazer uma pausa e comer alguma coisa! Ele se espremeu para passar pelo túnel e saiu para o dia ensolarado. O orvalho havia secado e a grama estava quente sob suas patas.

Mas havia um cheiro desagradável no ar, o odor de um humano que não estava bem. Ele deu outra fungada. Não era cheiro de doença. Só mais um humano que não sabia como ser feliz. Mac estava prestes a deixar esse humano encontrar sozinho uma solução para o que quer que o estivesse incomodando; afinal, ele tinha quatro gatinhos para cuidar. Mas uma última cheirada lhe disse que aquele humano era conhecido seu. Era aquele tal de Erik. Mac quase não reconheceu seu cheiro. O odor daquela infelicidade, infelicidade misturada com raiva, era forte demais.

Já fazia um tempo que Erik não aparecia pela vizinhança, mas Mac lembrou que o humano sabia o local exato em que ele gostava de receber carinho... embaixo do queixo, um pouco à esquerda. Ele também comia sentado perto da fonte com a humana chamada Tulip e sempre dividia seus lanches com Mac. Ela não. Mac quase conseguia sentir o gosto do atum, do presunto, do peru.

Erik era um dos humanos legais. Mac tinha de ajudá-lo. Não é como se tivesse mais alguém para fazer isso. Talvez Erik precisasse de um gatinho. Possivelmente Atrevida. Ela talvez fosse capaz de lidar com problemas humanos quando ficasse um pouco mais velha.

Mas Mac não deixaria um de seus bebês ficar com alguém que exalasse o cheiro que Erik tinha agora. Nenhum deles estava pronto para lidar com algo do tipo por enquanto. Depois que Mac desse um jeito em Erik, aí sim ele poderia ser uma pessoa digna de um dos gatinhos MacGyver.

— Não acredito que ela mora no farol.

— Você já falou isso três vezes desde que entramos no carro — retrucou Kait. — E vê se maneira na velocidade, ok?

— Do jeito que você fala, até parece que eu vou levar uma multa — falou Erik.

— Não estou nem aí para multas. Só não quero morrer — rebateu Kait. — Como já te disse, o excesso de velocidade é comum a trinta e um por cento dos...

Erik completou a estatística para ela:

— "Acidentes fatais." Mas o que você nunca foi capaz de me dizer é qual porcentagem *dessa porcentagem* estava a menos de dez quilômetros por hora acima do limite da via. Porque, no momento, estamos só uns cinco quilômetros por hora acima.

A conversa, tantas vezes repetida, tão familiar e tão típica de Kait, começou a afastar todas as ideias ruins, toda a raiva e as mágoas antigas. Pelo menos temporariamente. Ele diminuiu a velocidade para sessenta quilômetros por hora.

— Desculpa. Sei que você fica estressada quando eu corro. — Ele apertou o volante. — Nossa visita ao Conto de Fadas me afetou mais do que eu imaginava.

— Você não esperava curtir uma garota que mora no mesmo lugar que a Tulip morava — comentou Kait.

— Pois é. Bom, pelo menos você não vai ter que ficar me lembrando de que é melhor não me envolver com Serena. De jeito nenhum vou chegar perto de outra ganhadora do Prêmio Farol.

— Acho que você não tem informação suficiente para fazer uma correlação entre um Prêmio Fa...

— A gente pode só não falar disso? — interrompeu Erik, as emoções ruins já voltando a borbulhar dentro dele.

Kait deu de ombros em resposta e colocou "I Know You Know" para tocar. A obsessão de Kait por jazz começou com *La La Land*. Ultimamente, estava explorando as mulheres do jazz, tanto da década de 1930 quanto artistas contemporâneas, como Esperanza Spalding.

Era assim que Kait funcionava. Encontrava alguma coisa da qual gostava e mergulhava de cabeça. Quando estava na fase Shakespeare, leu todas as peças, assistiu a todas as adaptações de cinema e foi a todas as montagens que conseguiu. Em algum momento, outra coisa chamou sua atenção, e ela acabou deixando o dramaturgo de lado. Isso acontecia com tudo, menos com os estudos em psicologia e quadrinhos. Erik achava que ela nunca se cansaria desses assuntos.

— Lar, doce lar — murmurou Kait enquanto Erik estacionava na delegacia.

Ele soltou um grunhido em resposta.

— Vamos conversar que nem gente grande — brincou Kait, suavizando o tom ao acrescentar: — O Conjunto Residencial Conto de Fadas é só uma parte da nossa ronda.

— Vou me acostumar. Não é nada de mais.

E realmente não era. Tulip o deixara fazia mais de três anos. Ele já tinha superado. Erik ficara balançado ao voltar ao bairro onde ela morava e parar na frente da sua antiga casa, um lugar onde passara tanto tempo. Mas só porque aquela foi a primeira vez que ele pisava no Conto de Fadas desde o término. Ele ficaria bem, agora que tinha conseguido passar por isso.

— Ela partiu seu coração, Erik. Não precisa fingir que não. — Kait esperou até que o parceiro a encarasse e acrescentou: — Não comigo.

Definitivamente, aquela não era uma conversa que ele queria ter. Erik grunhiu, saiu da viatura e foi para a delegacia. Ouviu Kait suspirar enquanto o seguia.

De fato, ele tinha sido muito apaixonado por Tulip. Isso era verdade. Ela era tão animada, tão *viva*. É quase como se ele se tornasse outra pessoa quando estava com ela, transportado para aquele mundo mágico que Tulip parecia criar.

Mas aquilo não significava que ela tivesse partido seu coração. Sim, ela o magoara, mas isso foi porque havia sido a primeira vez.

Não a primeira vez que ele namorava, mas a primeira vez que amava alguém. Erik achava que tinha se apaixonado algumas vezes antes de conhecê-la (o sexo faz isso às vezes, especialmente quando é tudo novo), mas, quando ele e Tulip ficaram, Erik percebeu que se equivocara. O que ele havia sentido antes não chegava nem perto.

Era, portanto, de se esperar que perder aquilo tivesse deixado Erik fora dos eixos por um tempo, provavelmente porque, quando Tulip foi embora de Los Angeles — e recusou a sua oferta de ir com ela —, ficou claro que não sentia o mesmo por ele. O amor que Erik sentia era praticamente unilateral, ou ela nunca teria sido capaz de dar as costas àquilo.

— Você passou direto pela porta! — gritou Kait para ele.

E, sim, Erik estava tão mergulhado em pensamentos que tinha feito mesmo isso. Por que tinha se permitido começar a pensar em amor verdadeiro e todas aquelas besteiras sobre Tulip? Eram águas passadas. Ver o farol não mudava nada. Era só uma casa.

Ele se virou e seguiu Kait até a salinha (que mal passava de um almoxarifado metido a besta) em que os dois ficavam, junto com os outros policiais que tinham sido designados para as rondas. Apenas alguns bairros receberiam policiais de ronda, que basicamente patrulhariam a pé a mesma vizinhança em todos os turnos. Era um projeto experimental do tenente. Não era exatamente uma ideia nova, mas as rondas policiais haviam caído em desuso nos últimos anos, e o tenente queria mostrar que valia a pena retomá-las. Por isso, tinha obtido aprovação para um experimento em pequena escala.

Como se tratava de um teste, havia muito mais documentos a serem preenchidos e mais dados a serem coletados. Então, em vez de resolver a maior parte da papelada no carro, como de costume, ele, Kait e os outros novos policiais de ronda tinham recebido algumas mesas de metal velhas e alguns computadores igualmente antigos, além de uma cafeteira barata do fim dos anos 1980. Jandro Flores estava se servindo de um café quando Erik e Kait chegaram, e Erik fez uma pausa para cumprimentá-lo com a saudação obrigatória: high-five-horizontal-soquinho-de-punho-toque-no-peito. Eles faziam isso desde que haviam ficado amigos na Academia de Polícia. Jandro passara alguns anos na Marinha e ajudara Erik nos primeiros dias na academia, quando ele nem sabia o que significava entrar em formação. Não era algo que tivesse sido abordado no curso técnico que fez na Los Angeles City College.

— E aí? Como foi? — perguntou Jandro.

Ele sabia que Erik não estava exatamente animado em voltar ao Conjunto Residencial Conto de Fadas. E também sabia por quê. Jandro tinha passado muitas noites ao seu lado enquanto Erik chorava em cima da cerveja por causa de Tulip. Ele era esse tipo de amigo, daqueles que escutam a mesma coisa milhares de vezes até o outro desabafar tudo, coisas como: "Eu não era o suficiente para mantê-la aqui." "Por que ela não quis que eu fosse junto?" "Por que ela tinha que ser uma doida?" "Como pude ser tão patético?"

Antes que Erik pudesse responder à pergunta de Jandro, Sean Hankey falou:

— Foi incrível. Encontrei um restaurante chamado Carrossel. Melhor shawarma de cordeiro da vida.

— Ele comeu tanto que a qualquer momento vai soltar um balido — acrescentou o parceiro de Sean, Tom. — Para ele, fazer a ronda configura bater ponto em todos os restaurantes do bairro.

— Ei, eu estava fazendo contato com o empresariado local, ok? Não dá para passar em um restaurante e não pedir pelo menos um meze. Isso é falta de educação — argumentou Sean.

— Meze? — perguntou Kait.

— Aperitivo — explicou Sean a ela.

— Ele é poliglota, contanto que... — começou Tom.

— Uuuuh. Que palavra complicada! — exclamou Sean.

Tom o ignorou e continuou:

— Ele é poliglota, contanto que as palavras envolvam comida.

Sean soltou um arroto alto em resposta. E em resposta, Tom fez uma careta.

— Ainda dá para sentir o cheiro do cordeiro.

— E quando você peida, dá para sentir couve e beterraba. — Sean arrotou novamente e deu um tapinha na barriga chapada com satisfação.

— Um vegano e um carnívoro entram em um bar... — murmurou a parceira de Jandro, Angie, sem tirar os olhos do celular.

— Então, como foi? — perguntou Jandro mais uma vez para Erik.

Ele deu de ombros.

— Daquele jeito.

Ele tentou fingir indiferença, mas Jandro o conhecia bem demais para acreditar.

— Você ainda está saindo com a... Qual é mesmo o nome dela, Brittany? — perguntou Jandro. Ele achava que a melhor maneira de superar Tulip era se Erik ficasse com outra pessoa. Mesmo que já tivessem se passado anos desde o término, Jandro continuava pressionando, provavelmente achando que, se Erik insistisse, o amigo acabaria conhecendo alguém tão incrível quanto a própria esposa.

— Bettina. — Kait tirou uma garrafa de água de sua bolsa-carteiro. — E isso foi duas mulheres atrás.

Na verdade, três. Ele não havia mencionado Amy para Kait. Não queria ouvir seu bufo de condenação. Kait falava muito, mas conseguia se comunicar tão bem com uma expiração quanto com uma frase.

— Então, quem está na fila agora? — perguntou Sean. — Quero detalhes. Quero descrições. Ela calça mais do que veste? Isso para mim é obrigatório.

Kait fungou, desaprovando. Ela também podia se comunicar muito bem com uma inspiração.

Sean a encarou.

— O que foi?

— Você é casado — respondeu Angie por Kait enquanto continuava a mexer no celular.

— Exatamente, eu sou — rebateu Sean. — E é por isso que preciso saber dos detalhes do Erik. Porque esse cara aqui não vai me fornecer nada. — Ele apontou o polegar na direção do parceiro.

— Um canalha e um cavalheiro entram em um bar... — resmungou Angie.

Kait estalou os dedos para Erik.

— Papelada.

Ele pegou uma caneca de café e se sentou ao lado dela. Quando Kait começou a digitar, Erik sacou o celular e entrou no aplicativo de encontros. Tinha recebido um coração de uma garota bonita chamada Amber, de Los Feliz.

— Sim. Definitivamente sim.

Jandro havia surgido atrás de Erik e estava olhando a foto da mulher na tela. Erik mandou um coração em resposta. Não que ainda precisasse de ajuda para esquecer Tulip. Ele tinha superado a antiga namorada havia muito tempo. Ver o farol só trouxera à tona algumas lembranças ruins, nada além disso. Algumas lembranças ruins *momentâneas*, já praticamente esquecidas.

Pelo menos até a próxima ronda no Conjunto Residencial Conto de Fadas.

— Acho que vou pedir uma porção de panquequinhas — falou Serena a Ruby quando elas se encontraram para tomar café na quinta-feira. — Em parte, porque é muito divertido dizer "porção de panquequinhas". — E repetiu de novo, só por diversão. — Porção de panquequinhas. Parece um curta de animação daqueles bem fofos. Além disso, uma das panquecas é de cebolinha, salmão defumado e cream cheese de endro, e isso parece incrível.

— Vou querer a panqueca vegana sem glúten — falou Ruby.

— Parece gostoso — comentou Serena. Toda a sua experiência como atriz fez com que fosse fácil parecer sincera.

Ruby riu.

— Na verdade, vou pedir uma porção de batatas fritas com queijo.

— Ufa! Acho que eu poderia ser sua amiga se você só comesse coisas saudáveis, mas seria um desafio.

— Cada mimosa dupla deste restaurante tem meia garrafa de champanhe. Mas mimosas são muito saudáveis, com todo aquele suco de laranja, então provavelmente você não iria querer uma.

— Eu bem que gostaria, mas quero praticar uns monólogos. — Serena tomou um gole do chá gelado servido em uma jarra de vidro. — Tenho uma reunião com uns agentes na segunda-feira e talvez precise apresentar um deles.

— Nossa, seu terceiro dia aqui e você já marcou uma reunião. Que rápida!

Ruby acenou para um casal que atravessava o pátio, uma mulher com a gravidez avançada e um homem bonito de cabelo escuro, tentando impedir que um cachorro grande, com uma cabeça enorme, comesse as coisas das mesas por onde passavam. A mulher acenou de volta para Ruby. O homem apenas sorriu e assentiu com a cabeça, mantendo as mãos firmes na coleira.

— Jamie e David. Eles moram no Conto de Fadas também. Vou te apresentar os dois na saída — falou Ruby. — O grandão é o Catioro. The Waffle é um café conhecido por aceitar cães, mas não sei se aceitam *esse tipo* de cão. — Ela fez uma careta quando o cachorro conseguiu subir em uma cadeira, que imediatamente começou a tombar, ameaçando levar consigo um dos guarda-sóis amarelos. — Ele está tendo aulas de adestramento por conta da chegada do bebê, mas acho que o Catioro precisa de mais algumas aulas.

— Talvez uma ou duas — concordou Serena enquanto o garçom se aproximava da mesa. Ela gostou do visual dele: camisa havaiana, dreads amarrados no topo da cabeça, uma barba meio desenhada.

— Então, já temos uma reunião — falou Ruby depois que o rapaz anotou o pedido e se afastou. — Detalhes, detalhes!

— Ah, eu segui o roteiro de sempre. Pesquisa. Envio de *press kits*. Mas na verdade consegui a reunião por conta de um vlog que faço, no qual dou dicas de atuação. Uma das pessoas com quem acabei conversando foi assistente da Epítome por alguns anos, e ela falou bem de mim para o chefe. Entrei em contato e ele topou uma reunião.

— Epítome. Legal. Não muito grande, mas tem as conexões necessárias — comentou Ruby. — Está nervosa?

— O suficiente para estar reconsiderando uma mimosa dupla — admitiu Serena. — Mas em geral sinto aquele tipo bom de nervosismo, que te deixa animada, mas não te faz perder o foco.

— Tenho certeza de que você já ouviu falar sobre o trânsito de Los Angeles, certo? Bem, é tudo verdade. Certifique-se de sair com muito tempo de antecedência.

Serena assentiu.

— Pode deixar.

— Nem perguntei como você está planejando circular por aqui... A cidade tem transporte público, claro, que não é exatamente dos melhores.

— Vou alugar um carro por enquanto, mas já estou pesquisando opções de compra. De repente um seminovo. O carro que eu tinha em Atlanta provavelmente serviria para rodar pela cidade por mais alguns anos, com a manutenção necessária de tempos em tempos, mas eu não confiava nele para uma viagem tão longa.

— Vou ficar atenta — prometeu Ruby. — A ex-assistente desse agente por acaso te contou...

Serena ergueu a mão, interrompendo-a.

— Não. Vamos falar sobre outra coisa. Se eu ficar pensando muito na reunião, com certeza vou acabar sentindo o nervosismo ruim.

— Claro, sem problemas. — Ruby sorriu para o garçom quando ele trouxe os pratos. — Sou intrometida com tudo, não apenas com coisas de trabalho. Conta o que você achou do Erik, o policial do Conto de Fadas. Percebi um clima entre vocês dois.

O que Serena achava? Ele flertara com ela de uma forma agradável, e não vulgar. A conversa fluiu bem. Ele era muito atraente, mas talvez também fosse meio maluquinho. Num segundo, estava se oferecendo para fazer o jantar para ela; no seguinte, praticamente saiu correndo. Enquanto Serena estava lá, olhando para ele, disse a si mesma que respirasse fundo. Se tivesse de fazer uma cena em que levasse um fora, seria capaz de entender exatamente os sentimentos.

— No começo eu também achei que tinha rolado um clima — admitiu Serena. — Mas, não, não rolou nada.

CAPÍTULO 3

— O que você andou aprontando neste fim de semana? — perguntou Kait na manhã de segunda-feira enquanto atravessava o estacionamento do shopping na rua Gower, parte de sua nova ronda. — Ou devo dizer com quem?

— Cruzes, Kait. Você parece o Sean.

Erik notou que o pneu de um Toyota meio velho estava vazio. Ele se inclinou e viu que tinha um prego preso na borracha.

— Você tem razão. Fiquei até meio enjoada — respondeu Kait. — Mas sabe o que é pior do que parecer o Sean? — Ela olhou para Erik, esperando.

Erik escreveu um bilhete para o proprietário do Toyota, avisando sobre o pneu, e colocou o papel no para-brisa do carro.

— O quê?

— Agir como o Sean.

Ele sabia do que Kait estava falando, mas decidiu se fazer de desentendido.

— Ei, eu pedi o Marombeiro, não o Lenhador — reclamou. A primeira parada que tinham feito fora no Denny's, do outro lado do estacionamento.

Ela respondeu com um de seus suspiros exasperados.

— Kait, qual o sentido de falarmos sobre isso de novo? Sei que você acha errado eu sair com várias mulheres, mas não estou fazendo promessas a ninguém, e combinado não sai caro.

— Estou mais preocupada com você do que com elas, Erik. Você não é assim. Simplesmente não é. E agir desse jeito por tanto tempo não vai ser nada bom para você. Um estudo da Universidade de Tel Aviv mostrou que a autenticidade é...

Erik tentou distraí-la mais uma vez. Ultimamente, Kait vivia enchendo o saco dele com papos sobre relacionamento. Ele acenou com a cabeça em direção à Lucifers Pizza, logo à frente.

— Você não acha que o nome desse lugar devia ter um apóstrofo?

Erros gramaticais em geral resultavam em um monólogo reclamão de pelo menos quinze minutos. Kait passara uns bons seis meses com hiperfixação em gramática. A situação ficou tão ruim que Erik fez algumas pesquisas e disse à parceira que estudos indicavam que ela sofria da Síndrome do Pedantismo Gramatical, um tipo de TOC. Kait não ligava para esses comentários; achava que todos deviam se preocupar com a gramática. Porém ela só se importava com estudos psicológicos que corroborassem o próprio ponto de vista.

— Claro que devia ter um apóstrofo. — Kait franziu a testa, primeiro para a placa, depois para ele. — E nós dois sabemos que você sabe disso.

Isso era verdade mesmo. Ser parceiro de Kait significava que ele havia absorvido muitas informações que eram basicamente inúteis. Ele conseguia até usar a crase corretamente e sabia a diferença entre "mas" e "mais".

— O que eu estava tentando dizer é que as pessoas que se comportam de maneira autêntica são mais fel...

Ele não a deixou terminar.

— Qual a porcentagem de pessoas que não sabe usar apóstrofos direito, na sua opinião?

— Li um estudo que dizia que mais da metade dos britânicos não sabe usar o apóstrofo possessivo corretamente. Não sei nos Estados Unidos — respondeu Kait. — E estávamos falando de você, que estou preocupada com você.

— Estou me protegendo, se é isso que você quer saber.

Ele sabia que não era isso, mas estava tentando fugir de toda aquela conversa. Kait soltou outro de seus bufos.

— Eu imaginei que você soubesse se proteger em relações sexuais. O que me preocupa, além do fato de que não está sendo fiel a si mesmo, e isso só vai continuar te deixando infeliz, é que você nunca vai se permitir ter outro relacionamento de verdade se continuar assim. Nunca vai se permitir nem nada parecido com isso. Você passa de uma mulher para outra muito rápido.

— Olha, a Lucifers agora tem a opção de crosta de couve-flor. — Erik não se preocupou em esperar Kait lhe dizer que não era sobre isso que estavam falando. Não foi sua melhor tentativa de distração. — Está tudo bem, Kait. Gosto de manter as coisas descomplicadas.

— Descomplicadas... — Ela balançou a cabeça. — De jeito nenhum isso...

Dessa vez Erik abandonou a distração e tentou virar o jogo.

— Você não é muito diferente de mim. Quando foi a última vez que teve mais de dois encontros com o mesmo cara?

As orelhas de Kait ficaram vermelhas. Não era tão óbvio com sua pele escura, mas Erik percebeu e sabia que ela estava chateada.

— Isso é completamente diferente. Eu quero um relacionamento e você sabe disso. Só não vejo sentido em continuar saindo com um cara se já sei que não vai dar certo. O que é o oposto do que você faz. Às vezes acho que você para de sair com uma mulher quando começa a perceber que o relacionamento *talvez* funcione.

— Gosto de ser solteiro, tá bom? Sair com a mesma pessoa muitas vezes significa criar expectativas, e criar expectativas significa que alguém vai se magoar. Manter as coisas como estão quando dá para mim. Eu tenho um encontro, talvez uma vez por semana, e no restante do tempo fico em casa, leio, assisto a alguma porcaria na TV, faço o que eu quiser.

Kait suspirou fundo.

— Não me venha com esses suspiros — alertou-a Erik.

Ela soltou o ar silenciosamente.

— Só acho difícil acreditar que você está realmente bem desse jeito. Eu te conheço, Erik. Você não é um cara de saídas casuais.

— Bom, você já disse o que queria. Podemos não ter essa conversa nos próximos seis meses? Sei que você não vai conseguir ficar quieta por mais tempo do que isso. — Ele acenou para ela seguir na frente. — Vamos nos apresentar para o pessoal do Supercuts.

— Você é tão irritante...

— Aham, e deixa eu te irritar um pouco mais — falou ele enquanto andavam. — Você precisa se descontrair mais, Kait. Será que não consegue se divertir um pouco? Um cara precisa mesmo cumprir todos os requisitos da lista que você fez quando estava na faculdade antes mesmo de se dignar a um encontro?

Ele suspeitava que a lista tinha muito a ver com o divórcio brutal dos pais de Kait quando ela estava no oitavo ano. Ela havia ficado com alguns traumas graves.

— Nem todos os requisitos, só a maioria. Eu ficaria feliz com oito de dez — argumentou Kait.

— Você gosta de mim e provavelmente só tenho seis das qualidades que você acredita que o homem perfeito deveria ter.

— Nos seus sonhos. — Kait sorriu para ele, deixando claro que estava brincando. — Você sabe que eu te amo como amigo, e não há ninguém que eu preferiria ter como parceiro. Você seria perfeito para outra mulher... se parar de fugir.

Erik gemeu.

— Chega.

— Tá bom. Mas saiba que vou colocar um lembrete na agenda para daqui a seis meses e vou retomar esse assunto.

Então Kait pegou o celular. Erik ficou olhando por cima do ombro dela. Ela estava realmente fazendo isso. Bom, é claro que estava. Era Kait.

— Você quer...

O rádio de Erik o interrompeu.

— 6FB83. Código 2, 459 na rua Encantada, número 15. Procurar Lynne Quevas.

Erik respondeu pelo rádio para avisar à expedição que eles estavam a caminho.

— E o povo falando que o Conjunto Residencial Conto de Fadas era seguro... — comentou ele enquanto voltavam para a viatura.

— Você conhece essa mulher que foi roubada? — perguntou Kait.

— Provavelmente de vista, mas não reconheci o nome.

A ida até o Conjunto Residencial Conto de Fadas levou apenas alguns minutos, e, como eles não precisavam se preocupar com a proibição de estacionamento dentro do condomínio, chegaram à casa — era a tal casa na árvore — que fora roubada em menos de cinco minutos.

Kait comunicou sua chegada pelo rádio enquanto os dois seguiam até o local. O primeiro andar era no térreo, mas o segundo e o terceiro ficavam aninhados nos galhos de um grande carvalho. Erik esticou a mão para a aldrava de bronze em forma de bolota, admirando a pátina verde na folha e no topo da noz. Ele estava pensando em tentar fazer um efeito semelhante em uma luminária de latão que encontrara em uma venda de garagem. Antes que pudesse realmente tocar a aldrava, porém, a porta se abriu.

Erik reconheceu a elegante mulher de sessenta e poucos anos parada na entrada, com o cabelo grisalho preso naquele mesmo coque bem alinhado. Ela estivera presente na palestra sobre segurança do dia anterior. Quando estava com Tulip, às vezes ele a via.

— Sra. Quevas? — perguntou ele.

— Isso mesmo. Lynne. Pode me chamar de Lynne.

Ela mexeu em seu pingente, um coração prateado com dois cristais coloridos pendurados. Ele e os irmãos e irmãs deram um parecido à mãe, com um cristal da cor das pedras do mês de nascimento de cada um.

— E nós somos Erik e Kait. Lembro da senhora da nossa palestra — comentou Kait. — Lynne, a primeira coisa que precisamos saber é se a senhora pode nos dar uma descrição do ladrão.

— Não posso. Nem sei quando o roubo aconteceu. — Uma leve ruga se formou entre as suas sobrancelhas. Muito leve. Botox, talvez, pensou Erik. Se ela tinha outros procedimentos no rosto, eram sutis demais para notar. — Liguei assim que percebi que meu colar tinha sumido, mas isso pode ter acontecido há dias. Não é uma joia que uso com frequência.

— A senhora se importaria se nós entrássemos e fizéssemos mais algumas perguntas? — perguntou Erik.

— Ah! Entrem. Desculpe. Nem tinha pensado nisso. — Ela abriu caminho para deixá-los entrar. — Posso oferecer um café, uma água ou algo assim?

— Não precisa. Mas se a senhora quiser alguma coisa, fique à vontade — disse Kait enquanto Lynne se dirigia até a sala. Havia janelas por toda parte. Vasos de plantas e um tapete com uma padronagem sutil de folhas e flores aumentavam a sensação de estar ao mesmo tempo ao ar livre e dentro de casa.

Um cara mais ou menos da idade de Erik estava parado perto de uma das belíssimas vigas de suporte esculpidas em formato de galhos de árvores. Parecia um idiota vestido como um hipster da cabeça aos pés: gorro, camiseta irônica com um cardigã por cima, jeans levemente desgastados e com a barra dobrada, um tipo de coturno militar vintage de cano alto.

— Este é meu filho, Daniel — apresentou Lynne.

O super-hipster tirou o gorro, revelando o cabelo castanho espetado.

— Acabei de voltar de uma audição. O diretor é um aspirante a Edgar Wright, então... — Ele indicou suas roupas e sorriu. — Só para vocês não pensarem que sou um completo babaca. Bom, espero não ter problema falar assim com policiais.

— Não tem problema — disse Erik. Ele não tinha ideia de quem era aquele diretor citado, mas pelo menos o cara tinha noção de que estava vestido feito um idiota, o que significava que provavelmente não era um idiota. Erik queria perguntar se ele já tinha feito algum trabalho de verdade como ator, mas sabia que isso só faria com que *ele* parecesse um idiota, então ficou quieto.

— Por favor, sentem-se. Por favor — pediu Lynne, a mão voando para o pingente outra vez, depois subindo para alisar o cabelo. Erik não sabia ao certo se ela estava abalada com o roubo ou se era uma daquelas pessoas que ficam nervosas perto de policiais, independentemente de terem feito algo de errado ou não. — Posso servir um chá para vocês? Ou água? Ou refrigerante? Ou só...

— Mãe, para. — Daniel passou o braço em volta dela e apertou seus ombros com carinho. — Gostariam de algo para beber?

— Não, obrigada — respondeu Kait, sentando-se no grande sofá cinza.

Erik sentou-se ao lado dela.

— Um copo de água seria ótimo, obrigado.

Ele imaginou que uma tarefa simples poderia ajudar Lynne a se acalmar. Ela parecia satisfeita enquanto saía correndo da sala. Kait começou a coletar informações para o relatório.

— Daniel, você pode nos dizer quem mora aqui?

Ele puxou a poltrona para perto do sofá.

— Meu pai, minha mãe e eu. Também tenho um irmão mais novo, que mora perto daqui, naquele prédio da Sunset onde ficava o Old Spaguetti Factory. Eu adorava aquele lugar. Era para terem mantido pelo menos a fachada, mas não rolou. Vocês sabiam que Max Reinhardt costumava fazer os ensaios das produções lá? Além das aulas de atuação que dava? Outro pedaço da velha Hollywood destruído.

— E a gente podia comprar queijo mizithra e espaguete com molho de manteiga noisette lá — complementou Erik, aproveitando para observar Daniel discretamente. Ele estava falando muito. Nervosismo ou apenas extroversão?

— Exatamente! — exclamou Daniel. — Eu amo meu irmão, mas são pessoas como ele que estão destruindo esta cidade. Babacas ricos que só estão interessados em seus apartamentos de luxo e não se importam com a história e a personalidade da cidade. Eu... — Sua voz morreu quando a mãe voltou com a água de Erik. — Foi mal. Eu me empolgo.

— Não tem problema. — Kait sorriu para Lynne. — Estávamos apenas começando a reunir algumas informações. A senhora pode nos contar quando foi a última vez que viu o colar?

Lynne girava a aliança de casamento no dedo enquanto se apoiava no braço da poltrona na qual Daniel estava sentado.

— Algumas semanas atrás, meu marido e eu fomos jantar na casa de um amigo. Usei meu *tailleur* preto e branco, e sempre combino esse conjunto com o colar de pétalas de flores que meu filho Marcus me deu. Acho que teria notado se o outro colar já tivesse sumido da minha caixa de joias na ocasião.

— É bom falar que esse colar de pétalas de flores era da Tiffany — interveio Daniel. — Todo de diamantes. Meu irmão deu de presente no mesmo aniversário que dei o cordão que ela está usando agora. Trinta e cinco dólares. E ele sabia qual seria o meu presente, eu mostrei para ele.

Certo. Claramente uma pequena rivalidade entre irmãos.

— Você sabe que eu amo os dois — falou Lynne, declaradamente pacificadora.

Kait ergueu as sobrancelhas.

— O ladrão não levou o colar da Tiffany?

— Nada mais foi levado. Revirei tudo que estava na caixa de joias e o Daniel me ajudou a passar um pente-fino na casa.

Lynne começou a ajeitar o cabelo outra vez, então pareceu se dar conta do quanto estava inquieta e pousou as mãos no colo, os dedos entrelaçados.

— E o colar que sumiu? O que você pode nos contar sobre ele? — perguntou Erik. — Se tivesse uma foto, seria muito útil.

— Foi um presente de casamento da tia-avó do meu marido, Maudie. É... — Ela cobriu a boca com os dedos e sussurrou: — Horroroso. O pingente são dois cogumelos.

— Eu diria que é fabulosamente horrível — acrescentou Daniel. — E caro. O pingente era originalmente um broche Van Cleef & Arpels dos anos 1960, com detalhes em diamante e coral vermelho e branco.

— Não acreditei quando o corretor disse que deveríamos colocar o colar no seguro também. Eu planejava fazer isso só com o colar que o Marcus me deu — explicou Lynne. Ela lançou um olhar de desculpas a Daniel.

— Seu seguro está ativo? — perguntou Kait.

Alguém bateu na porta antes que Lynne pudesse responder.

— Volto logo. Kait, se mudar de ideia e quiser alguma coisa, peça para o Daniel.

— Pelo que sei, o seguro está ativo. Minha mãe é do tipo que paga as contas assim que chegam — contou Daniel. — Meu pai sempre diz que, se pudesse, pagaria todas as contas com um ano de antecedência para ela não ter com o que se preocupar.

— O dinheiro é uma preocupação? — perguntou Erik, feliz por Daniel ter lhe dado a deixa perfeita.

— Não, de jeito nenhum — respondeu Daniel. — Meus pais têm uma boa situação financeira. Minha mãe só se preocupa muito com as coisas, mesmo quando não é necessário.

— Trouxe um bolinho. — Erik ouviu uma mulher anunciar. Ele sorriu quando Marie entrou na sala carregando uma bandeja. Ela havia sido rápida, ele e Kait estavam na casa dos Quevas fazia menos de dez minutos.

— Estamos preparando um boletim de ocorrência — disse Kait a ela. — Agora não é o melhor momento para uma visita.

Marie a ignorou, colocando a bandeja na mesinha de centro e depois começando a transferir fatias de bolo e garfos de plástico para os guardanapos que também havia trazido.

— Na verdade, é o momento perfeito para a visita de Marie — falou Erik enquanto a mulher lhe entregava o primeiro pedaço de bolo sem perguntar se ele queria, o que certamente era o caso. Aquela não era a primeira vez que ele provava o bolo dela. — Marie sabe tudo o que acontece no Conto de Fadas. Você viu alguém estranho por aí nas últimas semanas?

— Bem, temos um novo lixeiro. Ele sempre deixa as tampas levantadas e, quando chove, as latas de lixo ficam cheias de água. — Marie entregou um pedaço de bolo para Kait. Embora conhecesse muitas estatísticas horríveis sobre os efeitos do açúcar no funcionamento do cérebro, ela não recusou. Erik sabia que era porque acreditava que era preciso fazer sacrifícios para manter uma testemunha em potencial feliz. — Já falei com ele sobre isso.

— Além de não seguir o protocolo correto de esvaziamento das lixeiras, tem algo suspeito no comportamento dele? — perguntou Erik.

Marie encarou-o com os olhos semicerrados, tentando entender se ele estava zombando dela. Bom, estava, um pouquinho. Ele achava Marie divertida.

— Não. Mas acredito que ele seja a única pessoa nova que passou por aqui — respondeu ela. — Bem, Riley trouxe uma amiguinha da escola. Ela tem só sete anos e a amiga deve ter por aí também. — Marie deu o último pedaço de bolo. — O que a pessoa que você está procurando fez?

— Quer dizer que você ainda não sabe? — brincou Erik. Marie fez uma careta para ele.

— Roubaram um colar da minha mãe — explicou Daniel.

— Não! Aquele que o Marcus comprou para você na Tiffany? — lamentou Marie.

— Não, o que a tia-avó do Kyle deixou para mim — respondeu Lynne.

— O dos cogumelos? — Marie virou-se para Erik. — Vocês estão procurando uma pessoa cega. Ninguém iria querer aquele troço. Você sabe que é verdade — acrescentou ela para Lynne.

— Não se soubessem quanto vale — comentou Kait.

— Aquela coisa? — Marie fez um gesto de desdém com a mão. — Impossível.

— Quando eu estava fazendo o seguro do colar que ganhei de aniversário, o corretor examinou minhas outras joias. Disse que valia... — Lynne hesitou, brincando com o garfo.

— Desembucha! — ordenou Marie.

— Quase trinta mil dólares.

Por um momento, Marie ficou sem palavras. Algo inédito, até onde Erik sabia. Ela pegou o copo de água de Erik e tomou um longo gole, depois perguntou:

— Você já considerou o gato?

— Gato? — repetiu Kait. — Erik, você falou algo sobre um gato ontem, mas não chegou a explicar.

Marie explicou por ele:

— O nome do gato é MacGyver. Ele foi responsável por uma onda de crimes alguns anos atrás. É da Jamie Snyder. Ela se casou, mas não mudou de nome.

Ela balançou a cabeça, os lábios pressionados em desaprovação.

— Onda de crimes? — repetiu Kait. — Onda de crimes? — repetiu outra vez.

— Aham, mas nada valioso. Basicamente meias e cuecas — explicou Erik. — Eu passava bastante tempo por aqui naquela época. Com a Tulip.

Marie estalou a língua.

— Aquela garota boba. — Ela se virou para Lynne. — Querida, você não vai oferecer algo para beber junto com o bolo?

— Eu ofereci... — começou Lynne, depois se dirigiu para a cozinha sem terminar sua explicação. Marie era boa em fazer as pessoas obedecerem.

— E não foram só meias e cuecas. Ele também pegou duas bonecas, um pônei de plástico, um chaveiro, um diário, pelo menos um brinco, uma sunga laranja que ficava apertada demais no dono, uma camiseta e muito mais. Você deve ter visto todos os objetos espalhados na fonte, no dia em que estávamos tentando devolver as coisas aos seus donos — disse Marie a Erik.

Os olhos de Kait se arregalavam à medida que a lista de itens roubados de Marie crescia.

— Você realmente acha que esse gato, esse MacGyver, poderia ser o nosso criminoso? Peço desculpas, mas preciso dizer que isso é loucura pra dedéu.

— Você prefere gelada ou em temperatura ambiente? — perguntou a assistente de Micah Jarvis.

— Gelada, por favor — respondeu Serena. Nunca tinham lhe perguntado isso nas reuniões em Atlanta. Embora já fizesse um tempo desde a última vez que participara de uma. Anos, na verdade. Aqueles anos dando aulas e fazendo seu vlog, nossa, como passaram rápido.

— Pode deixar. — O assistente se afastou.

Serena cruzou as pernas, admirando o padrão geométrico dos sapatos de salto invertido laranja que escolhera para dar um toque de cor ao look. Ela optara por uma regata preta de gola alta e jeans J Brand de lavagem escura. Bons jeans, jeans que caíam *bem*, eram um item essencial do guarda-roupa de um ator, e ela vasculhou o eBay até encontrar dois pares perfeitos por um preço que podia pagar. Serena não ligava para marcas, na verdade, mas era importante parecer que, embora você quisesse um emprego, não *precisava* de um. As calças da J Brand, que custavam quase duzentos dólares na loja, transmitiam essa mensagem, assim como os sapatos Fendi, emprestados por Bethany, uma de suas melhores amigas em Atlanta.

Uma garota, provavelmente recém-saída da adolescência, sentou-se na outra ponta do sofá semicircular branco que dominava o saguão. Alguns segundos depois, o assistente voltou com a água de Serena.

— Micah precisa de mais uns dez minutos — avisou ele. Serena lhe agradeceu e tomou um gole de água. Ela olhou para a garota... mulher. Embora a moça estivesse sentada sem se mexer, Serena quase podia ver seus nervos vibrando sob a pele.

— Você prefere água gelada ou em temperatura ambiente? — perguntou Serena, pensando que uma conversa leve poderia acalmar a garota. Ela não respondeu. Serena repetiu a pergunta um pouco mais alto.

A garota se assustou.

— Hein?

Serena sorriu.

— Quando cheguei, perguntaram se eu queria água gelada ou em temperatura ambiente. Nunca me perguntaram isso antes. Eu só estava curiosa para saber o que você prefere.

— Gelada. — Ela não se virou para Serena ao responder.

— Você é de Los Angeles?

— Bakersfield.

A tentativa de conversa não estava funcionando. Talvez a garota só quisesse ficar na dela para se concentrar antes de ser chamada. Mas aquela não era a sensação que Serena estava tendo. Ela sentia uma *vibe* de medo e pavor absolutos, então se levantou.

— Vou fazer a Mulher Maravilha no banheiro. É uma técnica para aumentar a confiança antes de uma reunião.

Ela dera apenas alguns passos quando a garota perguntou:

— Como assim?

— É uma coisa meio boba que eu costumo fazer. É só ficar na pose da Mulher Maravilha.

Serena demonstrou, afastando os pés, colocando as mãos nos quadris e jogando os ombros para trás. Ela olhou para a recepcionista, que não demonstrou nenhuma reação ao seu comportamento de super-heroína no saguão.

— Vi um TED Talks sobre isso — continuou ela. — Quando seu corpo ocupa mais espaço, os hormônios do estresse diminuem e a testosterona aumenta.

— Acho que não quero testosterona extra — falou a menina, mas pareceu intrigada.

— Não estou falando de testosterona suficiente para fazer crescer barba — respondeu Serena. — A testosterona é o hormônio da dominação. E quero entrar na minha reunião pronta para dominar! Ou seja, quero apresentar minha melhor versão para que um agente queira me representar.

A garota riu.

— Você sabe quantas vezes eu li artigos que dizem esse tipo de coisa? Não tenho certeza se sei qual é a minha melhor versão.

— Às vezes sinto que para mim isso depende da quantidade de açúcar e cafeína que ingeri no dia — confessou Serena. — Então vamos de Mulher Maravilha? A propósito, meu nome é Serena.

— Julieta. — Ela revirou os olhos. — Não acho que seja uma boa ideia dar o nome de uma adolescente suicida para a sua filha, mas minha mãe adora. E não é tão comum, o que é bom para atuar. E, sim. Vamos de Mulher Maravilha.

— Banheiro? — perguntou Serena à recepcionista, que, em resposta, apontou com o queixo em direção a um corredor à esquerda.

— Estou tão nervosa... — disse Julieta assim que a porta do banheiro vazio se fechou atrás delas. — Esta é só a minha segunda reunião. E eu fui muito mal na primeira.

Serena voltou à posição de Mulher Maravilha.

— Vamos deixar a pose fazer sua mágica. Quero dizer, seu ajuste hormonal cientificamente comprovado. A ideia é ficar dois minutos na posição.

Julieta ativou o cronômetro do celular e se juntou a Serena na pose.

— Na verdade, já me sinto melhor — disse Julieta quando o cronômetro apitou. — Não sei se é só minha imaginação, mas...

— Não analise. Basta aceitar — aconselhou Serena. — Preciso voltar lá.

— Vou ficar mais um pouco. Estou meia hora adiantada!

— Tente ficar assim por alguns minutos. — Serena afastou os pés outra vez e levantou os braços formando um grande V, com o queixo erguido. — É outra pose de poder.

— Obrigada — disse Julieta. — Eu não imaginei que alguém fosse ser legal comigo aqui.

— Se as pessoas não te tratam bem em uma agência, significa que você está na agência errada — comentou Serena. — Tenho certeza de que você também já ouviu isso um milhão de vezes, mas lembre-se de que uma reunião é como um primeiro encontro. Você não é a única que está sendo analisada. O agente também está. A ideia é você tentar decidir se a pessoa é boa o suficiente para você!

— Tenha um bom primeiro encontro, então. — Julieta se colocou na nova pose.

— Você também.

Serena saiu do banheiro tentando se lembrar da última vez que teve um primeiro encontro. Já fazia... um tempo. Depois do término com Jonathan chegara a sair com alguns caras, então simplesmente... parou, sem que fosse uma decisão consciente. Aquele jantar com Erik teria encerrado essa pausa. Mas ele acabou se mostrando... Serena procurou a palavra certa. Inconstante? Temperamental? Bem, ele *havia* flertado com ela. Já fazia um tempo que Serena não tinha um encontro, mas ainda sabia quando um homem estava flertando, e Erik estava flertando. Então *pffff*.

Não é hora de pensar no Erik, Mulher Maravilha, disse a si mesma enquanto voltava para seu lugar no sofá. Na verdade, ela não devia estar pensando nele em momento nenhum. Por causa do *pfff*.

Poucos minutos depois, um homem alto, alguns anos — pelo menos quatro — mais novo que ela entrou no saguão.

— Serena? — perguntou.

— Sim. — Ela se levantou e apertou a mão dele. — Obrigada por me receber.

— O prazer é meu. Me acompanhe. — Ele a conduziu pelo caminho até uma larga escada.

Se aquilo fosse realmente um encontro, ela estaria muito malvestida, porque Micah poderia muito bem ter saído direto de uma passarela. O terno que usava era nitidamente feito sob medida. As três peças — Serena imaginou que a cor provavelmente tinha um nome tipo sangria — o vestiam de forma perfeita demais para ser *prêt-à-porter*. Também tinha certeza de que os sapatos de couro texturizado eram de alguma marca impressionante, mas não tinha ideia de qual era.

Eu sou o talento, lembrou a si mesma. *Se aparecesse de terno, eles pensariam que não sou criativa.* Uma vez Serena perguntara a uma amiga que era agente como tinha sido a reunião com um dos alunos de Serena. "Ele estava de terno" foi a resposta, e sua amiga parecia confusa, quase horrorizada.

Micah abriu a porta e conduziu-a até uma cadeira que fazia Serena se lembrar de mobília de jardim. Tinha certeza de que as tiras pretas que formavam o assento e o encosto não eram feitas do mesmo tipo de plástico que as espreguiçadeiras da sua mãe, mas pareciam idênticas.

— Belos sapatos — comentou ele, sentando-se do outro lado da mesa.

Deus te abençoe, Bethany. Ela teria de mandar uma mensagem para a amiga e dizer que os sapatos emprestados tinham sido um grande sucesso. Mas e agora? Uma reunião com agentes devia ser uma chance de mostrar sua personalidade. As melhores reuniões realmente eram como um bom encontro, em que a conversa fluía com naturalidade. Ela conhecia uma atriz que conseguiu um agente porque os dois conversaram sobre displasia de quadril em golden retrievers. Tudo começou quando a atriz elogiou a foto do cachorro na mesa do agente. Mas Serena sabia que não conseguiria manter a conversa sobre sapatos. Ou moda. Micah com certeza sabia muito mais do que ela sobre esses assuntos.

Serena olhou ao redor da sala à procura de uma inspiração. Nada. Exceto... Sim, era uma barra de chocolate Big Hunk debaixo de uma pasta. Ela reconheceria aquele B branco no fundo marrom-escuro em qualquer lugar.

— Eu sou viciada nesse chocolate. — Serena afastou a pasta para revelar a barra. — Minha tia sempre me trazia alguns quando ia me visitar. Ela morava em San José. Tem para vender por aqui? Porque eu tinha que comprar na Amazon!

Micah riu.

— Por aqui praticamente todas as drogarias ou supermercados vendem.

— Você já colocou uma barra no micro-ondas? Tipo, por dez segundos, só? O chocolate começa a derreter e fica ainda mais delicinha. — Sim, ela acabara de dizer "delicinha". Foi um pouco demais. Não é como se estivesse tentando ser a próxima Rachael Ray. Bom, ainda bem, porque ela não sabia cozinhar.

— Sacrilégio! Eles têm que estar duros. Tão duros a ponto de ser impossível quebrar sem bater no balcão. — Micah apontou para ela, a expressão severa. — Você está proibida de repetir qualquer coisa desta conversa. Se fizer isso, negarei até a morte. Vou te chamar de mentirosa. Todo mundo sabe que o açúcar destrói o corpo inteiro, e é por isso que eu nunca como açúcar. Nem Big Hunks.

Serena balançou a cabeça.

— Big Hunks são totalmente saudáveis. São adoçados com mel. O mel é um fitonutriente. — Ela baixou a voz para um sussurro. — Só que o primeiro ingrediente do rótulo é xarope de milho, que todo mundo sabe que é ainda pior que o açúcar. E o segundo ingrediente *é* açúcar. — Ela levantou a voz novamente. — Mas o mel, com seus maravilhosos fitonutrientes, é o quarto ingrediente. Então, pode comer!

Micah pegou a barra de chocolate, bateu com ela na beirada de sua mesa certamente muito cara e entregou-lhe um pedaço. Serena imediatamente colocou-o na boca.

— "Louis, acho que este é o começo de uma linda amizade" — falou Micah, depois comeu o próprio pedaço.

— Impressionante — conseguiu dizer Serena, embora o Big Hunk tenha cimentado parcialmente seus dentes de trás. — Você acertou muito. Não "Acho que começa aqui" ou "Este pode ser o começo".

— Sou detalhista — murmurou Micah com a boca cheia do chocolate pegajoso. — É uma das minhas melhores qualidades como agente.

Respire fundo, disse Serena a si mesma. Você está prestes a conseguir um agente. Provavelmente. Talvez.

Sim, definitivamente. Uma hora depois, Micah estava traçando planos para Serena. Ele iria colocá-la em contato com um colega que cuidava de comerciais e começaria a arrumar testes para ela, provavelmente apenas pequenos papéis.

— Se bem que tem um papel... — Seus olhos brilharam quando ele sorriu para ela. — Eu não devia dizer nada por enquanto.

— Ah, não, não, não. — Serena balançou o dedo para ele. — Você não pode esconder nada de mim. Não quero recorrer à chantagem, mas tenho informações sobre... o açúuuucar.

— Tá bom, tá bom. Vou contar. O diretor do remake de *O monstro da Lagoa Negra*...

— Norberto Foster! Eu amo o trabalho dele. Adorei esse filme. Ele conseguiu criar uma criatura sexy e trágica ao mesmo tempo. E isso não é uma tarefa fácil. Ele está fazendo algo que tem um papel para mim? Está? — Serena sabia que parecia ter cinco anos, mas não se importava. — Eu aceitaria qualquer coisa. Trabalharia até de graça.

— Nunca mais diga isso — avisou Micah. — Ele está começando um projeto sobre uma gatuna. A diferença é que a gatuna, na verdade, consegue se transformar em gato de verdade, uma mulher-gato. Ao que tudo indica parece bobo...

— Norberto não vai deixar ser bobo — interrompeu-o Serena. — Ele vai fazer alguma coisa misteriosa, bela e profunda.

— Dizem que ele está procurando uma pessoa que não seja conhecida para interpretar a mulher-gato.

Serena sentiu seus olhos se arregalarem e a respiração acelerar.

— É sério?

Micah assentiu.

— E você acha que poderia, quem sabe... assim, talvez, me arrumar um teste?

Ele assentiu novamente.

Serena estendeu a mão para apertar a dele.

— Louis, este é definitivamente o começo de uma linda amizade.

Mac puxou um sachê de atum do armário. Jamie não o chamara de gatinho danado depois que ele roubara o último. Parecia que ela nem tinha percebido que havia sumido. Com o sachê firme entre os dentes, ele pulou para a bancada da cozinha. Suas orelhas se agitaram, atentas ao som dos passos de Jamie ou David. Mesmo sendo extremamente furtivo, às vezes eles pareciam sentir que Mac estava fazendo algo que ia contra alguma de suas regras humanas.

Mas ninguém apareceu.

Ele foi até os potes de petiscos e abriu o do babacão com alguns movimentos da pata, então pescou um dos que os humanos chamavam de ossos — embora o cheiro fosse bem diferente do de qualquer osso que Mac já vira — e o deixou cair na bancada.

Um segundo depois ouviu Catioro galopando em direção à cozinha. O babacão podia ser estúpido, mas conhecia bem o som de um petisco batendo na bancada. O idiota soltou um latido alto ao virar no corredor. Mac sibilou de volta, uma pata erguida em aviso, com as garras estendidas. O idiota também sabia o que isso significava. Ele fechou a boca, o que não impediu a baba de escorrer por entre os dentes.

Mac olhou para o petisco, mirou e — *zap!* — mandou-o voando para a posição perfeita no chão, logo abaixo da janela redonda. A janela que era alta demais para Mac alcançar sozinho. Assim que Catioro se abaixou para pegar o osso que não era um osso, Mac pulou em sua cabeça.

Catioro soltou um grunhido de surpresa — ele sempre se surpreendia com aquela manobra. Sua estupidez podia ser útil. Bom, ao menos para Mac. O cachorro ergueu a cabeça de repente, dando a Mac o impulso necessário para chegar ao parapeito. Mac ouviu Catioro choramingar enquanto ele próprio escapava sorrateiramente. Em geral, quando o babacão choramingava, um dos humanos vinha ver qual era o problema.

Mac prestou atenção, mas ninguém apareceu.

Havia algo acontecendo com os humanos dele. Mac teria de descobrir do que se tratava, mas não agora. Ele tinha gatinhos famintos à espera. Foi correndo até o esconderijo e se espremeu no túnel, arrastando o sachê de atum com dificuldade.

Antes mesmo que Mac chegasse à metade do caminho, algo o agarrou pelo rabo! Algo com dentes afiados. Mac abandonou o atum e recuou às pressas, girando em direção ao inimigo com as garras a postos, pronto para a briga.

Atrevida estava sentada ali, olhando para ele com seus penetrantes olhos azuis. Todos os filhotes tinham olhos azuis. Os de Pitico eram os maiores, mesmo que ele fosse o menorzinho. Embora os gatinhos tivessem todos a mesma idade, de alguma forma os olhos de Atrevida pareciam já ter visto muita coisa.

O que ela estava fazendo ali? Era para ela estar lá dentro, em segurança com os outros. Talvez Mac devesse começar a chamar essa gatinha de Encrenca.

CAPÍTULO 4

— Antes de nos aprofundarmos neste caso, preciso saber: como informamos seus direitos civis a um gato? — brincou Kait.

Ela e Erik estavam sentados na beira da fonte. Eles tinham acabado de voltar para o Conjunto Residencial Conto de Fadas. Depois que saíram da casa dos Quevas, tiveram de dar uma palestra sobre segurança no Jardins, o condomínio de aposentados atrás do Conto de Fadas, e, quando terminaram, foram à Escola Primária Le Conte para ajudar no treino de futebol e conhecer algumas crianças da região. Aquela era a primeira oportunidade de conversar sobre o roubo.

— Acho que não vai ser necessário. Mac sempre deixava as coisas que roubava em algum lugar próximo. Às vezes na casa de Jamie, às vezes em outras casas do Conto de Fadas — respondeu Erik. — E, embora ele seja um gato inteligente, duvido que seja capaz de escolher a peça mais valiosa em uma caixa de joias.

— Bem, mas quem quer que seja o ladrão, os Quevas facilitaram demais o trabalho. Como alguém pode deixar portas e janelas destrancadas com tanta frequência?

— Principalmente depois que demos uma palestra sobre segurança bem aqui, na semana passada. — Erik balançou a cabeça. — Achei que não precisávamos mencionar algo tão básico como trancar portas e janelas.

— Eu devia ter contado que nos últimos seis meses houve mil novecentos e setenta e três invasões de propriedade em Hollywood.

Os dois eram parceiros havia quase quatro anos, mas Erik ainda se maravilhava com a capacidade de Kait de citar números tão exatos, sem arredondamentos.

— Como você decora todas essas estatísticas? Onde você armazena coisas como enredos de episódios de *Mano a mana* e tabuadas de multiplicação?

Kait deu de ombros.

— Como já disse, é desse jeito que meu cérebro funciona. Na verdade, até o ensino médio pensei que todo mundo fosse assim.

— Você vai gabaritar a prova para detetive. Tenho certeza de que todos os procedimentos, as políticas e seja mais o que for já estão armazenados no seu banco de dados. — Ele deu uma batidinha com o dedo na testa dela.

— Você também vai se sair bem. Estamos fazendo uma revisão completa no nosso grupo. E parte do exame é sobre resolução de problemas, algo no qual você se destaca — lembrou Kait.

Os dois planejavam fazer a prova ainda naquele mês e tinham um grupo de estudos com Jandro. Na verdade, Jandro fizera o exame quase um ano antes, mas não havia passado, e agora se preparava para uma segunda tentativa.

Kait tinha acabado de atingir a marca de quatro anos como policial fardada, e por isso podia fazer o concurso a partir daquele mês. Erik estava quase completando seis anos de experiência. A única maneira de receber uma promoção era fazendo a prova, e era o que quase todo mundo fazia. Havia partes do trabalho de detetive que o intrigavam, mas ele sentiria falta do uniforme, especialmente agora que fora designado para uma ronda.

— Você não está realmente preocupado com isso, está? — perguntou Kait. — A avaliação psicológica pode ser um desafio, mas em geral você consegue passar a impressão de ter uma saúde mental razoável.

Erik soltou sua melhor risada falsa, que acabou se mostrando bem real quando Kait caiu na gargalhada.

— Vamos nos concentrar no nosso caso atual. O que você achou do filho? Daniel? — perguntou Erik.

— Ele parece ter um bom relacionamento com a mãe. Mas definitivamente senti que rola uma rivalidade entre irmãos ali.

Erik assentiu.

— Tive a mesma impressão.

— Ele também não parece ter muito dinheiro. Não é como se a mãe ou, imagino, o pai, que ainda trabalha, precisassem dele em casa. Então acredito que esteja morando com eles para economizar no aluguel — completou Kait. — Se ele paga alguma coisa em casa, aposto que é apenas uma quantia simbólica.

— Acho que se Daniel precisasse de dinheiro a ponto de roubar, teria sido fácil pegar o colar. Ele também sabia exatamente quanto a joia valia. É difícil encontrar uma razão para outro ladrão entrar na casa e levar apenas uma coisa.

— A menos que o ladrão tenha sido interrompido e precisado fugir às pressas quando ouviu alguém voltando para casa. — Kait se levantou. — Vamos sondar. Ver se alguém notou alguma coisa. Se bem que, se a Sra. Quevas estiver certa sobre a data do roubo, provavelmente faz umas duas semanas.

Erik lutou para encontrar um motivo para não ir ao farol, mas, como ele ficava quase em frente à casa dos Quevas, não havia uma desculpa aceitável para que não fosse até lá. Ele estava apenas sendo, como diria Kait, um titicão.

— Vamos primeiro ao farol — sugeriu Erik, para mostrar a Kait que ele não tinha nenhum problema com isso.

— Arrancar o Band-Aid de uma só vez. Melhor escolha.

— Não tem Band-Aid nenhum, porque não existe mais razão para um curativo — protestou Erik.

Kait deu uma fungada meio descrente para ele, mas não disse nada. Afinal de contas, ele não andava por aí deprimido por causa de Tulip. Quase não pensava mais nela.

— É difícil imaginar como seria morar aqui — comentou Kait enquanto seguiam pela rua sinuosa. O Conto de Fadas não era um lugar com muitos ângulos retos. — É fofíssimo, mas é um pouco faz de conta demais para a vida real. Por exemplo, aquela casa ali. — Ela apontou para um chalé com telhado de palha e uma chaminé artisticamente torta. Parecia uma versão em tamanho real de uma daquelas casas de fadas que sua sobrinha mais nova adorava. — Eu jamais conseguiria ler anotações de um caso se morasse ali. Seria como se estivesse corrompendo o lugar.

— Verdade.

Erik seguiu na frente pelo cascalho de conchas marinhas que formava o caminho para o farol, a tensão aumentando a cada passo. Ele era policial, pelo amor de Deus. Uma casa não deveria ser capaz de lhe provocar aquilo.

Ele tinha certeza de que Kait percebera sua reação, mas ela não fez nenhum comentário, nem suspirou ou fungou. Provavelmente pensando no acordo de não falar sobre relacionamentos por seis meses. Kait levava promessas muito a sério.

Erik deu duas batidas fortes e rápidas na porta, ignorando a aldrava de sereia. Ao abrir a porta, Serena deixou escapar:

— O que você está fazendo aqui? — Então acrescentou de imediato: — Desculpe. Eu só... não estava esperando te ver.

— Estamos aqui para fazer algumas perguntas sobre um roubo que aconteceu na vizinhança — explicou Kait.

— Um roubo? — Serena franziu as sobrancelhas. — Claro. Vocês querem entrar?

Erik teria preferido falar com ela ali mesmo, mas Kait novamente assumiu a liderança.

— Se for possível, seria ótimo.

Serena abriu mais a porta e recuou para deixá-los entrar. Erik deu uma olhada nela. Não conseguia deixar de notar como a calça jeans delineava suas curvas. E a camiseta justa sem mangas... Não era decotada, de forma alguma. Tinha gola alta. Uma gola alta! Mas era muito sexy, o tecido macio justo nos seios. Seu olhar se moveu para baixo, finalmente parando na ponta dos pés dela. Serena tinha dedos bonitos. Havia uma pequena lasca no esmalte laranja em uma das unhas e isso o fez...

Ele estava sendo indiscreto? Talvez estivesse sendo indiscreto. Erik se forçou para prestar atenção no interior do farol. Ficou surpreso ao notar que era exatamente como se lembrava. Ele tinha esquecido que o lugar era mobiliado. A visão trouxe de volta alguns momentos com Tulip.

— Sentem-se.

Serena apontou para a grande mesa da cozinha. Ele tinha feito amor com Tulip bem ali. Tentou se forçar a apagar aquela imagem mental, mas todos os detalhes permaneceram bem nítidos. Ele precisaria enfiar a cabeça embaixo da torneira ou bater na testa com um martelo para apagar aquilo da cabeça. Mas, como nada disso era possível, Erik apenas se sentou e pegou seu fiel caderninho. Afinal, poderia ao menos tentar passar a impressão de ser um profissional que veio para fazer um trabalho profissional de forma profissional. Mesmo que seu cérebro estivesse mostrando Tulip encostada naquela geladeira azul. E inclinada sobre aquele balcão.

— Quem foi roubado? — perguntou Serena, sentando-se em frente a Kait.

Provavelmente ela não queria olhar para Erik. Ele tinha sido um idiota da última vez que se viram, convidando-a para jantar e depois desconvidando-a da maneira mais grosseira possível.

Dessa vez Erik não deixou Kait falar.

— A família Quevas, que mora do outro lado da rua.

Ok, ok, muito bom. Ele soava bem normal, e não como alguém que estava no meio de um surto.

— Eu amo aquele lugar. Queria muito ter uma casa na árvore quando era criança — comentou Serena.

— Acho que todo mundo queria, né? — concordou Kait.

— Eu não — disse Erik. — Eu tinha uma e odiava.

— Acho que você precisa explicar melhor. Não dá para simplesmente dizer algo assim e deixar pra lá. — Serena girou a bandeja giratória que ficava no meio da mesa.

Erik hesitou. Antes que pudesse decidir como responder, Kait interveio.

— Aposto que foi a babá do inferno. — Ela se virou para Kait. — Erik teve a pior babá do mundo. Ela contava umas histórias horríveis para ele e os irmãos. A história sobre a mão ensanguentada saindo do vaso sanitário fez Erik fugir de casa para um xixi e...

— E já entendemos — interrompeu-a Erik. — Ela era horrível mesmo. — A bandeja giratória havia parado, e ele a fez girar outra vez por impulso. — Ela sempre dizia que a monstruosa mão desencarnada, ou sei lá que nome aquilo tinha, não viria nos pegar se estivéssemos sempre perto de alguém mais velho, como ela. Isso nos manteve na linha.

— E aposto que deixou vocês cheios de traumas. Se eu tivesse tido uma babá dessas, acho que dormiria de luz acesa até hoje! — exclamou Serena.

— Eu dormi, até uns doze anos — admitiu ele. — Ela contava uma história muito assustadora sobre um comedor de crianças que morava na casa da árvore. A história tinha muitos detalhes. Ela contava que ele cortava a carne das crianças enquanto ainda estavam vivas. Mas isso não aconteceria, é claro, se estivéssemos com ela. — Ele balançou a cabeça. — Eu me pergunto onde essa mulher foi parar.

— Virou mascote, com certeza — respondeu Serena.

— Mascote? Tipo os de time de futebol, que vestem fantasias de animais? — Kait parecia intrigada.

— Isso aí. Todos eles são bem esquisitos. — Ela olhou para Erik, e ele sentiu a mesma fagulha de quando pegou a sua mão para ajudá-la a subir na beirada da fonte outro dia. — Com certeza sua ex-babá agora passa os dias assustando milhares de pessoas com uma bizarra fantasia de mascote.

Erik riu.

— Esqueci de perguntar se vocês queriam água ou alguma coisa para beber. — Serena se levantou. — Tenho chá gelado, refrigerante...

— Chá gelado seria ótimo — respondeu Kait.

— Estou bem — falou Erik, acompanhando Serena com os olhos enquanto ela atravessava a cozinha. Aqueles jeans ficavam *realmente* ótimos nela.

— Cheguei faz muito pouco tempo para saber quem é daqui e quem não é. Não completei nem uma semana ainda. Nem pedi nada do menu secreto do In-N-Out Burger — confessou Serena.

Erik de repente percebeu que as imagens eróticas com Tulip haviam parado de se repetir em sua mente em algum momento da visita. Serena era muito simpática, mesmo ele tendo sido um idiota com ela. E era engraçada também. Erik tinha uma queda por mulheres engraçadas. Mas estava decidido a não se envolver com outra ganhadora do Prêmio Farol. Ele sabia qual seria o desfecho. Ela apostaria tudo em seus sonhos hollywoodianos, toda sua paixão, inteligência e talento. E, quando tudo desse errado, seu coração ficaria destruído demais para ser consertado. Nem todo o amor seria suficiente para...

E, no meio daquele pensamento, ele tinha trocado Serena por Tulip. Erik precisava se lembrar de que elas eram pessoas diferentes. Uma era sua ex. A outra era só uma conhecida. Por quem ele tinha sentido em poucos minutos uma atração forte o suficiente para convidá-la até sua casa. Erik quase nunca convidava mulheres para visitá-lo, com certeza não mulheres que ele tinha acabado de conhecer. Ele geralmente sugeria que fossem para a casa *delas*.

Serena voltou com o chá gelado de Kait. Erik levantou-se antes que sua parceira pudesse tomar um único gole.

— Vamos tentar o vizinho dos Quevas. Aquele com as cortinas abertas. Não parecia ter ninguém em casa quando passamos por lá.

Kait começou a pousar o copo.

— Pode levar — insistiu Serena. — Na sua próxima ronda você devolve. Ou pode deixar na varanda se eu não estiver em casa.

— Obrigada. — Kait se levantou. — Recentemente li um estudo sobre função cerebral e desidratação. As cobaias desidratadas cometeram tantos erros quanto os motoristas embriagados.

— Uau, eu não sabia disso. Sei que é bom beber muita água, que faz bem para a pele, mas não sabia que isso tinha tanto efeito no cérebro.

Kait sorriu.

— Você também precisa saber que o Lakers não tem mascote. Então...

— Precisamos ir — interrompeu-a Erik.

Ele continuava notando coisas de que gostava em Serena. Ela parecia genuinamente interessada no aviso sobre desidratação de Kait. Nem todo mundo se preocupava em prestar atenção quando Kait começava a despejar fatos em cima das pessoas.

Kait o ignorou e continuou com o que estava dizendo.

— Então você pode ir a um jogo deles sem medo.

— Ah, obrigada, Kait. — Serena deu um sorriso que fazia o canto dos olhos se enrugar. — Você pode ter mudado a minha vida para sempre!

Erik foi até a porta, aliviado ao ouvir os passos de Kait atrás dele. Tinha certeza de que ela comentaria alguma coisa sobre sua grosseria, mas talvez tenha decidido lhe dar um tempo. O que significava que seu filme estava mais queimado do que ele havia imaginado.

Ele e Kait foram até a casa vizinha à dos Quevas.

— Adoro esse telhado ondulado — comentou Erik quando chegaram ao portão, tentando quebrar o silêncio e fazer com que as coisas voltassem ao normal entre os dois. — Parece que está caindo aos pedaços, mas obviamente foi feito para parecer assim. — Kait não respondeu. — E aquela roda d'água. Belo toque. E a lagoa.

— Tem alguém lá fora — disse Kait.

Erik estava muito ocupado tagarelando para notar o homem asiático, de uns trinta anos, sentado em um banco rústico na lateral da casa, em frente à roda d'água. Quando viu Erik olhando em sua direção, o homem se levantou e acenou, mas pareceu desconfiado. Erik queria muito que isso não acontecesse com tanta frequência, mas as pessoas em geral pareciam desconfiadas quando ele e Kait apareciam. Talvez voltar às rondas mudasse isso. As pessoas os veriam bastante, então seriam apenas Erik e Kait, não aqueles dois policiais que só apareciam quando acontecia algum problema.

— Boa tarde, senhor. Somos os novos policiais do bairro! — exclamou Erik quando ele e Kait estavam atravessando o portão. Ele não reconhecia o cara, não se lembrava de tê-lo visto no dia da palestra.

— Não confundir com o Homem-Aranha, amigão da vizinhança — acrescentou Kait enquanto se aproximavam. O Homem-Aranha era o super-herói favorito dela, em parte porque era um cara normal, e não alguém que nasceu com superpoderes, mas principalmente porque se importava de verdade com as pessoas, e com todas, sem distinção. Ele conversava com os vizinhos, se interessava por suas vidas. Na verdade, ele era como um policial de ronda, um super-herói da vizinhança.

— Então não será problema eu estar tentando recriar a fórmula de Osborn no porão. — Ele olhou para a casa. — O porão que consegui tornar invisível.

— Impressionante. Nem o Venom consegue fazer isso. Ele consegue se camuflar, mas, a menos que eu esteja enganada, não consegue fazer o mesmo com objetos.

— Ela nunca está errada — comentou Erik.

A conversa sobre super-heróis parecia ter acabado com o nervosismo do cara. Que bom. Por outro lado, o nervosismo parecia ter sido transferido para a parceira. Kait mudou ligeiramente o peso de um pé para o outro e, em seguida, afastou uma das tranças do rosto. E Kait não era de ficar se remexendo.

Ela havia achado o cara bonito, Erik percebeu. Ele tentou observá-lo através dos olhos de Kait. Cabelo preto curto, com uma franja longa o suficiente para cair sobre a testa. Sobrancelhas retas e escuras. Olhos estreitos, castanhos. Maçãs do rosto pronunciadas.

Se ele estava olhando através dos olhos de Kait, estava olhando através de seus olhos de policial. Tentou ajustar o olhar para uma ótica feminina, digamos assim. E tentando pensar desse modo, sim, o cara era bonitão. E ele gostava do Homem-Aranha. Gostar do Homem--Aranha não estava na lista de atributos de um cara considerado perfeito por Kait, mas deveria estar. Isso era muito mais importante do que enviar mensagens, ligar ou interagir de alguma forma diariamente — o que era, ele achava, o número seis da lista.

Erik voltou a atenção à conversa. Eles tinham mudado de assunto, para alguém que parecia ser outro vilão do Aranha. Erik esperou uma pausa na conversa e perguntou:

— Você é parente de Grace Imura? — Ele imaginou que aquela visita para perguntar sobre o roubo também poderia servir para conhecer melhor os moradores. — Namorei uma mulher que morava do outro lado da rua e acabei conhecendo os vizinhos.

— Grace é minha tia. Meu nome é Charlie Imura. — Ele cumprimentou os dois policiais com um aperto de mão e depois perguntou: — Querem se sentar?

Ele se acomodou no banco e apontou para as cadeiras de madeira em frente.

— Grace é muito legal. Uma vez minha namorada... ex-namorada — corrigiu-se Erik rapidamente — postou no Facebook que estava com uma enxaqueca daquelas, e sua tia apareceu na porta dela cerca de meia hora depois, com uma cartela de analgésicos.

— É bem coisa dela. — Charlie sorriu. — Quando eu era criança, toda vez que ela vinha nos visitar, nós jogávamos Mau-mau apostando moedas de um centavo. A gente jogava uma partida atrás da outra. Qualquer outro adulto teria enlouquecido. Mas ela nunca dizia que estava na hora de parar.

— Que bom que você ainda é próximo dela — comentou Kait. — Pelo menos imagino que sim, já que está aqui.

Ter um bom relacionamento com a família com certeza estava na lista de Kait. Charlie poderia muito bem ser alguém com quem Kait talvez saísse mais de duas vezes.

— Mas e aí, o que posso fazer por vocês?

Charlie se ajeitou no banco, fazendo a perna da calça subir, e foi então que Erik viu... a tornozeleira eletrônica. Ele percebeu, pela postura rígida de Kait, que ela também tinha visto. Charlie estava em prisão domiciliar, e isso significava que havia cometido algum crime grave.

— Queremos nos apresentar a todos na vizinhança — respondeu Erik. Eles chegariam à tornozeleira. — E gostaríamos de saber se você viu alguém estranho por aqui nas últimas semanas. Houve um assalto.

— Mas, primeiro, por que você não nos conta sobre essa tornozeleira? — A voz de Kait havia ficado fria, cem por cento profissional, sem nada do brilho que exibira quando eles estavam conversando sobre Grace e o Homem-Aranha.

— Eu não estava tentando esconder, exatamente. Em geral não toco no assunto, pelo menos não de cara. Embora talvez tivesse sido melhor, já que vocês são policiais. Mas, se existe alguma regra sobre isso, eu não sabia.

Kait havia assumido a postura de policial e Charlie, de criminoso, parecendo nervoso e na defensiva.

— Apenas responda à pergunta, por favor — insistiu Kait.

— Tráfico de drogas. — Ele não deu detalhes nem nenhuma desculpa.

— Você está cumprindo prisão domiciliar na casa da sua tia, então.

Os músculos dos ombros dela ficaram tensos. Uma acusação criminal não estava na lista de Kait, de jeito nenhum.

— Exatamente. — Charlie não desviou o olhar do dela.

Erik decidiu que era hora de redirecionar a conversa.

— Você notou algo suspeito por aqui, Charlie?

— Não — respondeu ele. — E, quando não estou no trabalho, estou aqui. Você sabe como é.

— Você respondeu muito rápido à pergunta — desafiou-o Kait.

— Se eu tivesse notado algo suspeito perto da casa da minha tia, eu me lembraria.

— Se você se lembrar de alguma coisa, ou se vir alguma coisa na vizinhança que ache que deveríamos saber, é só entrar em contato. — Erik se levantou e entregou seu cartão a Charlie.

Charlie também se levantou.

— Pode deixar. — Ele olhou para Kait. — Lembra aquela vez que o Homem-Aranha roubou uma joalheria?

— *Amazing Spider-Man* número oitenta e sete — respondeu ela. — Mas ele estava doente, delirando. Espero que você não esteja tentando comparar as ações dele com as suas.

Ela se virou e foi embora, sem lhe dar chance de responder.

— O traficante de drogas amigão da vizinhança. Que ótimo — murmurou Kait quando chegaram à calçada.

— E eu já estava começando a achar que talvez o cara atendesse aos seus requisitos para conseguir pelo menos um encontro. Aí descobrimos a situação dele.

Kait olhou para o parceiro.

— O quê? Como assim?

— Ele estava flertando com você. E você estava dando abertura. Isso é atração mútua. Número nove da lista.

— Erik, aquilo não passou de uma conversa sobre um interesse em comum, não era atração mútua. Atração mútua foi o que rolou entre você e Serena quando estávamos na casa dela.

— Você sabe que ela é a última pessoa em quem eu poderia estar interessado.

— Pelo jeito que você olhou para ela não foi o que pareceu. E digo o mesmo dela. Você não chegou a encarar, mas foi quase.

Erik não tinha como argumentar.

— Diante do que vi lá, talvez eu pudesse reconsiderar a regra de comer a carne onde se ganha o pão — completou Kait. — Mas você tem que tratá-la bem.

Os gatinhos finalmente dormiram, até Atrevida. Mac se levantou e espreguiçou, curvando as costas, depois respirou fundo. O cheiro de sua urina ainda estava forte, quase escondendo o cheiro dos filhotes. Ele enterrou cuidadosamente os excrementos dos gatinhos, para que nada detectasse sua existência no escuro. Eles eram fracos demais para se proteger. Mac nunca pensou que enterraria resíduos que não fossem os seus próprios, mas fez o que tinha de ser feito. Como sempre. Não havia mais ninguém para ajudar.

Depois de uma última olhada nos gatinhos, Mac atravessou o túnel e saiu para a noite escura. Ele precisava começar a investigar os humanos, para saber quais deles mereciam compartilhar a casa com alguém da sua família. Sim, de alguma forma, gostando ou não, os filhotinhos tinham se tornado sua família, assim como Jamie, depois David e Catioro. Ele não queria aceitar o babacão, mas David era o humano do Catioro, e isso significava que os dois tinham de ficar juntos. E era óbvio que David não conseguia lidar com o vira-lata sozinho.

Agora, em vez de se divertir, ele precisava procurar quatro humanos dignos. Havia muitos de quem ele gostava na vizinhança, mas gostar não era suficiente. Mac precisava ter certeza de que eles entenderiam as necessidades de um gatinho — comida, água, ratinhos de pelúcia que cheiravam tão bem que poderiam deixar um gato adulto tonto, sardinhas... Mac sabia onde podia conseguir sardinhas. Poderia muito bem triturar ossinhos de peixe em segundos. Mas ele não era um cachorro. Não era dominado pelos desejos do próprio estômago.

Com as orelhas para a frente e os bigodes também atentos, ele trotou pela rua até a casa de Zachary. Quando chegou à varanda, se apoiou nas patas traseiras e bateu com a pata da frente na campainha. Zachary abriu a porta na hora, mas não se inclinou para dar uma coçadinha no queixo de Mac, nem foi para a cozinha pegar um petisco.

Ora, que absurdo. Não fora aquele o treinamento que Mac tinha dado a Zachary! Com o rabo eriçado, ele seguiu aquele humano danado até a sala, onde Addison estava à espera, como Mac sabia que estaria. Era quase impossível surpreender um gato.

— É melhor terminar agora — tagarelou ela. Sua voz era alta e estridente, parecia uma picada de abelha na orelha de Mac.

— Era para ser uma comemoração — respondeu Zachary. A voz dele soou baixa, mas Mac sabia pelo cheiro que as coisas não estavam bem. Aquele outro cheiro, o cheiro forte e doce que fazia o nariz de Mac coçar, não conseguia cobrir o odor das emoções dos humanos. — Foi idiotice achar que minha namorada ficaria feliz por eu ter conseguido uma bolsa integral? De atletismo, algo que eu amo.

— Achei que você *me* amava — falou Addison. Ela cheirava a raiva, como Zachary, e também a tristeza, como Zachary. E Addison não estava prestando mais atenção em Mac do que Zachary. Certo de que aqueles dois deveriam ser companheiros de bando, Mac tinha feito isso acontecer. Mas não entendia por que eles estavam sempre sibilando e rosnando um para o outro.

— Odeio conversar quando você fica assim. — Zachary enfiou os dedos no pelo da cabeça. Pobres humanos. Eles tinham tão pouco pelo, não tinham o suficiente para se manter aquecidos. Tinham de usar roupas. Mesmo que Mac ficasse careca, não se rebaixaria a usar roupas. — Não é como se a Politécnica fosse tão longe assim. Isso não significa que nunca mais vamos nos ver. Não estamos terminando.

— Isso é o que todo mundo diz, mas isso sempre acontece. Nenhum casal fica junto se não estudar no mesmo lugar.

Algo quente e úmido caiu na cabeça de Mac. Addison estava chorando em cima dele e nem sequer se preocupou em lhe oferecer nada, nem um grãozinho de ração.

— Isso não vai acontecer com a gente.

Mac se virou e voltou para a porta enquanto Zachary puxava Addison para si e começava a babar nela. Mac teve de bater na porta com as patas cinco vezes seguidas até que Zachary fosse abri-la para ele.

Com uma bufada de aborrecimento, Mac saiu. Aqueles humanos tinham simplesmente lhe demonstrado o maior desrespeito, ignorando-o por completo. Ele não poderia confiar em nenhum dos dois para cuidar de um de seus gatinhos. O filhote poderia morrer de fome enquanto eles tagarelavam e babavam.

Mac se virou na direção da casa que ele e Jamie compartilhavam antes de se tornarem companheiros de bando de David e Catioro. Havia outra velha amiga que talvez soubesse tratar direito um gatinho. Tempos atrás, Mac pensara que essa humana seria boa para Riley, a jovem que fazia parte do bando de Addison, e, claro, ele tinha acertado. Ruby cuidava bem de Riley quando estavam juntas. Cuidar de um gatinho exigiria mais esforço, mas Ruby talvez fosse capaz de lidar com isso.

Mac não conseguia alcançar a campainha ao lado da porta de Ruby, então miou, miou e miou sem parar. Ele sabia que Ruby estava lá dentro; Ruby e Riley. Resolveu que tentaria mais uma vez e, se não obtivesse resposta, abriria um buraco na tela ou desceria pela chaminé. A única razão pela qual ele não o fizera logo de início foi porque já tinha percebido que aquilo deixava os humanos agitados. Ao contrário dos gatos, os humanos eram muito fáceis de surpreender. Seus narizes mal funcionavam, e seus ouvidos e olhos não eram muito melhores.

Ele abriu a boca e soltou um longo miado que se transformou em uivo.

— Tem um gatinho lá fora! — disse Riley, então a porta se abriu. — Mac! É você!

Mac aproveitou o tempo para se esfregar na perna da menina e cumprimentá-la, depois entrou na casa. Ele nunca estivera ali dentro. Ruby ia à casa de Mac com tanta frequência que ele não precisava visitá-la.

Ele aprovou o cheiro do lugar. Algo perto da cozinha tinha um cheiro semelhante ao do seu ratinho de brinquedo. Isso fez Mac sentir vontade de correr até as cortinas e escalar! Mas ele não estava ali para brincadeiras, embora tivesse tempo para um lanchinho. O odor de uma de suas guloseimas favoritas se misturou ao cheiro do ratinho.

Ruby estava perto do fogão.

— Pode cortar algumas folhas de manjericão aí, parceira? — disse ela sem se virar.

— Não somos caubóis. Somos princesas — respondeu Riley.

Ruby assentiu.

— Princesas de um planeta onde todas são princesas. Às vezes sinto falta de ser um caubói. Lembra quando eu fazia panquecas roxas? — Ela soltou um suspiro. — Pelo menos você ainda ama pôneis.

— Princesas sempre têm pôneis — disse Riley. — A não ser quando têm unicórnios.

— Bem, princesa Riley Pom-Pom, por favor, arrume a mesa para o nosso banquete de salada da realeza e macarrão com queijo monárquico, e cupcakes majestosos de sobremesa.

— Solicitamos que um lugar seja reservado para MacGyver, mesmo ele não sendo uma princesa. Ele pode ser um príncipe de um planeta com uma realeza felina.

— Mac está aqui? — Ruby se virou e olhou para ele. — Como você entrou, sua criatura gloriosa?

— Abri a porta para ele. O príncipe MacGyver pode ficar? — perguntou Riley.

— Desculpe, docinho. Você pode dar alguns mirtilos da salada para ele. Jamie às vezes faz isso, e ele adora. Mas ele não pode ficar porque vai espalhar pelos por todo lado e sou alérgica a gatos. Sempre que chego perto de um... — Ruby soltou um espirro alto. — ... eu espirro.

Ela pegou Mac nos braços e o apertou, depois correu em direção à porta.

— Eu te amo, Mac. E fico feliz em espirrar sempre que vou na sua casa. Mas não posso deixar você ficar aqui.

Ruby abriu a porta, colocou Mac do lado de fora e fechou-a rapidamente.

Mac não entendia. Ruby ficou feliz em vê-lo. Até deu um abraço nele, mas depois o expulsou. Colocou-o para fora. Isso foi muito pior do que ser desrespeitado e ignorado. Foi... A porta se abriu e Riley deu três mirtilos para Mac. Não chegavam a ser peixinhos, mas eram uma oferta aceitável.

— Você é um bom gatinho. A gente se vê em breve. — E fechou a porta.

Se Riley fosse mais velha, poderia ser uma pessoa aceitável para um de seus gatinhos. Mas ela mesma ainda cheirava como um filhote. E Ruby... Os humanos às vezes eram muito difíceis de entender. Ele gostava de Ruby e sabia que ela gostava dele. Mac sempre conseguia sacar pelo cheiro quando um humano não gostava de gatos. Mas, ainda assim, depois do que tinha acabado de acontecer, não podia confiar nela com um gatinho.

Ele trotou pela rua, dobrou a esquina, passou por sua antiga casa e foi até o lugar onde moravam os humanos chamados Al e Marie. Al estava cavoucando o chão do quintal, mas Mac não viu motivo nenhum para cavar. Al não tinha nenhum cocô para enterrar. Também não tinha garras para afiar. Al não dormia do lado de fora, então não poderia estar tentando fazer um lugar confortável para se deitar. Mac não sentiu cheiro de nada saboroso no buraco, então Al não estaria tentando caçar.

Por que ele ainda se esforçava para tentar entender os humanos? Mac descobrira, quando ele próprio ainda era um filhote, que as pessoas não faziam sentido. Elas podiam ser treinadas para fazer algumas coisas, como trazer comida, água e brinquedos, mas não tinham capacidade para muito mais. Era por isso que precisavam de gatos para cuidar delas. Quando crescessem, seus gatinhos acabariam fazendo muito mais pelos humanos do que os humanos faziam por eles. Era uma lei básica da natureza.

Mac não tinha tempo de brincar com Al agora. Marie era a líder do bando, algo que sempre fora fácil de cheirar. Era ela que ele precisava avaliar. Mac foi em direção à porta principal e, antes de chegar até lá, esta se abriu, como se Marie soubesse que ele estava lá antes que Mac tocasse a campainha. Ela era mais observadora do que qualquer outro humano que Mac já havia conhecido. Era como se fosse parte gata.

— Bom, se você vai entrar, entre logo — disse Marie. — Embora nós dois saibamos que você devia estar seguro em casa.

Mac trotou para dentro. Marie fechou a porta assim que Mac entrou e desapareceu em um dos outros cômodos. Mac pulou na poltrona que parecia mais aconchegante. Não havia razão para não ficar confortável enquanto fazia a avaliação de Marie.

Ela voltou um momento depois, estreitando os olhos para ele.

— Não, senhor.

Marie o pegou e o jogou no chão. Jogou! No chão! Ela colocou a toalha dobrada que carregava em cima da poltrona, depois pegou Mac outra vez e o largou — largou! — em cima dela.

— Não saia daí! — falou ela, séria. Então sumiu novamente.

Dessa vez, quando Marie voltou, segurava um pratinho. As narinas de Mac tremelicaram ao sentir o cheiro de peru. Marie estendeu o prato para ele. Mac não precisou de um segundo convite. Comeu rapidamente a guloseima e depois lambeu o prato para se certificar de que havia aproveitado cada gota deliciosa do molho quente. Pontos para Marie. Muitos pontos. Talvez o suficiente para compensar a forma como ela o tratara segundos antes.

Até que ela começou a limpar a boca de Mac com um pano úmido. Ela limpou a sua boca! Com água! Ela achava que ele parecia sujo? Não. Impossível. Mac era um gato e, ao contrário dos humanos, os gatos sabiam o propósito de suas línguas: se limpar. Os humanos não tinham a capacidade de compreender esse fato básico. Eles estavam sempre submergindo em água ou se borrifando com água, ou se limpando com água.

Marie estendeu a mão para uma das patas dianteiras de Mac. Era óbvio que ela pretendia molhá-la! Mac saltou da poltrona, correu até a chaminé e pulou para dentro. Apoiando as patas em cada lado do túnel de tijolos, ele subiu e saiu para o ar fresco. Ele não iria deixar um de seus gatinhos aos cuidados de Marie, de jeito nenhum. Suas intenções podiam ser boas, mas ela não tinha ideia do que um gato precisava. Bem, ela sabia que um gato precisava de peru, mas água. Água! Não, ele tinha de continuar procurando.

Mac abriu a boca e usou a língua para puxar o ar para dentro. Ele avaliou os odores e depois escolheu um grupo de cheiros que considerou promissor. Pulou em uma palmeira próxima, cravando as garras com força no tronco, então desceu até o chão e seguiu a trilha do cheiro que havia escolhido. Aquilo o levou para uma casa não muito longe de onde tinha escondido os gatinhos. Apenas uma porta de tela bloqueava sua entrada, e um belo movimento de pata resolveu o assunto.

Três humanos, dois homens e uma mulher, estavam sentados na sala, conversando. Eles cheiravam como um bando.

— Marie na verdade me disse que estava *torcendo* para que alguém roubasse um anel que está na família de Al há gerações. Ela acha o negócio horrendo, e... — A mulher baixou a voz para um quase sussurro. — Receio que realmente seja.

— Não precisa ficar escandalizada — disse um dos homens. — Pode admitir, mãe. Você está feliz que aquela monstruosidade de cogumelos tenha sido roubada. Agora pode comprar algo que realmente queira usar com o dinheiro do seguro.

— Daniel! Que coisa horrível de se dizer.

Mac foi até ela. A mulher cheirava um pouco agitada, mas não havia nada que fizesse Mac pensar que poderia ser perigosa. Sendo assim, ele pulou no colo dela como um teste.

— Ora, olá! — exclamou a mulher.

Ela gentilmente passou a mão pela cabeça e pelo pescoço dele, e sua agitação diminuiu. Ela estava feliz por ele ter se aproximado. Mac não pôde deixar de ronronar com alegria. Ele se perguntou se ela seria uma boa humana para Pitico. Ele era um filhotinho que precisava de muita atenção.

— Como você entrou aqui? — perguntou ela, sem parar de fazer carinho em Mac.

— Provavelmente pela porta de tela. Ela nunca trava direito, e você e o Daniel nem se preocupam em fechar a outra — disse o outro macho do bando.

— A noite está tão linda. Achei que a gente podia deixar a porta aberta para entrar um ventinho. — A mulher começou a coçar o queixo de Mac. Ela conhecia todos os melhores lugares. — Será que nosso visitante gostaria de comer ou beber alguma coisa?

— É só um gato, mãe. Não precisa agir como se ele fosse uma visita da realeza. — O homem riu. O som veio do fundo de seu peito, e fez Mac se lembrar de um ronronar.

— Mamãe não é humanocêntrica, Marcus — disse o primeiro homem, Daniel.

A mulher era mãe e o outro homem era Marcus. Mac achava que mãe e Daniel moravam ali, mas Marcus, não. Os cheiros da casa não eram tão fortes nele.

Mamãe gentilmente moveu Mac do seu colo para o de Marcus.

— Cuide do nosso amigo — disse ela.

Mac percebeu que a mulher não era a única humana agitada na sala. Parecia que havia uma leve vibração de ansiedade percorrendo Marcus. Ele controlava a sensação com tanta firmeza que Mac não percebeu de imediato. Mas a ansiedade era forte, e Mac pensou que deveria ser algo que o homem sentia havia muito tempo. Era preciso prática para manter aquele sentimento tão bem escondido que nem um gato seria capaz de notar.

Aquele homem talvez não fosse digno de um gatinho. Mac ainda não tinha informações suficientes para decidir, mas Marcus definitivamente precisava de ajuda felina. De MacGyver, mais especificamente. Ele esfregou a cabeça no ombro de Marcus, comprometendo-se a descobrir o que havia de errado nele e consertar. Já tinha muito o que fazer, mas não podia deixar o humano naquele estado. Seria cruel, uma vez que Marcus obviamente não era inteligente o suficiente para resolver sozinho qualquer que fosse o seu problema.

— Não acredito que o papai foi ao jantar de negócios. Ele devia imaginar que a mamãe estaria chateada por causa do roubo — comentou Daniel.

— Ele me ligou. Eu disse que daria um pulo aqui.

— Claro que sim. — O cheiro agradável que vinha de Daniel azedou um pouco. — Sou eu que moro aqui, mas ele ligou para você.

Será que Daniel também precisava da ajuda de Mac? Mac era engenhoso, mas não dava para esperar que resolvesse os problemas de todo mundo! Decidiu que, por ora, ficaria de olho em Daniel. Marcus era quem precisava de ajuda imediata.

— Provavelmente ele achou que você estaria fazendo teste para algum grande papel. Quanto você recebeu pelo último? Naquela peça?

— Dois e cinquenta — murmurou Daniel.

— Duzentos e cinquenta. E você passou quantas horas ensaiando, além de ajudar na montagem dos cenários? — perguntou Marcus.

— Duzentos não. Dois dólares e cinquenta centavos. — O cheiro azedo ficou mais forte. — Dividimos a bilheteria, mas o elenco era muito grande. Era um musical, não que seja do seu interesse. Você não vê nada que eu faço há anos.

— Dois dólares e cinquenta centavos. — Marcus olhou para Mac. — Você ouviu isso? Dois dólares e cinquenta centavos.

— Não fiz pelo dinheiro. — A voz de Daniel soou áspera aos ouvidos de Mac. — Fiz para ser visto. Agentes assistem a essas peças.

Diretores de elenco. Roteiristas. É muito mais fácil conseguir trabalho assim do que sair enviando um milhão de fotos minhas por aí.

— Ah, que ótimo! Então você conseguiu um emprego? Qual é o papel? — perguntou Marcus em voz alta. Mac sentiu o clima pesar. Como se estivesse prestes a chover. Ou como se os dois humanos fossem começar a brigar.

Mas, antes que isso pudesse acontecer, mamãe entrou. Com atum. Mac deu um salto quando ela colocou o prato daquela delicinha no chão.

Marcus soltou aquela risada ronronante outra vez.

— Salada de atum?

— Eu já tinha usado o resto do atum — disse mamãe. — Acho que ele não vai se importar com um pouco de maionese e aipo.

Quando começou a comer, Mac sentiu aquela sensação de tempestade que se aproximava desaparecer. Talvez os dois só fossem ter uma briga de gatinhos. Atrevida e Salmão sempre rosnavam quando se engalfinhavam, mas era tudo brincadeira. Da mesma forma que Mac estava brincando, em geral, quando dava uma mordidinha no rabo grosso de Catioro. Ele voltou toda a sua atenção para o adorável atum. Como tinha sentido falta disso! Ele não se permitiu dar nem uma mordida no atum que levara para os filhotes.

— Ele parece estar gostando — comentou Daniel.

— É melhor eu ir embora. — Marcus se levantou. — Tenho que acordar cedo amanhã. Fale com o papai sobre instalarmos um sistema de câmeras de segurança aqui. Pode ser, mãe? Isso me deixaria mais tranquilo.

— Vou falar com ele — prometeu ela.

— E pelo menos tranque a porta antes de ir para a cama, ok, Daniel? — pediu Marcus.

Mac sentiu o cheiro azedo de novo, mas depois ele desapareceu.

— Pode deixar — respondeu Daniel. — Não precisa se preocupar. Não vou deixar nada acontecer com a mamãe.

Mac lambeu o restinho do atum. Ele decidiu que aqueles três humanos eram possibilidades para seus filhotes, mas, antes, teria de fazer mais algumas visitas. Mac precisaria de mais tempo para observá-los.

Com um miado de agradecimento, trotou até a porta e deu uma cabeçada para sair, depois parou bruscamente. Ele não conseguia acreditar no que estava vendo. Atrevida estava no último degrau da varanda, olhando para ele.

A gatinha o seguira!

Tinha *ido atrás* de Mac!

E ele nem havia percebido!

CAPÍTULO 5

Serena precisou ler a camiseta do barista duas vezes, então captou a piada e riu. Ele ergueu as sobrancelhas, sorrindo.

— Reação atrasada... sua camiseta — explicou ela.

— Nem me lembro qual estou usando. — O cara olhou para baixo e leu em voz alta o que estava escrito na camiseta: — "A vida só começa depois do café."

— Adorei — disse Serena. — E adorei o lugar. É bem aconchegante. Já quero me sentar e jogar Pula-Pirata.

O Pula-Pirata era apenas um dos brinquedos e jogos de tabuleiro surrados disponíveis na grande estante de madeira que separava algumas poltronas e sofás aconchegantes das mesas normais.

— Vou ter que colocar você na lista de espera — brincou o barista.

— Por que não tem mais gente aqui? — Havia apenas mais uma cliente, uma mulher de meia-idade com uma mecha turquesa no cabelo grisalho. — Sei que é grosseria perguntar, mas já posso dizer que vai ser meu lugar favorito no bairro.

Serena se sentia, digamos, meio ansiosa desde a visita de Erik e Kait, no dia anterior. Ela tentou se acalmar. Pagou algumas contas. Ligou para os pais. Certificou-se de que todas as roupas possíveis estivessem perfeitas para uso. Continuou a se preparar para o possível — improvável, mas, ainda assim, possível — teste para o filme da metamorfa felina, assistindo a um bilhão de vídeos de gatos e lendo artigos sobre comportamento animal. Mas nem a extrema fofura dos bichanos conseguiu prender sua atenção.

Depois de um tempo, ela se enfiou na cama, mas até o sono foi agitado. Acordou com os lençóis emaranhados e o edredom no chão. Decidiu dar uma caminhada, embora já tivesse descoberto que aquilo não era comum em Los Angeles. Depois de poucos quarteirões, ela encontrou a Yo, Joe! Serena se apaixonou pela cafeteria antes mesmo de entrar. Tinha um alegre toldo turquesa e branco e, sob ele, uma bicicleta antiga vermelha, assento grande, aros grandes, a cesta transformada em vaso, com uma mistura de gérberas em tons de laranja, vermelho, cor-de-rosa, branco e amarelo. Ela realmente não entendia por que não havia mais clientes ali. Eram quase oito e quinze.

— Cadê os roteiristas com seus laptops? — perguntou ela ao barista. — Nem em Atlanta você entra em uma cafeteria sem esbarrar com alguns deles, e a gente está em Hollywood.

— Você! — exclamou ele.

— O quê?

Seu sorriso se alargou.

— Reação atrasada... seu rosto. Acabei de perceber que te conheço. Não de verdade. Mas eu acompanho o seu vlog. Vou te dar um café de graça.

— Não se atreva, Daniel! — A mulher (Serena percebeu que sua listra turquesa combinava com o toldo da loja) se levantou de um pulo.

— Eu quis dizer de graça para ela. Não de graça *de graça* — retrucou o barista, Daniel. — Vou pagar por ele. — Ele acenou para ela se acalmar e a mulher sentou-se novamente. — Minha chefe, Sra. Trask. Ela é a dona.

— Mas falando sério, esse lugar é maravilhoso. Qual é o problema? Aconteceu algum assassinato aqui dentro recentemente ou algo do tipo?

— O que aconteceu recentemente foi a abertura de um Coffee Emporium bem do outro lado da rua — explicou Daniel, então baixou a voz antes de continuar: — Ainda temos alguns clientes regulares, mas não tantos. Não sei quanto tempo vamos conseguir nos manter por aqui.

— "Você nunca está derrotado até admitir a derrota" — comentou a Sra. Trask, que parecia estar falando tanto consigo mesma como com eles.

— Citação do general Patton — explicou Daniel. — Ela está lendo algumas biografias dele. Para se inspirar, acho.

— Ah... — Serena não conseguiu pensar em mais nada para dizer. — Por favor, não precisa pagar o meu café — acrescentou.

— Foi mal, agora já está pago. Foi por todas as horas que passei assistindo ao seu vlog. Seus vídeos me fizeram lembrar que amo mesmo atuar. O que é algo surpreendentemente difícil de manter em mente quando já se teve uma overdose de conselhos tipo "As dez coisas para fazer em um teste", "As dez coisas para nunca fazer em um teste" e "As três coisas que você deve fazer para ser chamado de volta" e...

— Eu li centenas desses artigos — interrompeu-o Serena. — "Como o par de sapatos certo pode garantir o papel."

— "Como a gravata errada pode fazer você perder o papel" — acrescentou Daniel.

— "Como o cabelo errado pode fazer você perder o papel."

— "Como uma calça jeans barata pode fazer você perder o papel."

— "Como bater papo demais pode fazer você perder o papel."

— "Como esquecer de usar desodorante pode fazer você perder o papel."

Era a vez de Serena, mas ela estava rindo demais para falar; quase rindo demais até para respirar. Quando conseguiu se recompor, ela contou:

— Uma vez, um aluno meu fez isso. Ele participou de uma audição para um personagem que basicamente vivia em uma caverna há alguns anos, um completo ermitão. Ele entrou cheirando tão mal que foi convidado a se retirar antes de conseguir dizer uma fala. Eu avisei que não achava que essa fosse a melhor opção, mas... — Ela deu de ombros. — Quem sabe, talvez haja alguém por aí que teria adorado esse nível de comprometimento.

— O que eu gosto no seu vlog é que você fala sobre coisas reais. Ensina a passar a impressão certa durante um teste. Como descobrir o que motiva um personagem e como demonstrar. Ensina a compreender o propósito do seu personagem em uma cena. Você realmente me faz lembrar do porquê eu quis ser ator antes de qualquer coisa.

— Poxa, isso... Obrigada — agradeceu Serena. — Quando comecei a gravar, os vlogs eram só para os meus alunos. Eu escolhia papéis e sugeria algumas formas de preparação para cada um deles. Ainda é surreal imaginar que pessoas que não conheço assistem ao meu conteúdo.

— E que paguem um café para você por causa disso. O que me lembra que eu devia estar fazendo seu café, especificamente um...?

— Um *latte*, por favor. Acho que é melhor pedir com leite desnatado, agora que voltei a fazer testes em vez de apenas dar conselhos.

— Nossa, você ainda consome laticínios? — exclamou Daniel, os olhos arregalados fingindo horror. Depois de lhe entregar a bebida, ele se inclinou sobre o balcão e gritou para o outro lado da cafeteria quase vazia. — Vou fazer companhia para minha nova amiga enquanto ela toma café!

— Você pode fazer companhia para todos os clientes, desde que eles voltem — respondeu sua chefe.

— Com certeza vou voltar — prometeu ela. — Esta vai ser a minha cafeteria. Daniel vai preparar meu pedido antes que eu abra a porta, porque vai ter decorado o que eu peço em cada dia da semana. — Ela baixou a voz. — Só que não será por muito tempo, porque em breve Daniel será escalado para o projeto dos seus sonhos.

— Você também vai ganhar um muffin grátis. — Daniel usou um pegador para pegar um bolinho e colocá-lo em um prato.

— Você vai comer metade — disse Serena quando se sentaram no sofá.

— Se você insiste. Eu li um artigo na internet que dizia que é bom consumir carboidratos antes de um teste. Ou talvez fazer jejum. Ou comer um ovo cozido com um pouco de ritalina.

Serena se sentia como se tivesse sido amiga daquele cara por anos, assim como acontecera com Ruby.

— Você tem algum teste em vista?

— Aham. Para a peça do amigo de um amigo. Não é o projeto dos meus sonhos, mas é uma forma de aparecer e ser visto.

— Posso perguntar que roupa você vai usar?

— Algo que demonstre minha personalidade, mas que não fique muito com cara de fantasia. Se bem que também já ouvi falar que, se você for interpretar um advogado, é melhor usar camiseta e jeans, porque isso fará com que se destaque entre todas as pessoas que vão aparecer de terno. — Daniel escondeu o rosto entre as mãos e gemeu. — Trabalho com isso há mais de uma década e ainda não sei o que fazer.

— Relaxa, ninguém sabe. Caso contrário, não haveria tantos conselhos contraditórios por aí. Acha que está pronto?

— Hmmmm. Sim, acho que sim.

— Estou convencida. — Serena partiu o muffin ao meio e deu um pedaço a ele. — Quer que eu passe as falas com você ou te ajude de alguma forma?

— Já decorei tudo. Embora tenha gente que diga que é melhor ter o roteiro em mãos. Li que a Holly Hunter gosta de segurar o roteiro para fazer com que todos se lembrem de que ela não está apresentando sua atuação definitiva.

— Eu também li isso! Ela diz que gosta de deixar explícito que o que está fazendo no teste é apenas parte do que poderá trazer para o papel. — Serena apoiou a cabeça no encosto do sofá e olhou para o teto com desenhos intrincados. — Eu amo a Holly Hunter.

Daniel deixou a cabeça pender ao lado da dela.

— E quem não ama?

Eles ficaram em silêncio por alguns segundos, depois Daniel se endireitou.

— Mas tem, sim, uma coisa com que você poderia me ajudar, se não se importar.

Serena sentou-se e se virou para ele.

— Tem uma parte que diz que Brian, meu personagem, fica com lágrimas nos olhos, e eu não consigo fazer isso. Pelo menos não sempre. Já tentei todas as coisas dolorosas das quais me lembro, e nada funciona de forma consistente.

— Não se preocupe com isso — disse Serena. — O roteirista está apenas indicando que tipo de emoção Brian está sentindo, mas não acho que seja obrigatório expressá-la exatamente como está na página. Encontre sua própria maneira de demonstrar as emoções do personagem.

Daniel tirou um roteiro da mochila e abriu-o em uma cena próxima ao fim.

— Você é a Sheila.

Serena sorriu.

— Estamos fazendo o que amamos! — *Respire fundo*, pensou consigo mesma. — Lembre-se, é tudo uma grande brincadeira! E, durante uma brincadeira, nada é bobo nem estranho demais.

Ela podia ver que ele já estava relaxando.

— É tudo uma grande brincadeira. Gostei disso. Ok, vamos brincar!

Serena já se sentia um pouco menos ansiosa. Uma boa cena prenderia sua atenção. Quando ela atuava, apenas o mundo do roteiro existia. Isso significava que o celular dela não existia, então não precisava se preocupar se seu agente ligaria ou não. Nem o fofo e temperamental do policial Erik, porque ele também não existia.

Kait estendeu a mão e deu um tapinha na testa de Erik. Ele se afastou.

— O quê?

— O quê? — repetiu ela. — "O quê" é que você nem tentou responder a uma das últimas cinco perguntas. Isso aqui é um *grupo* de estudos. A participação não é opcional.

— Foi mal — murmurou Erik para Jandro e Angie.

Angie só poderia fazer o concurso para detetive daqui a alguns anos, precisava de mais tempo fardada. Mas, ainda assim, tinha pedido para participar do grupo. Queria estar totalmente preparada quando chegasse a sua hora de fazer a prova. Ela era parecida com Kait nesse aspecto, gostava de estar sempre pronta.

— Não me pareceu que aquele pedido de desculpas também me incluía — comentou Kait.

Ela andava irritada nos últimos dias. Praticamente desde que tinha visto a tornozeleira eletrônica de Charlie Imura. Coincidência? Improvável. Embora ele tivesse certeza de que Kait diria que sim.

— Você é minha parceira. Não preciso me desculpar com você — disse Erik.

Kait abriu a boca, provavelmente para lhe dar uma resposta desaforada, mas decidiu se calar.

— Próxima questão. Quais são as quatro razões aceitas pelo Departamento de Justiça para divulgar informações?

Erik se levantou e foi até a cafeteira na mesa encostada à parede. Ninguém estava usando o escritório improvisado naquele momento, então eles o ocuparam para a sessão de estudos. Ele olhou para o relógio digital barato. Quase sete e meia. Mal tinha se passado uma hora, mas parecia que estavam ali havia três.

— Erik! Você vai responder?

Ele teve de pensar por um minuto para se lembrar o que ela havia perguntado, então disse:

— Verificação de registro. Informações de antecedentes. Investigação... — Ele hesitou, tentando pensar no quarto ponto. Um segundo depois, a resposta surgiu em sua mente. — Adoções com pais ausentes.

— Certo — concordou Kait.

Erik não estava muito preocupado com a prova. Ele sabia a matéria, e tudo o que aprendera em sua rotina como policial fardado ajudaria a responder às questões mais teóricas. Não que ele achasse que estudar fosse uma perda de tempo. Ele só...

Ele só não tinha certeza se queria se tornar detetive. Erik nunca dissera isso a Kait. Afinal, todo mundo trabalha como policial por uns cinco anos, e só depois vira detetive. Era assim que as coisas funcionavam. Erik conhecia um policial que estava fardado fazia quase vinte anos. Todo mundo gostava do cara, mas de vez em quando surgiam umas piadas, como se ele obviamente não estivesse à altura do desafio. Erik sabia que esse não era o seu caso, mas isso não significava que era o que ele queria.

Droga. Servira uma caneca de café no piloto automático e, no primeiro gole, percebeu que devia ter colocado pelo menos cinco colheres de açúcar. Teria sido melhor jogar aquele fora e começar de novo, mas decidiu simplesmente beber.

Kait fez outra pergunta. Erik respondeu tão rápido que ninguém mais teve chance, e sua parceira acenou com a cabeça em aprovação.

O que Kait pensaria se ele... O celular de Jandro interrompeu sua linha de raciocínio.

— A gente combinou: sem celulares — lembrou Kait.

— Há uma exceção para cônjuges — explicou Angie enquanto Jandro atendia a ligação. — Pode ter acontecido alguma coisa com as crianças. Talvez o pão tenha acabado. — Ela suspirou. — Preciso que alguém me ligue quando o pão tiver acabado.

— Por que o pão teria acabado? — perguntou Kait, parecendo realmente perplexa. — É só anotar o que precisa comprar e deixar a lista presa na geladeira.

— Kait adora uma lista — comentou Erik com Angie. Em resposta, sua parceira pisou no pé dele por baixo da mesa. Com força. Será que ela achava que ele falaria alguma coisa sobre sua lista do cara perfeito? Kait o conhecia o suficiente para saber que ele não faria isso. Erik tinha plena noção dos assuntos que deveriam ficar somente entre eles.

— Dá uma olhada nisso. — Jandro ergueu o celular e deu play em um vídeo que mostrava sua filha mais nova, Sofia, de uns quatro anos.

— Tá bom! Mostra a sua coreografia para o papai — falou a esposa de Jandro, fora de cena.

— Ela vai participar do primeiro recital de dança esse fim de semana — explicou Jandro, enquanto na tela Sofia escondia o rosto nas mãos e começava a dançar. — Lucy está ficando maluca com esse... — Ele levou as próprias mãos ao rosto. — Ela está com medo de que a Sofia caia do palco.

— Ela pode fazer o que for que vai ser lindo — comentou Angie.

Jandro sorriu e depois balançou a cabeça.

— Não se ela quebrar a perna.

— Minha sobrinha quase não participou do recital quando tinha a idade da Sofia — disse Erik. — Tive a ideia de pedir que ela me ensinasse a coreografia. Como ela adorava mandar em mim, me fez dançar umas cinquenta vezes e, lá pela quinquagésima, o nervosismo dela tinha passado. Tente essa técnica com a Sofia. Ela não vai poder te mostrar a dança e ter certeza de que você está fazendo tudo certo com as mãos no rosto.

— Você é um gênio. — Jandro se levantou, digitando uma mensagem. — Tenho que ir. A apresentação é daqui a dois dias.

— A gente mal começou — argumentou Kait.

— Também funcionaria se Sofia ensinasse a dança para Lucy — disse Angie.

— Mas a Lucy também tem que ajudar a Becks com o dever de casa. E os pais dela estão vindo para assistir ao recital, e ela está em pânico porque precisa limpar a casa para receber todo mundo. Não posso ficar. Pode pensar o que quiser de mim — acrescentou Jandro ao sair pela porta. — Mas eu sou pai.

— Um bom pai — comentou Angie, depois olhou para Erik. — Você também seria um bom pai. Parece que salvou o dia da sua sobrinha.

Tinha sido divertido. Talvez não em todas as cinquenta ou mais vezes que eles repetiram a coreografia, mas, no geral, sim. E, mesmo quando Erik não estava mais se divertindo, mesmo assim achou que valeu a pena quando viu a sobrinha em cima do palco, sorrindo e acenando para ele... em vez de estar girando e batendo palmas.

— Tenho mais vinte e três perguntas — disse Kait.

— Vamos guardar para quando o Jandro estiver com a gente. — Erik já estava de pé. — Não queremos que ele fique para trás.

— Parece que tem alguém ansioso para checar o aplicativo de encontros... — observou Angie. — Bem, por mim, tudo bem. Só posso fazer a prova daqui a dois anos.

— Erik não precisa mais do aplicativo, sabia? — comentou Kait com ela. — Ele conheceu uma pessoa no mundo real.

Isso definitivamente era algo que devia ficar entre ele e Kait. E, de qualquer forma, não era verdade.

— Tenho uma grande noite planejada. Tenho umas escadas de madeira velhas que quero transformar em estantes, quero deixar tudo com um visual detonado, sabe? Já pintei, mas ainda falta lixar. Quero experimentar a cera envelhecedora da Miss Mustard Seed. Li ótimas avaliações sobre ela.

Kait se levantou.

— Vou continuar estudando. Mas em casa. Lá o café é muito melhor e não tem cheiro de pizza velha e chulé.

Eles saíram da delegacia juntos. Angie foi em direção ao próprio carro, do outro lado do estacionamento, então Kait colocou a mão no braço de Erik.

— Eu estava falando sério. Você devia convidar a Serena para sair. Acho que você está pronto para um relacionamento sério. Se tivesse visto sua cara enquanto falava da sua sobrinha, saberia disso.

— Difícil fazer isso sem espelho — respondeu ele.

Ela não deixou que ele saísse pela tangente.

— Angie tem razão. Você seria um bom pai. E é isso que você quer, Erik. Já tem a casa e o quintal, agora só faltam a esposa e os filhos. E provavelmente um cachorro. Não sei por que você finge que não quer nada disso.

— A gente combinou que...

— Vai catar coquinho, Erik, sei o que a gente combinou. Sinto muito, mas não tenho como esperar seis meses. Serena não é a Tulip. E eu conhecia a Tulip, lembre-se disso. Você gosta da Serena. E você não gosta de ninguém há anos.

— Isso não é...

— É claro que é verdade — interrompeu-o Kait. — Se tivesse gostado de alguma menina, já estaria com ela.

Erik poderia dizer a mesma coisa sobre o histórico de encontros de Kait, mas ele já tinha feito isso e não queria ficar insistindo.

— Olha, agradeço a sua preocupação. E talvez você esteja certa. Talvez eu queira tudo o que vem com a casa e o quintal. Mas não me vejo tendo um relacionamento com uma aspirante a atriz. Você conhece todas as estatísticas. Qual a porcentagem de pessoas que vêm para Los Angeles para estourar em Hollywood e acabam ficando por aqui?

Ela não respondeu. O que dizia muito.

— A futura estante está me esperando. Te vejo amanhã — disse Erik.

— Tudo bem. Tá bom.

Ele observou Kait até ela entrar no carro, embora o estacionamento da delegacia fosse um dos lugares mais seguros da cidade, então sentou-se atrás do volante de seu Honda, girou a chave na ignição e hesitou. De repente, não estava mais com vontade de passar uma noite tranquila trabalhando no móvel novo. Seria parado demais. Muitas oportunidades para pensar e, no momento, ele não queria pensar.

Ele abriu o aplicativo de encontros no celular.

— Dia cansativo?

Erik percebeu que não estava contribuindo nada com aquele diálogo. Pior, mal estava prestando atenção em Amber. Ele aproveitou a deixa.

— Pois é. Mas foi bom. Acabamos de ter uma mudança no trabalho, e eu e minha parceira começamos a fazer rondas. Ainda está no início, mas assim poderemos conhecer de verdade os moradores da cidade.

Ele concentrou toda a atenção nela. Amber era impressionante, a maquiagem carregada, o cabelo escuro em um daqueles cortes assimétricos com pontas afiadas como lâminas, bem diferente das ondas louro-avermelhadas de Serena.

Serena? Por que ele estava pensando em Serena, ainda mais naquele momento? É que, sempre que olhava para o cabelo dela, tudo o que queria fazer era enfiar os dedos nos fios. Quando olhou para Amber, só conseguiu pensar que estragaria a perfeição.

— E qual é o plano de carreira no seu caso? Policial de ronda, e então o quê? Detetive? Ou tem algum posto intermediário?

Amber se inclinou um pouco para a frente. Ela parecia realmente interessada. Não estava seguindo um roteiro de perguntas de primeiro encontro que você acha na internet.

Acontece que todo mundo parecia querer um plano de carreira. Exceto ele.

— Eu estava inclusive estudando para o concurso de detetive com alguns colegas hoje mais cedo.

Erik tomou um gole de seu café. Mais alguns minutos e estaria frio, mas ele nem queria beber mesmo. O que já havia ingerido parecia ter recoberto o interior de sua boca, deixando-a pegajosa.

— Que legal! — exclamou Amber. — E como funciona de verdade? Os seriados de TV inventam muita coisa? Sei que um crime não se resolve de um dia para o outro, é claro, mas e as outras coisas?

Enquanto ela falava, Erik flagrou um dos garçons lançando um olhar interessado para Amber. Ela era definitivamente sexy. Serena também era, mas de um jeito diferente. Ele tentou definir a diferença. Serena era... E ali estava ele, pensando em Serena outra vez. Inaceitável.

— Bem, para começar, tem muito mais papelada. Montanhas de papelada. Mas isso não daria um seriado muito emocionante — começou Erik. — E os detetives passam muito mais tempo dentro do escritório do que na rua. As testemunhas são trazidas para a delegacia para os interrogatórios, os delegados não costumam sair para isso. E as testemunhas praticamente nunca confessam, não importa quanto o detetive seja bom no interrogatório.

— Hmm, isso é...

— Tem outra coisa que a TV erra na maioria das vezes. Policiais de ronda como eu também fazem investigações. Somos os primeiros a chegar ao local. Em alguns casos, o suspeito pode até ainda estar por perto. Fazemos as perguntas de praxe às testemunhas e procuramos outras pessoas que possam ter envolvimento no caso. Também podemos voltar ao local para coletar mais informações. — Ele percebeu que estava falando mais rápido, se animando. — Os policiais conhecem melhor sua região do que os detetives. Eles, por sinal, não podem começar a investigar até que um crime aconteça, já nós, muitas vezes, podemos. Bom, de certa forma. Às vezes temos a sensação de que algo está para acontecer, porque conhecemos muito bem a comunidade.

Ele se forçou a parar de falar. Amber não tinha pedido um sermão.

— Você parece muito apaixonado pela profissão. Gostei.

Amber estendeu a mão e tocou de leve no braço dele, enviando um sinal sutil de que estava interessada.

— E você? O que te aguarda no mundo da captação de recursos?

Ele esperava ter acertado. Ela havia falado que fazia captação de recursos, não foi isso?

— Pergunta perigosa. Eu poderia ficar falando disso a noite toda. Tenho um plano de cem passos para dominar o mundo. Mas vou me abster de entrar em detalhes. Pelo menos até o nosso segundo encontro. — Outro sinal, não tão sutil. — Para resumir, não existe um caminho definido exatamente, mas é uma carreira que vem ganhando muito espaço. Meu objetivo é chegar a gerente de equipe, posição na qual vou poder definir metas, detectar possíveis doadores importantes, supervisionar eventos grandes e chiques. Tudo para beneficiar uma causa com a qual eu esteja profundamente comprometida, é claro.

Ela segurou a enorme xícara de café com as duas mãos e a levou aos lábios. Os olhos de Erik pousaram em suas unhas perfeitas, pintadas de um bege elegante. Elas o fizeram se lembrar do esmalte laranja chamativo nos pés de Serena, e daquela pequena lasca. E de como sentiu vontade de tirar o sapato dela e lamber e chupar aquele dedo do pé. Ele nem tinha fetiche por pé, porém esse impulso louco o dominara do nada. E a verdade é que não estava sentindo nada impulsivo ali, com Amber.

— Você é de Los Angeles? — perguntou Erik, forçando-se a desviar a atenção de suas fantasias com pés e voltá-la para a mulher sentada à sua frente, a mulher atraente e atenciosa que tinha um trabalho em uma área em expansão, um trabalho que ajudava as pessoas da mesma forma que o dele.

— Sim, nasci aqui. Cresci em Glendale, mas agora estou morando em Frogtown.

Não parecia alguém que iria embora. Ao contrário de Serena, que não ficaria na cidade além daquele ano. Não que ele estivesse supondo que Serena não fosse dotada de talento. Provavelmente era talentosa, sim. Além de ter aquela personalidade, aquela centelha interior, um carisma, chame como quiser. Talvez ela tivesse algo especial. Mas muitas pessoas tinham isso também. E apenas poucas conseguiam vencer de verdade.

E Erik tinha parado de prestar atenção em Amber. De novo. Ele precisava se concentrar. Foco! Se bem que... será que ele devia mesmo focar tanto em um encontro? Para causar uma boa impressão, talvez. Mas se concentrar para de fato ouvir a mulher com quem estava, olhar para ela sem pensar em outra pessoa?

Ele deu um bocejo falso, torcendo para que não parecesse falso.

— Estou batendo cabeça. Acho que estou mais cansado do que pensava. Dia longo, como estávamos dizendo. Esse grupo de estudos depois do trabalho é bem cansativo. Quando eu estava na faculdade, era só beber umas doses extras de café que eu já despertava. Mas agora? — Ele deu de ombros. — Tudo bem por você encerrarmos a noite por aqui?

— Claro, sem problemas — respondeu ela. Do jeito que ele colocou, o que mais ela poderia dizer?

Os dois se levantaram, e Erik a acompanhou até o carro. Agora era a parte complicada. Ele sempre queria dizer: “Eu te ligo.” Mas Kait havia incutido em sua cabeça que um cara nunca devia dizer “Eu te ligo” se soubesse que nunca iria ligar.

— Obrigado pelo café. Foi ótimo te conhecer. — Ele deu um beijo rápido e amigável na bochecha dela.

— Prazer em te conhecer também — falou ela, e Erik percebeu que Amber estava se esforçando para não demonstrar decepção. Queria dizer mais alguma coisa... mas não havia nada mais a ser dito. Ele acenou enquanto seguia em direção ao carro, entrou e ligou o rádio, torcendo para encontrar alguma distração, e foi embora para casa.

De repente Erik pegou a Sunset na direção oposta à que normalmente seguia, e tudo o que precisou fazer foi olhar para a esquerda para ver o farol iluminado pelas luzes antiquadas da rua do Conjunto Residencial Conto de Fadas. Ele avistou uma vaga e, murmurando um palavrão, estacionou.

Ele já estava ali. Poderia muito bem fazer uma patrulha rápida do local antes de voltar para casa. Então saiu do carro, atravessou a rua e seguiu pela Gower. Seria bom dar uma caminhada. O café o deixara nervoso, e ele precisava relaxar um pouco. Ele não ia conseguir dormir tão cedo mesmo. Se tivesse sido uma noite normal, ele e Amber poderiam ter acabado na casa dela, e toda aquela cafeína teria sido muito útil. Mas isso não era uma opção, não quando ele ficava pensando em outra pessoa enquanto estava sentado a poucos metros dela.

Provavelmente era só uma situação tipo: se alguém diz para você não pensar em elefantes cor-de-rosa, tudo o que você consegue fazer é pensar em elefantes cor-de-rosa. Dissera a si mesmo que não pensasse em Serena — por uma boa razão —, então agora tudo o que ele conseguia fazer era pensar em Serena. Não que ela fosse uma pessoa, assim, tão especial. Tudo bem, ela era gostosa. E engraçada.

E inteligente. Mas tem muita mulher gostosa, engraçada e inteligente no mundo. Ou, se não muitas, algumas. Ele acabara de se proibir de pensar nela, mas agora não conseguia parar de pensar nela.

Isso significava que devia passar um pouco mais de tempo com ela? Ele tinha mesmo que conhecer melhor os moradores do Conto de Fadas. Será que isso tiraria aquele gostinho de coisa proibida?

Seus pés pareciam ter decidido por ele, assim como seu carro, porque ele estava andando em direção ao farol. Erik parou, tentando decidir se realmente era uma boa ideia ou se ele, na verdade, era um completo idiota. Já tinham se passado mais de três anos desde Tulip, e, se ele fosse sincero consigo mesmo, coisa que muitas vezes evitava, ainda não a tinha superado. Ela partira seu coração. Kait estava certa. Ele nunca diria essas palavras em voz alta, mas era verdade. Fora a primeira vez que ele realmente se apaixonara e, quando ela partiu, foi devastador.

Às vezes, quando sentia muita pena de si mesmo, pensava que seria mais fácil se ela tivesse morrido. Não que a quisesse morta, apenas achava que seria mais fácil. O fato de que o seu amor não tinha sido o suficiente para mantê-la ali — não só ali, mas em qualquer lugar, porque ele teria ido para qualquer lugar que Tulip quisesse — significava que os sentimentos dela por ele não eram nada em comparação ao que ele sentia por ela.

Seu instinto era ficar longe de Serena. Era provável que ela acabasse destruída por Hollywood, da mesma forma que Tulip. Então ela acabou decidindo ficar longe de Los Angeles e de qualquer coisa que a fizesse se lembrar de seu fracasso. Isso incluía Erik. Não valia a pena. Ele devia seguir o que o instinto lhe dissera logo que percebeu que ela estava morando no farol.

Erik voltou a andar. Na direção do farol. Mas só porque ele decidiu fazer uma ronda, e, se ia fazer uma ronda, precisava checar todo o lugar. Principalmente a rua onde havia ocorrido um furto recentemente. Ele bufou. *Aham, sei. Continue se enganando, amigão.*

Um movimento à direita desviou a atenção de seus pensamentos. Um gato. Listras tigradas marrom e laranja. MacGyver. Correndo. Algo brilhante entre os dentes. Ele estava carregando alguma coisa! Seria o colar da Sra. Quevas?

Ele saiu correndo atrás do gato e quase conseguiu alcançá-lo antes que Mac se enfiasse em um buraco que passava por baixo do farol em miniatura que era o galpão do farol grande. Erik tentou abrir a porta. Trancada. Não havia mais impasse se devia ou não procurar Serena. Ele precisava da chave.

Não passava muito das nove, e as luzes ainda estavam acesas na casa dela, então ele tocou a campainha. Serena atendeu usando um pijama de seda listrado de azul e branco, com pequenos abacaxis salpicados pelo tecido.

— Você.

— Eu.

Ele notou que a palavra "delícia" estava escrita em volta de alguns abacaxis.

— Que pijama fofo.

Algum dia, talvez, ele começasse a pensar antes de falar e pararia de dizer idiotices como "que pijama fofo".

Serena lançou um olhar demorado e firme para ele, depois falou:

— Tem mais alguma pergunta? Você saiu bem depressa outro dia. — Erik sentiu o rosto corar ao se lembrar de que havia fugido sem sequer beber o chá que ela lhe oferecera. — Ou aconteceu alguma outra coisa?

— Não. Está tudo bem. Só preciso da chave do seu galpão emprestada.

Ele não conseguia parar de olhar para baixo, hipnotizado pelo esmalte das unhas dos pés dela, rosa-framboesa dessa vez.

— Está tudo bem, mas você precisa das chaves do meu galpão? Isso não faz sentido.

— Vai fazer menos sentido ainda quando eu explicar — disse Erik. — Eu estava fazendo a ronda. Depois do roubo, decidi marcar presença com mais frequência. E acabei de ver um gato se enfiar num buraco embaixo do seu galpão.

— Ainda não entendi. — Serena ajeitou a gola do pijama. — Você está com medo do gato não conseguir sair? Ou quer prendê-lo por invasão?

— Esse gato é conhecido por roubar coisas. Não acho muito provável que ele tenha conseguido abrir uma caixa de joias e pegar justamente o item mais valioso, mas acho que vi algo brilhante na sua boca. Quero dar uma olhada, ver o que ele está fazendo.

— Eu vou junto! Preciso ver esse gatuno! — Serena calçou um par de chinelos e pegou uma chave de uma fileira de ganchos ao lado da porta.

— Não acho que seja uma boa ideia.

— Por quê? O que poderia acontecer? — protestou Serena. — Você é policial. E estamos falando de um gato.

Ele não tinha argumento contra isso.

— Tá bom. Vamos. — Ele seguiu na frente até o galpão e ouviu um chorinho baixo enquanto enfiava a chave na fechadura.

— O que foi isso? — perguntou Serena.

— Não tenho certeza. Talvez outro bicho? Espere aqui até eu dar uma olhada. — Erik pegou a lanterna compacta que sempre carregava consigo e a apontou para o interior do galpão quando abriu a porta.

— Filhotes! — exclamou Serena, passando por ele. — Ah, meu Deus, que fofinhos.

Erik agarrou o braço dela antes que Serena pudesse correr até onde os gatinhos estavam reunidos em torno do que parecia ser um sachê aberto de atum. Mac ficou entre eles e os humanos. Sempre tinha sido um gato simpático e sua postura não era de fato agressiva, mas protetora.

— Você tem razão. A mãe deles pode não gostar que eu me aproxime. Ela parece desconfiada de nós — disse Serena, dando um passo para trás e esbarrando em Erik. — Não vamos machucar seus preciosos gatinhos — disse ela com uma voz de bebê.

— Não é a mãe deles. Esse é o Mac, MacGyver... o gato de quem eu estava falando. Ele é macho.

— O pai, então? Os filhotes se parecem muito com ele. Gatos podem ser pais protetores? — perguntou Serena. — Eu nunca tive gato.

— Quando eu era criança, um gato da vizinhança matou parte da ninhada da gata do vizinho — respondeu Erik, mantendo os olhos em MacGyver, que o encarava sem desviar os olhos. Ele parecia calmo, não soltou um miado, embora seu rabo estivesse baixo e balançasse lentamente para a frente e para trás. — Não sei se é comum.

Erik se agachou, colocando a lanterna no chão, apontando para longe do gato. Assim que o fez, ouviu um silvo e um dos gatinhos correu para o lado de Mac, olhou direto para Erik e miou outra vez. Mac estendeu uma pata e, com toda a gentileza, empurrou o gatinho para trás. O gatinho voltou a avançar na hora. Mac soltou o que pareceu ser um grunhido de frustração e parou na frente do gatinho. Alguns segundos depois, o gatinho passou por entre as patas dianteiras de Mac.

Serena riu.

— Esse neném é bem determinado.

Ela se agachou ao lado de Erik, que falou:

— Ei, Mac. Lembra de mim? Quer vir dizer oi, gatinho? — Ele estendeu a mão. Mac o estudou por mais um momento, depois se aproximou e esfregou a cabeça no joelho de Erik. O gatinho ficou onde estava, posicionado entre Erik e Serena e os outros filhotes.

— Parece que Mac se lembra de você — comentou Serena. — Mas isso não parece estar convencendo aquele filhotinho a fazer amizade com a gente.

Erik coçou a orelha de Mac, que começou a ronronar.

— É isso aí, amigão — disse Erik. — Parece que você está com as patas atadas aqui, hein? Tenho certeza de que você não é fisicamente capaz de ser o pai. Teve que assumir a responsabilidade, hein?

— Eu estava errada sobre os filhotes serem exatamente iguais a ele. Aquele ali parece que está de babador branco. — Serena apontou para o gatinho menor e depois se inclinou um pouco mais para perto. O gatinho que estava de guarda miou fininho e depois soltou um rosnado ridiculamente pouco ameaçador. — Foi mal, foi mal. — Serena se endireitou. — Você acha que foi aquele sachê de atum ali que você viu na boca do Mac? É prateado.

— Faz sentido. Já não sei se faz sentido imaginar que Mac foi capaz de analisar a situação e buscar atum. Mas ele sempre foi um gato diferente.

— Como você o conhece, afinal? Acabou de começar a fazer a ronda aqui no bairro, não é isso?

— É, mas eu... conhecia uma pessoa que morava no Conto de Fadas há alguns anos. Foi assim que fiquei sabendo dos roubos dele — respondeu Erik, querendo evitar toda a história de Tulip.

— Vou pegar um pouco de água para eles — disse Serena. — Não tem água aqui. Eles devem estar com sede. Olha só como estão lambendo o óleo que sobrou dentro do pacote.

— Boa ideia.

Ela se levantou e o contornou, o tecido leve e liso da calça do pijama roçando seu braço. Erik fez mais carinho em Mac, depois pegou a lanterna e olhou ao redor do galpão, tomando cuidado para não apontar o facho de luz diretamente para os gatinhos.

O gatinho guarda se lançou sobre Erik, caiu de bunda, levantou-se sem jeito e voltou a correr na direção dele. Então atacou, pousando no seu sapato.

Mac parecia estar cansado da bagunça. Ele pegou o gatinho pela nuca, levou-o de volta para seus irmãos e deu uma sacudida suave no gatinho guarda antes de colocá-lo no chão. O gatinho soltou um miado sem muito ânimo para Mac, mas não saiu do lugar onde ele — ela? — estava.

Erik, também sem sair do lugar, voltou a iluminar a sala com o facho da lanterna. Não viu nenhum colar nem qualquer outra coisa que parecesse se destacar. Havia alguns móveis, umas ferramentas de jardinagem, algumas caixas, talvez coisas deixadas por outras ex-moradoras laureadas com o Prêmio Farol.

— Aqui está, crianças. — Serena voltou e colocou uma tigela grande de água a poucos metros de distância dos gatinhos, depois voltou para seu lugar ao lado de Erik. Os gatinhos correram, miando. Um deles se moveu tão rápido que não conseguiu parar a tempo e acabou molhando duas patinhas. Ele deu um leve espirro.

— Acho que essa foi a coisa mais fofa que já vi. — Serena sorriu vendo o gatinho sacudir uma pata, depois a outra, espirrando outra vez. — O que vamos fazer com eles? Por mim tudo bem se ficarem aqui por um tempo. Posso trazer comida e água. Odeio tirar filhotinhos de onde estão quando são tão pequenos assim.

— Parece um bom lugar para ficar. É quente e seco, e eles têm um honorário irmão mais velho, ou seja lá o que o Mac pensa que é. E um defensor pequeno, mas valente — completou Erik. — Posso trazer comida também. Dar uma olhada neles. Se não tiver problema.

Ele olhou para ela, que sorriu, aquele sorriso lento que dera quando Erik a ajudou a subir na beirada da fonte, depois que Ruby a ofereceu como ajudante para ele.

— Podemos compartilhar a guarda — sugeriu ela. — Você, eu e o MacGyver. Vou deixar a porta destrancada. Não acho que alguém vá querer mexer no galpão. — Ela ficou de pé. — Não quero deixar os gatinhos sozinhos, mas não acho que o mal-humorado vá beber água enquanto estivermos aqui. Ele está muito ocupado se certificando de que não vamos dar nenhum passo em falso.

Erik também se levantou e usou a lanterna para guiar Serena até a saída.

— Acho melhor você voltar para a sua ronda, considerando o roubo recente e tudo mais — disse Serena, olhando para ele. — Foi por isso que você veio, você falou.

Não era por isso que ele tinha ido até lá. Erik sabia que estava mentindo para Serena quando disse aquilo, e para si mesmo também.

— Vim até aqui porque só consigo pensar em beijar você — respondeu ele, mais uma vez sem pensar antes de falar. — Sua boca perfeita. — Ele traçou o contorno do lábio superior de Serena com o dedo. Ela não se afastou.

Então Serena se inclinou para ele. Erik não tinha certeza se tinha sido de propósito, ou se o corpo dela estava dando as ordens, assim como o dele, quando o levou até a sua porta. Bom, de qualquer jeito... ele se inclinou e roçou os lábios nos dela. Erik os sentiu se separar um pouco, e isso era tudo de que precisava. Ele intensificou o beijo, aquela boca quente, molhada, suave, tão receptiva.

Erik fez outra coisa que estava querendo fazer: deslizou os dedos pelo cabelo sedoso de Serena. Ela passou os braços em volta do seu pescoço em resposta. Então ela se afastou.

— Ai!

— O que foi?

— Alguém mordeu meu dedo do pé.

Ambos olharam para baixo e viram o gatinho brigão os encarando. Ouviram um leve som de arranhão, então Mac apareceu. Ele soltou um suspiro, pegou o gatinho por trás e o carregou de volta para o galpão.

— Quando aquele gatinho crescer mais um pouco, acho que Mac vai ter um concorrente à altura. E isso significa muita coisa. — Ele se virou para Serena, que se afastou meio passo.

— Essa noite foi... diferente — disse ela. Estava arrependida de ter beijado Erik? Com certeza não tinha parecido arrependida durante o beijo. — Talvez fosse melhor a gente... Quer entrar?

— Aham.

Não importava que fosse o farol. Seria impossível pensar em outra mulher, em qualquer outra pessoa, quando estivesse com Serena.

Ela pegou a mão dele, e os dois começaram a atravessar o quintal gramado.

— Quer saber, acho que isso foi um golpe de sorte do destino.

— Isso o quê? Eu ter vindo fazer a ronda?

— Bem, isso também. — Seus dedos apertaram os dele. — Mas, além disso, vou fazer um teste para, acredite se quiser, uma ladra metamorfa. Minha personagem... Bem, a personagem que quero fazer... tem a capacidade de se transformar em gato. Mas acho que algumas características felinas ainda permaneceriam em sua forma humana. Observar os gatinhos e o Mac vai me dar ótimas ideias. O diretor é um dos meus favoritos da vida. Eu queria muito trabalhar com ele, muito mesmo.

Erik notou o tom de esperança na voz de Serena. Ela queria muito aquilo. Será que estava considerando quantas outras atrizes concorreriam por aquele papel? Serena achava mesmo que tinha uma chance? Ele parou. Ela também. Ele desvencilhou a mão da dela.

— Desculpe. Acho que acabei falando demais. Às vezes, quando estou nervosa, começo a falar e não paro mais. Blá-blá-blá. Não que eu esteja exatamente nervosa, é só que... — A frase morreu quando ela o encarou sob o luar. — Está tudo bem?

— Está. Mas eu preciso mesmo voltar para a ronda.

— Você pode voltar depois.

— Infelizmente, não posso. Acabei de me lembrar que marquei de tomar um drinque mais tarde com uma garota que conheci no aplicativo. Está em cima da hora para cancelar. — Ele entregou a lanterna para ela. — Leve isto para voltar para casa em segurança. Vou trazer ração amanhã.

Agora ele tinha de sair de lá. Ele se sentiu sendo puxado em direção a Serena, como se ela tivesse alguma espécie de campo gravitacional ao seu redor. Mas tinha ouvido aquele anseio, aquela ambição, aquele desejo, quando ela falou sobre o papel. Parecia ser absolutamente importante para ela. Serena era igual a Tulip, e ele não passaria por tudo aquilo de novo. Por ninguém.

CAPÍTULO 6

— O papel é de uma Shigella. Recebi a ligação sobre o teste pouco antes de você chegar — disse Serena a Ruby na manhã de sexta-feira, durante o primeiro check-in oficial. Elas estavam na varanda do farol, observando o Conjunto Residencial Conto de Fadas enquanto conversavam e tomavam café.

— Shigella. Isso não é... — começou Ruby.

— Uma bactéria — completou Serena. — Causa uma doença com sintomas que incluem febre, dor abdominal e diarreia, geralmente com sangue ou muco.

Era uma boa notícia. Serena devia estar animada. Tinha recebido o convite para um teste, não uma chamada geral, um teste com horário marcado e tudo mais, e ela havia chegado apenas uma semana e meia atrás. Ela agitou as mãos no ar para mostrar a Ruby que estava animada. Teoricamente, estava animada, mas o que sentia mesmo era cansaço.

— Que maravilha! Um papel em um comercial seria ótimo para o seu currículo. E interpretando algo não humano. Isso mostra que você consegue fazer qualquer coisa — disse Ruby quando conseguiu parar de rir.

Serena tomou um longo gole de café. A sensação que tinha era de que dormira por uns catorze minutos, mas sabia que deviam ter sido pelo menos quinze.

— Cansada? — perguntou Ruby.

Serena gemeu.

— Está tão na cara assim? O teste é em menos de uma semana. Preciso começar a dormir melhor. Não posso aparecer com essa cara abatida. A não ser que talvez a Shigella tenha mesmo uma cara horrível. Mas eu a imagino cheia de energia, feliz por entrar no corpo das pessoas e causar confusão. Essa bactéria infecta principalmente crianças.

— Vou te contar o que você precisa fazer. Pegue algumas folhas de hortelã e uma pitada de açafrão, bata tudo no liquidificador e passe nas olheiras. Depois que secar, lave com água em temperatura ambiente.

— Não conhecia essa dica. Obrigada. — Serena sorriu. Foi preciso mais esforço do que o normal. Ela estava tão cansada que não conseguia nem levantar os cantos da boca sem dificuldade?

Ruby a analisou por um longo instante.

— Isso não é só cansaço, é?

Serena suspirou e depois apontou para Ruby com o indicador.

— Você é uma daquelas amigas sensitivas, não é?

— Isso mesmo. O que houve? Não precisa me dizer — acrescentou ela rapidamente. — Sem pressão da minha parte.

Talvez falar sobre o ocorrido a ajudasse a entender o que havia acontecido. Fora isso que a deixara acordada na noite anterior. Ela ficou tentando entender o que diabos havia acontecido. Eles se beijaram, então estavam prestes a entrar em casa, provavelmente para mais beijos e talvez até mais do que isso, e aí ele deu no pé.

— Erik apareceu aqui ontem à noite.

— Uau! Eu estava certa? Rolou um clima?

— Um clima é pouco. Seria melhor chamar de tempestade. Mais tipo... — Serena imitou o som de explosão.

— Eu sabia. Percebi naquele primeiro dia lá na fonte. Pode soar estranho, mas isso me deixa muito feliz. Ele é tão legal, e você é tão legal. Se bem que... você não está tão legal agora.

— Estou bem. Quero dizer, eu mal conheço o cara, então não é grande coisa. Mas estou confusa — admitiu Serena. Na verdade, ela estava mais do que confusa. Estava magoada, mas tinha vergonha de admitir. Não era para Erik ter partido seu coração. Eles tinham se visto por um total de quantos minutos? Provavelmente menos de duas horas.

— Confusa sobre... — insistiu Ruby.

— Nós nos beijamos. Nós — ... ela fez o som de explosão novamente... — nos *beijamos*. Minhas pernas ficaram bambas de verdade. Literalmente. Se eu não estivesse abraçada a ele, não sei se conseguiria ficar de pé. Aí eu perguntei se ele queria entrar...

— Espera. Onde você estava? — interrompeu-a Ruby. — Você disse que ele apareceu aqui.

— Ele veio até aqui para pedir a chave do galpão. Tinha visto um gato entrar com algo brilhante na boca e pensou que talvez fosse o colar roubado da casa do outro lado da rua.

— Não me diga! Gato listrado marrom e laranja, chamado MacGyver? — perguntou Ruby com os olhos brilhando.

— Esse mesmo.

Ruby sorriu.

— Ah, Mac, Mac, Mac.

— Mas não foi o gato. Não era o colar que ele tinha na boca, era um sachê de atum. E tinha uma ninhada de gatinhos lá dentro. Acho que o Mac levou o sachê para eles comerem, mas ao mesmo tempo não acho que um gato seja capaz de pensar esse tipo de coisa. Ou é? Nunca tive gato.

— Eu também não. Mas acho que a maioria das pessoas que conhece o Mac diria que ele é único. Erik contou que esse gato é casamenteiro? — perguntou Ruby.

— Ele comentou que o MacGyver já tinha roubado coisas antes, só isso.

— Talvez ele não saiba do restante da história. O que aconteceu foi que o Mac realmente parecia estar tentando encontrar um namorado para a Jamie. Ele ficou roubando meias e cuecas, e deixando tudo na porta da dona dele. Muitas das coisas eram do David.

— Que agora é marido dela.

Ruby assentiu.

— Eles se conheceram por conta dos roubos do Mac. E os dois não foram o único casal que ele juntou. Quando Jamie e David estavam em lua de mel, a prima dela, Briony, ficou cuidando dos bichinhos para eles. Mac fugiu e Briony recebeu uma ligação do Nate, o homem que o encontrou. Ele é gerente do Jardins, a comunidade de aposentados que dá para os fundos do Conto de Fadas. Agora eles também estão casados. Além disso, quatro pessoas que moram no Jardins começaram a namorar e se casaram depois que Mac começou a fazer umas visitinhas por lá.

— E você acha que o Mac planejou tudo isso?

Ruby deu de ombros.

— Tudo o que sei com certeza é que quatro casais que se conheceram por causa do Mac se casaram. Talvez cinco. Ele meio que deu uma mãozinha, ou melhor, uma patinha, para a irmã do Nate encontrar o ex-noivo da Briony, e os dois agora estão noivos. A história é longa. Depois te conto. — Ela sorriu. — E agora algo que o Mac fez trouxe o Erik à sua porta. Mal posso esperar para ver o que acontece depois!

— Vou te contar o que aconteceu depois. Estamos de mãos dadas, caminhando em direção à minha casa, e então ele diz que precisa ir. E por quê? Porque acabou de se lembrar que tinha um encontro com uma mulher que conheceu num aplicativo de relacionamentos e não queria cancelar tão em cima da hora.

— Isso é... educado.

— Mas ele não disse que iria apenas tomar um drinque rápido e voltar. Não falou que me ligaria. E não ligou. — Serena percebeu a dor na própria voz. *Respire fundo*, disse a si mesma. *Você pode usar isso.* — Além disso, ele praticamente saiu correndo. Foi como se tivesse acabado de descobrir que eu estava com gonorreia. Ou que estava pedindo para ver sua pontuação de crédito. — Ruby geralmente tinha algo a dizer sobre tudo, mas isso a deixou sem palavras. — Por isso estou confusa — acrescentou Serena.

— Bem, sim. — Ruby tomou outro gole de café. — Mas devo dizer que os outros casais que o Mac juntou também não se deram bem logo de cara. Todos passaram por uns maus bocados.

— Não chegaremos ao ponto em que passaremos por maus bocados. Acabou antes de começar.

— Tirando o beijo.

Tirando aquele maldito beijo. Erik com certeza não tinha sentido nada parecido com o que ela sentiu. Se tivesse, não teria ido embora.

— Quer mais café? — perguntou Serena a Ruby. Ela já havia acabado com a própria caneca e esperava que, se bebesse mais um pouco, poderia se sentir ligeiramente viva, em vez de meio morta.

— Não posso. Preciso ir até a Vintage Junction. Estou procurando o relógio de pêndulo perfeito para a minha mansão velha e cheia de mofo — respondeu Ruby. — Quer vir comigo? Sempre tem coisas incríveis por lá, embora às vezes a gente precise garimpar um pouco.

— Se fosse qualquer outro dia eu aceitaria, mas preciso tentar entrar na cabeça dessa tal Shigella. Mesmo que ela não tenha cabeça — respondeu Serena. — Precisa de mais alguma coisa para o seu relatório aos Mulcahy?

— Absolutamente nada. Você está indo muito bem. Mal desfez as malas e já conseguiu um agente e um teste. — Ruby deu um tapinha carinhoso no braço de Serena.

Serena assentiu.

— É, você tem razão. E é o objetivo do Prêmio Farol, né? Fazer eu me concentrar na minha carreira. Chega de perder tempo tentando descobrir o que se passou na cabeça do Erik ontem à noite. Tenho preocupações muito mais importantes.

Ela entrou e começou a descer a escada em caracol, com Ruby logo atrás. Antes de chegar ao primeiro andar, Serena ouviu o uivo da campainha.

Erik?

O pensamento surgiu em sua mente antes que ela pudesse impedi-lo. Não havia razão para pensar que Erik estaria à sua porta. A menos que ele tivesse ido deixar ração. Ela disse a si mesma que, se fosse ele, agiria de forma educada e amigável, do mesmo jeito que faria com um entregador. Sim, foi o que ela disse a si mesma quando começou a descer os degraus de dois em dois.

Quando chegou ao primeiro andar, respirou fundo, endireitou os ombros e seguiu sem pressa até a porta. Quando abriu, a primeira coisa que viu foi um enorme buquê de flores — lírios cor de laranja, girassóis, gérberas rosa-shocking, rosas em tons coral —, tão grande que ocultava o rosto do homem que o segurava.

— Uau! — Serena ouviu Ruby sussurrar atrás dela.

— Uau — repetiu ela.

— Era essa a reação que eu esperava. — Daniel baixou o buquê e sorriu para ela. — Para você. — Ele entregou as flores para Serena. — Consegui o papel! Graças às suas dicas!

— Daniel, parabéns! — exclamou Serena. — Mas não precisava. — Ela agitou o buquê com cuidado. — É lindo, mas é demais.

— Não é suficiente — respondeu Daniel. — Oi, Ruby.

— Parabéns, Daniel. Qual é o papel?

— É uma peça inédita, primeira montagem — explicou ele. — Vai entrar em cartaz no Lankershim Playhouse, em novembro.

— Estarei lá — prometeu Ruby.

— Eu também — acrescentou Serena.

— Conte as suas novidades para ele — insistiu Ruby com Serena.

— Tá. Está pronto, Daniel? — perguntou Serena.

— Nasci pronto. — Daniel deu um tapa no peito.

— Vou fazer um teste para interpretar uma bactéria Shigella no comercial de um produto novo para limpar banheiro.

— É isso aí! — gritou Daniel.

— Ela está arrasando — comentou Ruby.

Eles tinham razão. As coisas estavam indo muito bem. Serena tinha um agente em Hollywood e um trabalho como atriz.

— Quer bancar a bactéria comigo, Daniel?

Era disso que ela precisava, passar um tempo ensaiando com um cara que não fosse nem um pouco confuso. Nem louco.

— O anel foi a única coisa roubada, certo? — perguntou Kait.

— Quero que você reviste a casa de Jamie e David. Tenho certeza de que aquele gato é o culpado. Ele esteve aqui na semana passada, sentado exatamente onde você está — Marie apontou para Erik — ... comendo peru com molho. Eu até esquentei o prato para ele.

Al soltou um grunhido. Erik não sabia se era de aprovação ou desaprovação por Marie ter esquentado comida para um gato.

— Talvez ele tenha levado o anel enquanto eu estava na cozinha! — continuou Marie. — Por que vocês dois ainda estão sentados aqui? Deviam estar vasculhando a casa daquele gato, procurando seus esconderijos.

— Nós vamos até a casa de Jamie e David — tranquilizou-a Erik. — Só queremos ter certeza de que temos todas as informações necessárias primeiro.

— Não vejo de que mais informações vocês precisam — começou Marie, falando bem devagar. — O gato entrou aqui em casa. Meu anel sumiu. O ladrão é ele.

— Só temos mais algumas perguntas. O anel tinha seguro? — perguntou Kait.

— Está coberto pelo nosso seguro residencial, mas, se vocês fizerem o seu trabalho, não precisaremos acioná-lo — respondeu Marie. Al grunhiu, e dessa vez Erik teve quase certeza de que era um grunhido de concordância.

— E quando foi a última vez que a senhora se lembra de ter visto o anel?

Erik ficou feliz em deixar Kait fazer as perguntas. Ele estava se sentindo um lixo. Porque seu sono fora um lixo. Sempre que começava a adormecer, tinha um lampejo daquele beijo delicioso. Ele saíra com outras mulheres depois de Tulip — muitas, de acordo com Kait —, mas nenhuma tinha feito seu corpo derreter como Serena fizera com apenas um beijo.

Na outra metade do tempo, quando estava quase dormindo, via a expressão de Serena quando ele lhe disse que tinha um encontro. Mas ele não se arrependia de ter mentido para ela. Foi necessário. Erik não podia se permitir uma aproximação maior porque sabia que não seria capaz de manter a relação casual. O beijo era prova disso.

E aí, quando Serena fugisse de Hollywood, ele teria de catar os cacos do seu coração outra vez. Finalmente estava bem depois de Tulip, e planejava continuar assim. Considerando a forma como agira na noite anterior, Erik tinha certeza de que Serena não tinha nenhum interesse em vê-lo de novo. Então, missão cumprida.

— Entraremos em contato com as informações que descobrirmos — dizia Kait quando Erik conseguiu voltar sua atenção para a conversa. Ele não tinha ouvido nenhuma das perguntas de Kait e as respostas de Marie. Ótimo. Ele não apenas se sentia um lixo, mas também estava fazendo um lixo de trabalho. Lembrou a si mesmo de que não precisava perder mais tempo pensando em Serena. Esse problema estava resolvido.

— Se você puder nos mandar uma foto do anel, seria útil — disse Erik enquanto ele e Kait se levantavam para ir embora.

Al bufou ainda mais alto.

— Eu acabei de falar que faria isso. — O tom de Marie era ríspido. — Sei que tenho algumas fotos minhas ou de alguma parente de Al com ele. Aviso assim que encontrar.

Ela os acompanhou até a porta e surpreendeu Erik ao sair com eles.

— Preciso contar uma coisa para vocês dois — anunciou ela. — Odeio esse anel. É feio como a fome. Eu preferiria receber o dinheiro do seguro e comprar uma torradeira nova, para começar. Mas está na família de Al há gerações e ele vai ficar muito triste se tiver desaparecido de verdade. Então tratem de encontrá-lo.

Sem esperar resposta, ela voltou para casa.

— Bem, já recebemos nossas ordens — disse Kait. — O que você quer fazer primeiro? Falar com testemunhas ou ir atrás dos donos do gato? Marie não vai sossegar se não dermos uma olhada no bicho.

— Vamos no gato primeiro, então — respondeu Erik. — Você sabe o que seria bem útil? — perguntou ele enquanto se dirigiam para a toca de hobbit onde Jamie e David moravam. — Se alguém neste complexo tivesse uma câmera de segurança. Especialmente considerando que ninguém tranca as portas.

— Marie parece prática demais para deixar a porta destrancada, mas ela realmente acha que ter sono leve é toda a segurança de que precisa. Não sei o que ela pensa que vai fazer se ouvir uma invasão. Uma senhorinha de oitenta e poucos anos.

Erik grunhiu em resposta e percebeu que estava parecendo Al.

Kait soltou um suspiro alto.

— Você vai desistir de fingir ou terei que interrogá-lo?

Ele não tentou fingir que não sabia do que ela estava falando.

— Como eu disse, é irritante que ninguém no Conjunto Residencial Conto de Fadas se preocupe minimamente com segurança. — Ele duvidava que Kait fosse aceitar isso, mas valia a pena tentar. Ele não iria falar com ela sobre Serena. Seu objetivo era nem pensar em Serena.

— Palhaçada.

— Tive uma péssima noite de sono, só isso.

Kait soltou um suspiro mais suave.

— Uma hora você vai me contar.

— É aqui. — Erik parou em frente ao portão artisticamente torto que levava à casa de Jamie e David.

— Dessa vez você fala — ordenou Kait a ele. — Eu não falo gatês.

— Tá bom. — Erik bateu.

— Já vou! Devagar, mas vou. — Alguns momentos depois, Jamie abriu a porta, com o rosto corado. — Os livros de gravidez dizem que teoricamente existe uma coisa chamada "barriga baixa", que acontece no nono mês, quando o bebê encaixa e fica mais fácil respirar. Acho que meu bebê está confortável onde está. — Ela apoiou uma das mãos na barriga. — E isso provavelmente foi informação demais.

— Não. Já faz um tempo, mas ainda somos amigos. Fique à vontade. — Erik e Tulip conheceram Jamie e David na festa de Natal anual de Ruby, e saíram juntos algumas vezes depois disso.

— Que bom te ver de novo, Erik. — O sorriso de Jamie era caloroso.

— Você também. — Ele hesitou por um segundo, depois deu-lhe um abraço carinhoso. — Esta é minha parceira, Kait. Não sei se você soube, mas fomos designados para o Conjunto Residencial Conto de Fadas como parte da nossa ronda.

— Ruby me contou. Isso é ótimo! Desculpe por não ter aparecido para a palestra. Os livros sobre gravidez também dizem que posso ter uma alta de energia agora. Mas, de novo, isso não aconteceu e é por isso que eu estava cochilando quando deveria estar no pátio.

— Podemos repassar tudo com você — disse Erik. — Mas tem outra coisa que precisamos discutir antes.

— Claro. Entrem. Aceitam um cupcake? — ofereceu ela enquanto os conduzia para a sala. — David tem andado estressado, e quando ele está estressado, ele cozinha.

— David faz todos os bolos para a confeitaria Mix it Up, no Los Feliz — explicou Erik a Kait.

— Talvez eu possa levar um para viagem? Estávamos na casa dos Defrancisco, e Marie...

— Não precisa dizer mais nada. Sei bem como Marie alimenta seus convidados. Vou embalar uns cupcakes variados para você antes de irem embora. — Jamie sentou-se lentamente no sofá.

Erik sentou-se ao lado dela e Kait ficou na poltrona.

— Ei, cadê o Catioro? — O cachorro geralmente era o primeiro a chegar à porta, e falar sobre Catioro criaria uma abertura natural para falar sobre Mac.

— Na pet shop. David decidiu que ele precisava de um banho. Os livros sobre gravidez dizem que "impulsos de arrumar o ninho" são comuns durante o final da gestação. Meu marido definitivamente está sentindo isso. Ele quer tudo impecável, inclusive o cachorro.

— E o Mac? Será poupado?

— Eu disse ao David que seria melhor receber o bebê com a pele intacta. Ele refletiu e decidiu que o número de banhos de língua que o Mac dá a si mesmo é suficiente.

— Parece uma decisão sábia. Na verdade, é sobre o Mac que viemos falar com você.

— Ah, não. O que ele fez?

— Ele talvez não tenha feito nada — respondeu Erik. — Mas estávamos na casa de Al e Marie porque um anel foi roubado. Um colar foi roubado de outra casa no Conto de Fadas, na semana passada. Marie queria que verificássemos...

— Se Mac não é o ladrão — completou Jamie por ele. — Eu entendo. Há alguns anos, ele iniciou uma onda de crimes felinos e roubou algo de metade das pessoas da vizinhança — explicou Jamie, falando com Kait. — Mas ele simplesmente pegava coisas de uma casa e deixava na frente de outra. Todo mundo recuperou seus pertences mais cedo ou mais tarde.

— Nada que não te pertença apareceu por aqui? — perguntou Kait.

Jamie balançou a cabeça.

— Posso verificar com o Sr. Limpeza, só para ter certeza, mas se ele encontrasse joias que não fossem minhas, tenho certeza de que teria mencionado.

— O cachorro de um amigo tinha um esconderijo — comentou Erik. Na verdade, era uma mulher, não um amigo, mas essa informação não era necessária. — Como era pequeno o suficiente para se espremer debaixo do sofá, ele rasgou o forro e escondeu bolas de tênis e brinquedos barulhentos no buraco. E enterrava ossos de couro cru na cama.

Jamie riu.

— Pobre Catioro. Ele na verdade não tem nenhum brinquedo que seja só dele. Mac sempre os rouba. Sei que no fundo ele nem quer os brinquedos, mas também não quer que Catioro fique com eles.

Kait se inclinou para a frente.

— Onde ele os coloca?

— Em lugar nenhum. Acontece que, se Catioro vai em direção a um deles, Mac entra na frente. Catioro não tem exatamente medo do gato... mas se Mac quer alguma coisa, o Catioro deixa com ele — respondeu Jamie. — Mac também sabe ser gentil com nosso cão. Tenho quase certeza de que Mac abre o pote de biscoitos do Catioro e joga petiscos para ele. Nunca o peguei no flagra, mas vi evidências.

— Você e David ficariam de olho nas joias? Sei que é uma possibilidade remota, mas queremos nos certificar.

— Com certeza — prometeu Jamie. — Mas o Mac é realmente um gato de casa. Ele consegue escapar de vez em quando, mas não com frequência. Quando me mudei para cá, David fechou permanentemente a portinhola de cachorro e bloqueamos a chaminé, porque descobrimos que ele conseguia entrar e sair por ali. É bom ter uma lareira, mas é melhor saber que meu gatinho está seguro em casa.

— Na verdade, eu o vi outra noite. Ele parece estar bancando a babá de uma ninhada de gatinhos — revelou Erik.

Jamie franziu a testa. Ele odiava ter de preocupá-la quando ela tinha tantas outras coisas em mente.

— Gatinhos? De quem são? — perguntou Jamie.

— A mulher que mora no farol os encontrou no galpão. — Erik não achava que houvesse motivo para dizer que a conhecia. Não era pertinente. — Disse que vai cuidar deles até ficarem um pouco maiores.

— E você viu o Mac lá? — perguntou Jamie. Erik assentiu. — Nem sei como isso é possível — continuou ela. — Devemos ter deixado uma de suas rotas de fuga passar em branco e... Bem, David e eu vamos dar uma olhada na casa quando ele chegar. Aí já aproveitamos para procurar as joias roubadas.

Erik se levantou.

— Obrigado por tirar um tempo para conversar conosco. E parabéns pelo bebê.

— Obrigada! Agora só um minutinho que vou embalar os cupcakes.

Mac entrou na sala e localizou com facilidade Erik e a humana chamada Kait. Ele queria um pouco mais de tempo para avaliá-los como possíveis humanos para os gatinhos, então seguiu seus rastros. Eles o levaram a cerca de quatro quarteirões de casa, e Mac não se importou. Ele gostava de explorar.

— Esse cupcake acabou de me dar um orgasmo — disse um homem, expelindo algo que parecia um inseto. Mac entrou por baixo da mesa para investigar. Não era um inseto. Era uma migalha de cupcake. Às vezes David fazia cupcakes só para Mac, atum e queijo, com um camarão por cima. Mas aquele cupcake não era desse tipo, então ele o deixou pra lá. Catioro teria comido, mas Catioro era um cachorro. O homem continuou tagarelando, espalhando migalhas no chão. Catioro adoraria aquele humano.

— Acho que tem tequila nesse aqui. Sim, com certeza. E um toque de raspas de limão.

— Passa para cá — disse uma mulher humana.

— Não sei se você devia ter aceitado isso, cara. O que diz o Código de Ética da polícia sobre presentes? — disse um homem diferente.

— "Gorjetas ou favores de qualquer espécie, que possam razoavelmente ser interpretados como uma tentativa de influenciar as suas ações..." — Erik começou a dizer. Mac se aproximou e sentou-se ao lado de sua cadeira.

Agora Kait estava falando:

— Ninguém vai ser influenciado por um cupcake. Talvez o Tom.

— Não sei. Eles foram feitos por uma pessoa que não quer que seu principal suspeito vá para a cadeia.

— A Grande Máfia do Gato! — O homem riu, espalhando ainda mais migalhas.

Gato? O homem estava falando sobre Mac?

De repente, todos os humanos estavam falando ao mesmo tempo.

— O gato não é o principal suspeito. Ele é o *único* suspeito!

— Isso é uma infelinicidade!

— Você só pode estar de gatanagem!

— O dono dele não precisa se preocupar. Ele com certeza tem um bom advogato.

Parecia que os humanos estavam falando sobre Mac. Ele era o único gato na sala. E estavam *rindo*.

Os bigodes de Mac se agitaram e os pelos ao longo de sua coluna se arrepiaram. Não havia nada de bobo em MacGyver! Pelo menos Erik não estava rindo. Erik era um bom humano. Mac deu uma cabeçada na perna dele para mostrar seu apreço.

Erik olhou para baixo e puxou a perna para longe quando viu Mac. Alguns segundos depois, algo que tinha ouvido David chamar de jaqueta caiu sobre ele. David dissera essa palavra muitas vezes, depois que Mac usou a jaqueta para ajudar a remover um pedaço de unha velha.

Antes que Mac pudesse se livrar da jaqueta, Erik o pegou no colo.

— Kait — disse ele. — Temos que voltar ao Conto de Fadas.

Enquanto Mac era levado às pressas para fora da sala nos braços de Erik, um dos humanos disse:

— Aconteceu alguma gatástrofe? — E todos riram de novo.

Estavam rindo do Gato.

CAPÍTULO 7

— Odeio a ideia do Mac em uma gaiola — disse Jamie.

Mac observava Jamie e David do terceiro degrau da escada. David estava batendo e fazendo barulho. Mudando as coisas.

— Eu também, Jam. Assim que eu terminar de montar esse berço, vou começar a construir um gatil para o Mac — disse David. — Adam prometeu vir me ajudar. — Outro som de batida. — Não pensei que Mac conseguisse pular da janela do banheiro para a árvore, mas obviamente é isso que ele anda fazendo.

— Tenho que ficar me lembrando de que não será nem por um dia inteiro. — Jamie deu uma mordida no cupcake e depois uma mordida na cenoura. — Este plano de uma garfada saudável e uma garfada gostosa é genial.

— Não vai ser nem por um dia inteiro. E, quando terminarmos, ele terá um ótimo espaço ao ar livre para relaxar. Ainda vai poder sair pela janela e até ficar na grama. Não é tão bom quanto andar livremente, mas será muito mais seguro para ele e para os vizinhos.

— Você acha que ele roubou as joias? — perguntou Jamie.

David fez um estrondo e dois clangores.

— Procuramos em todos os lugares. Ele geralmente traz as coisas para casa ou dá para alguém próximo. O anel e o colar não apareceram. Não acho que ele seja o ladrão... dessa vez. Embora ele esteja inquieto ultimamente. O próprio gato em teto de zinco quente.

— Gato em teto de zinco quente, é bem isso mesmo. — Jamie apoiou a mão na barriga. — Acho que ele sabe que tem alguma coisa acontecendo.

Um estrondo e depois um grito.

— Acertei meu polegar!

Mac não aguentava mais os sons altos. Ele se virou e subiu as escadas, depois se escondeu debaixo da cama de David e Jamie. Ele respirou fundo, desejando o cheiro reconfortante de Jamie. Mas o cheiro que encheu seu nariz era o odor novo e estranho que sua humana vinha produzindo. Isso não o acalmou.

Ele precisava dar uma olhada nos filhotes, mas não ainda. Precisava de mais um tempo naquele espaço escuro e aconchegante. Ele era o único na casa que cabia ali, e saber disso o ajudava a lidar com todas as mudanças em seu lar. Mudanças que eram completamente desnecessárias. Mac sentiu as vibrações no chão que significavam que Jamie estava entrando no quarto, então a cama afundou e ele soube que ela estava sentada acima dele.

— Ei, Mac-Mac. Como está o melhor gatinho do mundo?

Seu cheiro havia mudado. O mesmo aconteceu com as vibrações que ela fazia quando andava. Mas o miado dela ainda era o mesmo, e ainda o fazia sentir o amor dela por ele.

— Você acha que poderia subir aqui comigo? Não estou com o corpo certo para deitar no chão. Talvez eu consiga descer, mas aí não vou conseguir levantar. O que você acha, meu amorzinho? Pssst, pssst, pssst!

Aquele barulho — pssst, pssst, pssst — significava que Jamie queria que ele fosse até ela. Os estrondos, as batidas e os gritos tinham parado, então Mac saiu cautelosamente de baixo da cama. Embora ela estivesse com um cheiro estranho, Mac queria estar perto de Jamie, exatamente como ela queria estar perto dele. Ele pulou na cama e se aninhou no travesseiro dela. Jamie começou a fazer carinho em seu lugar favorito. Os humanos aprendiam devagar, mas aprendiam.

— Macs, é o seguinte. As pessoas acham que você pode estar pegando as coisas delas — disse Jamie, continuando a coçar a lateral do queixo dele. — E a culpa é meio sua, porque você pegou todas aquelas coisas quando nos mudamos para cá. Então agora você vai ter que ficar em uma gai... Você vai ter que ficar longe de confusão. Mas vai ganhar um presente incrível amanhã. Quase vai compensar a gai... Por tudo. Sei que você não consegue me entender. Mas eu sinto muito. Sinto mesmo.

Ela se ajeitou e o pegou nos braços. Ele preferiria receber um pouco mais de carinho, mas sabia que às vezes Jamie precisava abraçá-lo. Isso a fazia se sentir melhor, e ele podia sentir pelo cheiro que ela não estava se sentindo tão bem como de costume.

O corpo dele ficou tenso quando ela o carregou para fora do quarto e desceu as escadas até a cozinha. Tinha uma coisa com barras no chão. Mais mudanças. Tudo estava mudando.

David entrou e tocou na coisa. Tinha uma porta, mas a porta tinha grades.

— Olha o que temos aqui, Mac. Um ratinho de catnip gigante, amigão. — Ele também não cheirava muito feliz. Mac precisava descobrir o que estava acontecendo com seus humanos. Sabia que não era nada de bom.

— Sardinhas também. E sua caixa de areia... — disse Jamie. — Pense nisso como um quarto de hotel de luxo.

Ela carregou Mac até a coisa, depois se inclinou e o colocou lá dentro. Não! Ele não ia ficar...

Clang! David fechou a porta.

Mac estava preso.

— Você não vai gostar dessa ideia — disse Erik a Kait. Eles estavam na Lucifers, jantando cedo, em parte porque queriam ficar conhecidos em todos os lugares da ronda, em parte por causa da pizza que era excelente.

— Vou te emprestar um livro sobre psicologia da persuasão. — Kait começou a tirar os cogumelos da pizza e colocá-los na salada. — Você vai descobrir que começar com "você não vai gostar dessa ideia" não é recomendado.

— Nós somos amigos. Quando você estava falando sobre aquele livro, coisa que fez todos os dias até terminar de ler, disse que, quando gostamos de alguém, há uma chance muito maior de dizer sim quando lhe pedirem algo. Você gosta de mim, então estou tranquilo. Não preciso de mais nada.

Ela sorriu para ele.

— Sabe um dos motivos pelos quais gosto de você? Você me escuta. E não só escuta, você se lembra do que eu disse.

— É verdade — concordou Erik. Kait era uma ótima parceira. Eles não passavam muito tempo juntos fora do trabalho, mas ela o fazia rir, às vezes até de propósito, e era uma pessoa verdadeiramente boa. — Agora, posso te contar a tal ideia de que você não vai gostar?

Ela deu uma risada. Ele considerou que isso era um sim.

— Acho que deveríamos falar com Charlie Imura outra vez. Precisamos tentar alguma coisa.

Jamie ligara naquela manhã e dissera que David havia revirado a casa procurando o anel e o colar — enquanto ela supervisionava do sofá —, e não encontrara nada.

— Por mim tudo bem.

Cerca de seis meses antes, Kait assistira a alguns webinars sobre o Efeito Rigidez. Ela contou a Erik que, quando as pessoas estão mentindo, podem ficar meio paralisadas porque estão se esforçando demais para controlar suas expressões faciais e linguagem corporal. Não era uma coisa óbvia. Podia ser algo tão sutil quanto diminuir o número de piscadas. Kait ficou intrigada com o conceito e como ele poderia ser usado em interrogatórios. E talvez pudesse mesmo ser, mas, naquele momento, Erik não precisava de nenhum subterfúgio para saber que Kait estava mentindo. Comentário que deixou passar.

— Vamos até lá quando terminarmos. Ele já deve ter saído do trabalho e precisa ir direto para casa.

— Claro. Só não sei por que você achou que eu faria alguma objeção.

— Sabe, sim. Só porque vocês dois se deram bem, até você descobrir que ele foi acusado de tráfico de drogas.

— Conversei com ele por cerca de um minuto, antes de ver a tornozeleira. Não é como se estivéssemos noivos. — Kait pegou sua fatia sem cogumelos e deu uma mordida.

— Você está certa.

Ela *estava* certa. Erik provavelmente estava mais desapontado do que ela. Ele sabia que Kait gostaria de ter um namorado, e merecia. Charlie parecera um bom candidato por um minuto.

Kait deu outra mordida na pizza e largou o resto da fatia no prato.

— Podemos ir quando você quiser.

— Você não vai comer a salada? — Kait havia tirado todos os cogumelos da pizza para que a salada tivesse pelo menos um por garfada.

— Estou agoniada. Acabamos de começar essa ronda. Queria logo solucionar esse caso das joias, mostrar para as pessoas que conseguimos resolver as coisas.

Erik terminou sua fatia logo depois de algumas mordidas e então se levantou.

— Pronto.

Foram andando até o Conto de Fadas e, quando chegaram à rua de Charlie — que também era a rua de Serena —, Erik imediatamente procurou por ela. Serena não estava no quintal nem na varanda. Bom. Ter ido embora naquele momento — dizendo o que disse sobre ter um encontro — havia sido a decisão correta. Mas ele não queria que Serena pensasse nele como se Erik fosse o maior — ele tentou pensar na palavra que Kait usaria —, como se Erik fosse o maior cabeça de melão que ela já conheceu.

— Ele está ali fora. — Enquanto Erik procurava por Serena, Kait obviamente procurava por Charlie. — Mesmo lugar da última vez.

— Acho que eu também tentaria ficar ao ar livre o máximo possível se estivesse em prisão domiciliar — comentou Erik.

— Você nunca estaria em prisão domiciliar — retrucou Kait. — Você não é esse tipo de pessoa.

— Você gosta mesmo de mim, não é?

Ela deu um soco no braço do parceiro em resposta. Quando chegaram ao portão de Charlie, ele já estava lá para recebê-los. A ansiedade que demonstrara quando tiveram aquela primeira conversa desaparecera.

— Lembra quando os pais de Peter tentaram matá-lo? — perguntou ele, sem se preocupar em dizer "oi".

Kait não hesitou.

— *Incrível Homem-Aranha* número duzentos e oitenta e oito. Mas não eram os pais dele, eram androides. E a mãe androide não tentou matá-lo. Ela lutou contra sua programação. Existe uma razão para você estar fazendo referência a uma das cinco piores histórias do Homem-Aranha? — perguntou ela. — Está tentando sugerir que um androide malvado era, na verdade, o traficante de drogas e que você é inocente?

— Não. Eu era culpado. Eu sou culpado — respondeu Charlie. Seu tom era informal, e ele encarou Kait diretamente.

Ela deu uma de suas bufadas de "não me diga". Então começou a falar logo do que tinham ido fazer ali.

— Houve outro roubo no Conto de Fadas.

— Onde? — Charlie não abriu o portão. Em vez disso, apoiou os braços na parte de cima e se inclinou na direção de Kait.

— Na rua Sapatinho de Cristal — revelou Erik.

— Ainda não notei nada de estranho na vizinhança — comentou Charlie.

Kait deu um passo mais para perto do portão, de Charlie.

— Você sabia que, em média, os ladrões moram a menos de três quilômetros da vítima?

Charlie arqueou as sobrancelhas escuras.

— Sou suspeito? — Ele deu uma risada rouca. — Claro que sou. Sou o criminoso conhecido na vizinhança.

— Só estava perguntando se você sabia que ladrões costumam morar perto das vítimas — respondeu Kait.

— Que é o meu caso. E por que não supor que sou o responsável, não é mesmo? Já tenho ficha — argumentou Charlie. — Só tem um problema. Quando não estou no horário de trabalho, não posso ficar a mais de vinte metros de distância do meu equipamento de monitoramento. Ir até a rua Sapatinho de Cristal me colocaria fora do alcance. Ir para a casa dos Quevas me colocaria fora do alcance. — Um canto de sua boca se ergueu.

— Algum caso de sinal interrompido a relatar? — perguntou Kait.

O sorriso divertido de Charlie desapareceu.

— Uma vez. O chip se soltou. Eu nem sabia até minha oficial de condicional me dizer que eu precisava de um novo monitor.

Kait continuou a fazer perguntas.

— E quando foi isso?

— Cerca de seis semanas atrás.

— E por quanto tempo o monitor ficou inoperante?

— Não sei exatamente. Imagino que minha oficial de condicional tenha sacado o problema bem rápido. Como eu disse, não sabia que o sinal não estava funcionando até ela me procurar.

— Não demoraria muito para ir daqui até a casa dos Quevas ou dos Defrancisco e voltar — afirmou Kait.

— Foram os Defrancisco que foram roubados?

Kait assentiu e Charlie se afastou do portão, endireitando-se.

— Não. Não demoraria muito tempo para chegar a qualquer um desses lugares.

— Você sabia que dezoito por cento dos presos federais cometeram seus crimes a fim de conseguir dinheiro para comprar drogas?

— Você sabia que quatro por cento dos controles remotos de TV perdidos são encontrados na geladeira ou no freezer?

Kait pareceu intrigada por um momento, depois franziu a testa.

— Isso não tem nada a ver com o que estamos falando.

— Ah. Achei que havíamos iniciado uma conversa agradável sobre estatísticas. — Os olhos dele percorreram o rosto de Kait. — Sou analista de cálculo de royalties, mas gosto de estatísticas de todos os tipos.

— Viemos aqui para te interrogar, não para conversar — rebateu Kait.

— Ah, me enganei. Achei que a parte do interrogatório havia acabado. Marie visitou minha tia há alguns dias e, claro, estavam falando sobre o roubo do colar de Lynne Quevas. Marie mencionou que Lynne usou o colar em uma festa, três semanas atrás. O que significa que o roubo aconteceu depois do dia em que meu sinal foi interrompido. Além disso, meu sinal foi interrompido uma vez, não duas. O que significa que eu não poderia ser o ladrão. Mas estou sempre aqui se quiser conversar. Não costumo ter muita companhia.

Kait abriu a boca, fechou, depois abriu de novo, mas não conseguiu pronunciar nenhuma palavra. Erik nunca a tinha visto naquele estado antes.

— Obrigado pelo seu tempo — agradeceu ela.

Enquanto ele e Kait se afastavam, Charlie gritou:

— Não concordo que a história dos pais androides tenha sido uma das cinco piores do Aranha de todos os tempos. Uma das dez piores, com certeza. Mas posso pensar em cinco que ficam na frente. Ou talvez atrás. Começando com Gwen Stacy tendo os filhos do Duende Verde. Se quiser tentar provar que estou errado, sabe onde me encontrar.

Erik conhecia Kait. Sabia que ela estava explodindo de vontade de dar a Charlie todas as razões pelas quais ele estava errado sobre a posição dos androides na lista de piores histórias. Ela não ficaria feliz até que tivesse destruído todos os argumentos que ele pudesse apresentar com sua lógica indiscutível. Mas Kait continuou andando.

— Bem, valeu a pena fazer uma segunda visita. Pelo menos podemos eliminá-lo como suspeito — comentou Erik.

— Se você quer passar no exame de detetive, é bom lembrar que as pessoas mentem até para a polícia — retrucou Kait.

— Ei, ei. Relaxa! Não fui eu quem questionou sua análise do Homem-Aranha. — Erik bateu de leve com o ombro no dela.

— Desculpe — murmurou ela. Kait odiava pedir desculpas. Ele achava que era porque não tinha muita experiência no assunto. A quantidade de fatos amontoados em sua cabeça a impedia de cometer erros factuais com muita frequência, e sua bondade inata a impedia de tratar mal as pessoas.

— Tranquilo. — O olhar de Erik se voltou para o farol. Ele não conseguia evitar. Ainda não havia sinal de Serena. — E nem é preciso dizer que vamos checar a história de Charlie com a oficial de condicional.

Kait soltou um dos suspiros mais longos que Erik já tinha ouvido, o que não era pouca coisa.

— Provavelmente ele estava falando a verdade. Ele não seria capaz de manter aquele olhar presunçoso se soubesse que encontraríamos evidências que o tornariam um suspeito verdadeiro. Mas tem alguma coisa estranha nele. Com certeza está escondendo alguma coisa, e vou descobrir o que é.

— Vamos continuar explorando outras possibilidades também.

Os detetives do caso foram legais em deixar que ele e Kait continuassem envolvidos. Alguns queriam os policiais fora do caminho; alguns percebiam como poderiam ser úteis. Erik sabia que gostaria da parte de resolver crimes no trabalho de detetive. Gostava de investigar, mas gostava disso tanto quanto de todo o restante. Sentiria falta da interação com cidadãos comuns, como Al e Marie, depois de passar no exame.

— Seja como for, ele não tem motivo para parecer presunçoso — murmurou Kait. — Mesmo que ele não seja culpado dos roubos, isso não o torna inocente. O cara é um criminoso condenado. Ele, não sua versão androide do mal.

Nem Erik nem Kait costumavam se deixar afetar por conversas com suspeitos. E, se alguém ficava chateado, geralmente era Erik. Charlie tinha conseguido abalar Kait, pelo menos um pouco, o que não era algo fácil de fazer, fosse pelo lado bom ou pelo ruim.

* * *

Serena colocou o lampião a bateria em cima de uma das caixas do galpão, estendeu um cobertor limpo no sofá surrado e depois se acomodou para passar algum tempo com os gatinhos. Observá-los seria uma boa preparação para o teste de mulher-gato... *se* ela conseguisse o teste para a mulher-gato. Mas quem ela queria enganar? Não precisava de um motivo para ir até os gatinhos. Eram gatinhos!

Um dos filhotes, o da barriga mais redonda, estava perseguindo um inseto. Ele se lançou sobre o bichinho e o engoliu. Talvez fosse por isso que ele era o mais gordo. Muita proteína.

Outro gatinho deu duas voltas no sofá correndo, escalou o braço, saltou de lá para o ombro de Serena e deu um salto duplo para voltar ao chão. Ele correu até a metade da sala e depois caiu. Imóvel. Será que estava bem? Serena se aproximou, depois sorriu. O gatinho maluco tinha caído no sono, praticamente entre um passo e outro.

Um miadinho chamou sua atenção para o local diante de seus pés. O gatinho menor estava ali, encarando-a com seus grandes olhos azuis. Ele deu outro miado. Serena o pegou com todo o cuidado e o colocou no colo. Ele deu duas voltas e depois pegou no sono também.

E aí o gatinho atrevido se aproximou. Ele deu um pequeno silvo para Serena, como se estivesse avisando que ela estaria em apuros se fizesse alguma coisa para machucar o gatinho em seu colo.

— Não precisa se preocupar — prometeu ela. O gatinho deu outro silvo.

De repente, ouviu a porta do galpão se abrir devagar e seu corpo ficou tenso. *Não demonstre nada*, ordenou a si mesma. *Aja como se estivesse tudo bem. Como se você não tivesse pensado nele desde a última vez*. Ela ia conseguir. Porque era uma atriz incrível.

— Sua vez de cuidar dos gatinhos — declarou Serena alegremente. Ela esticou os braços acima da cabeça e se espreguiçou com vontade. Provavelmente estava forçando a atuação a ponto do exagero, mas dane-se. Com cuidado, ela transferiu o gatinho para a almofada ao seu lado e então se levantou. — Vou deixar o lampião.

— Tenho uma lanterna — disse Erik, quase, mas não exatamente, encontrando o olhar de Serena. Ele estava focando na têmpora, de certo na esperança de que ela pensasse que estava olhando em seus olhos. Será que estava com vergonha de encará-la? Devia estar, principalmente se tivesse se divertido muito com a tal garota do encontro e os dois tivessem tido uma noite de sexo incrível.

— Só estou vendo três gatinhos. Cadê a mal-humorada? — perguntou ele.

— Ela estava aqui faz um minuto. — Serena pegou o lampião e começou a vasculhar lentamente o galpão, olhando cada esconderijo minúsculo onde um gatinho pudesse se enfiar. Não estava em lugar nenhum.

— Você encontrou?

— Se eu tivesse encontrado, diria que encontrei — rebateu Serena. Seu tom áspero não combinava com a atitude relaxada que deveria estar projetando, mas combinava com a situação. Ela voltou à busca. Não estava ali, nem lá, nem acolá. — Você deve ter deixado ela sair quando entrou. Não fechou a porta rápido o suficiente.

— Talvez tenha sido você quem deixou ela escapar. Tem certeza de que ela estava aqui?

— É óbvio. Foi isso que eu quis dizer quando falei que ela *estava* aqui um minuto atrás. Vou olhar lá fora.

A quantidade de tralha amontoada no pequeno espaço forçou Serena a esbarrar em Erik enquanto seguia em direção à porta. Um formigamento elétrico a percorreu. De alguma forma, seu corpo não recebeu a mensagem do cérebro de que o comportamento de Erik anulava por completo seu charme.

— Eu vou com você — disse Erik.

— Tá bom — respondeu ela. Pronto, isso foi melhor. Casual. Uma vibração tipo "faça o que quiser, eu não ligo". — Acho que ela não conseguiria ir muito longe com aquelas patinhas.

Ela ergueu o lampião e começou a cantarolar:

— Aqui, gatinha, pssst, pssst, pssst... — E continuou a caminhar lentamente pelo quintal. Um cachorro latiu em resposta perto dali. — As pessoas não deixam seus cachorros andarem soltos, certo?

— Não no Conto de Fadas — respondeu Erik. — Para começar, Marie não toleraria. Certa vez, um mastim pulou a cerca e saiu correndo. Todo mundo estava chamando por ele e correndo atrás, mas o cachorro não queria parar. Estava se divertindo demais. Então Marie apareceu e tudo o que ela precisou fazer foi dizer: "Malarkey, vá para casa", e ele foi. Mesmo que pesasse provavelmente uns cem quilos a mais que ela.

Ele estava falando muito mais rápido do que o normal. *Nervoso?*, Serena se perguntou. Desconfortável? Bem, se estivesse, bom para ele. Isso mostrava que ele tinha pelo menos um pouco de consciência.

— Eu não a conheci — disse Serena.

— Mas vai conhecer. Ela conhece todo mundo. Ela vê tudo. Não acredito que alguém tenha conseguido roubar a casa deles, embora ela e Al nunca tenham se preocupado em trancar a porta.

— Aconteceu outro roubo?

— Na sexta. Levaram um anel de Marie. Kait e eu estamos tentando conseguir...

— Espera — interrompeu Serena. — Acho que ouvi alguma coisa.

Ambos congelaram, prestando atenção. Então ela ouviu o som novamente, um miado baixo.

— Por aqui. — Erik começou a dar a volta pela casa, Serena logo atrás. Outro miado. Mais perto. Estavam indo na direção certa.

— Pssst, pssst, pssst! — chamou Serena. Um miado veio em resposta. Bem perto. Ela fez uma pausa, procurando, deixando a luz do lampião brincar lentamente pela grama.

— Lá em cima! — Erik apontou para uma árvore à direita de Serena. Ela precisava parar e respirar fundo ao lado daquela árvore todos os dias. Estava coberta de cachos redondos de flores amarelas, maiores que melões. E, perto de um dos cachos, quase no topo da árvore, Serena avistou a carinha tigrada do filhote laranja.

— Bela camuflagem, neném! — gritou Serena. — Mas nós te encontramos. Hora de descer. — Ela estalou a língua. Não tinha certeza se isso era coisa de gato ou não. Seus pais não gostavam de animais, e o apartamento em Atlanta não permitia animais de estimação. A gatinha olhou para ela e miou outra vez. — Ela está presa? A propósito, é uma menina.

— Espero que não. Ela deve estar a uns seis metros de altura — respondeu Erik.

— Você é policial. Tem experiência com gatinhos presos em árvores, certo?

— Você está pensando em bombeiros. E, mesmo assim, isso não é realmente trabalho dos caras. Eles costumam pedir que as pessoas chamem um arborista. Alguns sabem lidar com gatos presos em árvores. — Ele olhou para a gatinha. — Talvez eu pudesse chamar Marie para mandar a gata descer.

Os dois chamaram a gatinha várias vezes. Tudo o que ela fez foi miar de volta.

— Acho que tinha uma escada no galpão — comentou Serena.

— Vamos dar um tempinho para ela — disse Erik. — Ela subiu. Deve ser capaz de descer.

Serena pegou o celular e deu uma rápida pesquisada no Google.

— Diz que as garras dos gatos facilitam a subida em árvores, mas é muito mais difícil para eles descerem.

— Uma falha de design, com certeza. — Erik esfregou a nuca, continuando a observar a gatinha.

— Estou pensando em algumas estratégias que podemos tentar. Primeiro, podemos colocar uma comida no pé da árvore. Então recuamos, caso nossa presença a esteja deixando nervosa, e damos um tempo para ela tentar descer sozinha. Também podemos apoiar uma escada na árvore, para facilitar a descida até a comida. — Serena colocou o celular de volta no bolso. — Tenho atum em casa.

— Vou pegar a escada — respondeu Erik.

Cerca de cinco minutos depois, eles colocaram a comida e a escada em posição.

— Agora é só dar espaço para ela.

Serena recuou quase até os arbustos de lavanda que cresciam ao redor da base do farol e sentou-se na grama. Erik sentou-se ao lado dela, deixando uns bons dois palmos entre os dois, mas, mesmo através das roupas, Serena podia sentir o calor de seu corpo.

— Diz aí quanto tempo leva, normalmente? — perguntou Erik.

— O artigo recomendava esperar vinte e quatro horas antes de tentar pegar o gatinho — respondeu Serena. — Acho que tentar ir atrás pode assustar ainda mais. Ela poderia até decidir pular. Pobre gatinha.

— Vinte e quatro horas? — repetiu Erik.

— Você não precisa esperar. Vou ficar bem vigiando sozinha.

Mais do que bem. Quanto mais tempo ela passava perto de Erik, mais irritada e nervosa se sentia.

— Não vou deixar você aqui.

— Estou no meu próprio quintal. Não vai acontecer nada.

— Vou ficar.

— Tá bem.

E estava mesmo tudo bem. O que importava se ele não se decidia? Serena mal o conhecia, e alguém que você mal conhecia não devia ter tanto efeito sobre você. E daí que ele a rejeitou algumas vezes. Ele não a conhecia de verdade, então o que importava?

Essa argumentação era muito lógica, mas não fazia desaparecer o climão e o desconforto. Não ajudava o fato de Erik estar sentado tão perto, de ela ter começado a pensar naquele beijo novamente. Quase podia sentir a sua boca na dela...

Serena mudou para uma nova posição, sentando-se de pernas cruzadas, tentando ficar mais confortável. Não ajudou. Alguns segundos depois, tentou se apoiar nos cotovelos, com as pernas esticadas. Não ajudou. Ela queria tentar outra posição, mas se controlou. Ainda estava tentando passar a imagem de que estava bem, e ser incapaz de permanecer parada por dois segundos não estava ajudando. *Pense em outra coisa*, ordenou a si mesma. *Você já teve bons beijos antes. Terá bons beijos novamente.*

— O que está achando de Los Angeles até agora? — perguntou Erik.

Ela conseguia fazer isso. Conseguia manter uma conversa educada até que a gatinha descesse. Sem problemas.

— Como foi seu encontro naquela noite? — Serena teve vontade de tapar a boca com as mãos, mas era tarde demais. As palavras já tinham saído. Caramba. Adeus postura "não estou nem aí". Tchau bate-papo educado.

— Foi agradável, acho. Você sabe como são essas coisas. Muitas das mesmas perguntas, muitas das mesmas respostas.

— Parece fascinante.

Serena não conseguiu evitar o tom sarcástico. O que aconteceu com sua capacidade de atuar? A dramaturgia devia tê-la ajudado a sobreviver àquela conversa. *Gatinha, por favor, desça antes que eu faça ainda mais papel de boba*, pediu ela em silêncio.

Erik se virou para ela. Serena não olhou para ele, fingindo estar fascinada pelo céu noturno.

— Sinto muito por aquela noite. Eu devia ter me desculpado antes.

Serena endireitou a postura e o encarou.

— Foi... — Ela se esforçou para encontrar a palavra certa. Não queria dizer que ele a tinha magoado, mesmo que fosse verdade. — Foi surpreendente.

Pronto. Isso era verdade. Em parte, pelo menos.

— Foi mais que isso. Foi indesculpável. Eu só... Não tinha encontro nenhum, ok?

— Espera. O quê? — disse Serena, sobressaltada.

— Eu não tinha marcado com ninguém.

— Foi só uma desculpa para fugir de mim? — Ela estava melhor quando pensou que ele fosse grosseiro e talvez maluco. Muito melhor.

— Foi. Não. Mais ou menos. — Erik esfregou o rosto com as mãos. — Olha, eu passei por um término ruim. Já faz um tempo, bastante tempo, mas acho que ainda não superei completamente. Comecei a sentir... Entrei em pânico.

— De quanto tempo estamos falando?

— Três anos — admitiu ele.

Três anos. Quem quer que fosse a mulher, ela realmente o magoara.

— Você não saiu com ninguém esse tempo todo?

— Não, eu saí. Na verdade, saio com muitas pessoas. Geralmente com mulheres que conheço em aplicativos de relacionamento. Acho que foi por isso que essa desculpa me veio à cabeça.

— Estou confusa. Essa sensação de pânico. Acontece com que frequência? — perguntou Serena.

— Nunca aconteceu antes. Só que essa ex morava no farol. Já estive aqui centenas de vezes. Praticamente morei aqui. Acho que foi esse o gatilho. Eu estava aqui, onde passei muito tempo com ela, e acho que isso trouxe algumas coisas à tona.

Serena assentiu.

— Entendi. Fico feliz por você ter me contado.

Ambos ficaram em silêncio por um momento, até que um pequeno miado veio da árvore.

— É difícil ter que esperar sem ajudá-la — comentou Erik.

— Sim — concordou Serena. — Ela é tão pequena. Deve estar assustada lá em cima, embora tenha tido coragem suficiente para subir.

O climão e o desconforto estavam começando a se dissipar. Ter uma explicação para o comportamento de Erik fazia uma enorme diferença.

— Não quero que ela se perca caso decida descer. Ela poderia acabar em uma rua movimentada. E ela faz parte da minha ronda. Eu não posso permitir isso.

— Apenas cumprindo seu dever, é isso? — perguntou Serena.

— Isso mesmo. — Erik esticou-se de lado, a cabeça apoiada na mão. — Levo meu dever muito a sério.

— Você sempre quis ser policial?

— Na verdade, eu não pensei muito no que queria fazer e, quando me dei conta, estava no último ano do ensino médio. Aí fiquei, tipo, ah, merda. O que eu faço agora? — Erik riu, e Serena teve de rir também. — Então fizeram uma feira de empregos na escola, e eu conversei com um policial que estava lá. Gostei da ideia de ficar ao ar livre, de não ter que viver preso em um escritório. Eu me sinto idiota em admitir isso, mas a ideia de liberdade foi o suficiente para meu cérebro adolescente. Felizmente, acabou dando certo. E agora ser designado para uma área onde posso conhecer uma comunidade inteira é a tarefa perfeita para mim.

Ele arrancou uma folha de grama do chão e esfregou-a entre os dedos. Ela se deitou de lado, de frente para ele, para que pudessem conversar com mais facilidade.

— Eu soube desde muito cedo que queria ser atriz. Fui um lobo numa peça sobre ecologia na quarta série. Mergulhei de cabeça. Li livros sobre o comportamento dos lobos e assisti a programas sobre natureza. Deixei minha professora e as outras crianças malucas, porque sempre parava os ensaios para dizer que um lobo nunca faria isso ou aquilo — contou Serena. — Ainda amo muito essa parte da atuação. Aprender coisas novas. Além disso, você sabe como são os atores. Sempre em busca de fama e adulação porque falta algo dentro de nós.

Ele não disse nada por um momento, apenas olhou para Serena com uma expressão que ela não conseguia decifrar, e olha que ela era boa em ler rostos.

— Sim, secretamente tenho fome de poder — retrucou ele. — Quero a autoridade de obrigar qualquer pessoa a fazer o que eu quero.

— Rá! Eu sabia! — Serena sorriu para ele, sem precisar atuar, então ouviu um som de arranhar. Serena agarrou o braço de Erik. — Sem movimentos bruscos. Acho que nossa amiguinha reuniu coragem para tentar descer — sussurrou.

Os dois se sentaram devagar e observaram a gatinha emergir por entre as folhas e flores e descer do tronco da árvore. Ao chegar ao chão, ela bocejou e começou a comer o atum.

— Ela não parece traumatizada, parece? — perguntou Erik.

— Como você acha que vamos conseguir levá-la de volta para o galpão? Estou com medo de que ela fuja se a gente chegar perto.

A gatinha terminou seu prato e então, com o rabo para cima, saiu trotando pelo gramado. Serena e Erik a seguiram, mantendo distância. Sem hesitar, a gatinha seguiu até o buraco que dava para o galpão e entrou.

— Você acha que deveríamos fechar esse buraco? — perguntou Serena.

— Mac vai ter um ataque se não conseguir entrar, e não queremos deixar a porta aberta — disse Erik. — Vamos voltar e tentar criar uma espécie de cercadinho com as caixas e outras coisas do galpão. — Ela se levantou. Erik fez o mesmo. — Convidei você para jantar no dia em que a gente se conheceu.

— Sim, convidou.

— Você ainda gostaria de fazer isso?

Ela sorriu.

— Gostaria.

Isso era... inesperado. E se aquela gatinha não tivesse ficado presa na árvore, provavelmente nunca teria acontecido.

CAPÍTULO 8

— Poderíamos ter ligado para a oficial de condicional do Charlie Imura. Ou tentado aquela coisa nova... um tal de e-mail — disse Erik, na manhã de terça-feira. — Obviamente é mais rápido do que os correios. Além do mais...

Kait acenou para o parceiro antes que ele pudesse terminar.

— Você sabe como é difícil conseguir falar com essas pessoas no telefone. E o e-mail só é mais rápido se alguém responder.

Erik deu de ombros enquanto virava na Vine.

— Você queria vir, e aqui estamos.

Ele encontrou uma vaga quase em frente ao escritório do governo, que mais parecia um prédio de apartamentos meio feioso.

Kait estreitou os olhos para ele.

— Você está de bom humor hoje.

— E você parece desapontada com isso — disse Erik.

— Claro que não. Isso é ridículo. — Kait bufou, depois saiu do carro e bateu a porta. — Um estudo realizado por um pesquisador da Wharton e outro do Fisher College of Business mostrou que, se você estiver de mau humor pela manhã, permanecerá nesse estado o dia todo — continuou quando Erik se juntou a ela na calçada. — E há muitos estudos que demonstram correlação entre bom humor e alta produtividade. Por que eu ficaria desapontada com a chance de meu parceiro ter um dia altamente produtivo?

Ela caminhou em direção ao prédio sem esperar que ele respondesse. Erik a seguiu.

— Por que esse bom humor todo? — perguntou ela, sem se virar. O tom de Kait parecia de censura, mas Erik não comentou nada. Ele não queria outra minipalestra.

— Dormi melhor, só isso. — Pedir desculpas a Serena permitiu que ele tivesse uma boa noite de sono. Eles tiveram uma conversa amigável esperando a gatinha descer, e convidá-la para jantar definitivamente ajeitaria as coisas entre os dois. — E o que posso fazer para ajudá-la a ser a melhor parceira possível? Aceita umas castanhas? Não é você quem diz que o ômega-3 melhora o humor?

— Você me escuta mesmo. Obrigada. — Ela bateu o ombro no dele. — Sabe o que me deixaria feliz de verdade? Se a oficial de condicional do Charlie Imura nos dissesse que houve um problema com o seu monitor, algo que tornaria possível que ele fosse o ladrão. Porque tem alguma coisa naquele cara. Tenho a impressão de que ele está escondendo alguma coisa. Se estiver mesmo por trás dos roubos, não quero que consiga escapar com um álibi errado.

Ela passou pela porta principal e foi até a recepcionista, sentada atrás de uma janela de segurança.

— Oficiais Tyson e Ross, para ver a Sra. Ayala.

— Sentem-se.

A recepcionista apontou com o queixo para dois sofás de vinil preto, encostados um no outro, no centro da sala. Mais sofás estavam espalhados, encostados nas paredes.

As poucas pessoas na sala evitaram olhar para Erik e Kait quando eles se sentaram. Kait inclinou a cabeça de um lado para o outro e depois relaxou os ombros, algo que ela costumava fazer para espantar o mau humor. Ele a deixou em paz.

Uma mulher de cinquenta e poucos anos abriu a porta ao lado da janela da recepção e se aproximou.

— Olá, Melissa Ayala. Podem me chamar de Melissa. Venham por aqui. Não tenho muito tempo para conversar, mas vou tentar responder tudo.

Ela os levou para um escritório que mal tinha tamanho para acomodar uma mesa com duas cadeiras na frente e uma atrás.

— Você pode ver que também não tenho muito espaço para conversar, mas pelo menos não é um cubículo. — Ela se espremeu por trás da mesa e se sentou. — Podem perguntar à vontade.

— Bem, recentemente aconteceram dois assaltos no bairro onde mora Charlie Imura. Queríamos confirmar se a tornozeleira não apresentou algum problema que por acaso lhe permitisse a movimentação sem o seu conhecimento.

— Houve um caso, há cerca de um mês e meio — admitiu Melissa. — Um problema com o chip. Conseguimos uma nova tornozeleira para ele em menos de uma hora. Fora isso, Charlie estava sempre onde deveria. Não mais do que vinte e cinco metros de distância de casa quando não está trabalhando ou no caminho do trabalho.

— Ele tem associados que você conheça? Pessoas ligadas ao tráfico? — perguntou Kait.

Pergunta válida. Erik devia ter pensado nisso.

— Não — respondeu Melissa. — Nada assim surgiu no tribunal.

Ela folheava o arquivo enquanto falava:

— O Sr. Imura na verdade é um caso interessante. Sem antecedentes. Quero dizer, completamente limpo. Sem acusações por posse de entorpecentes. Nem mesmo uma multa por excesso de velocidade — comentou Melissa. — Ele tinha uma multidão se oferecendo para depor como testemunhas abonatórias, mas o advogado tomou a decisão de não as usar. E vocês sabem como é o interrogatório. Eles desenterram algo negativo para desabonar a testemunha, e então tudo o que a pessoa disse parece contaminado para o júri.

— Havia razão para pensar que havia algum problema com as testemunhas? — perguntou Kait.

— Não tenho nenhuma indicação, mas não estaria no arquivo. Muitos advogados não usam testemunhas abonatórias. Não acho que você precise se preocupar com isso. — Melissa fechou o arquivo e olhou para o relógio. — Algo mais?

— Qual a sua impressão geral de Charlie? — perguntou Erik.

Melissa roeu a tampa da caneta, pensativa.

— Respeitoso. Obediente. Fácil de lidar. — Ela sorriu. — Engraçado. Não de um jeito piadista. É mais na maneira como ele vê as coisas. Sinceramente, gosto do cara. Mas isso e nada é a mesma coisa.

Kait se inclinou para a frente.

— Você o inscreveu em um programa de abuso de substâncias?

Melissa reabriu o arquivo e rapidamente encontrou o que procurava.

— Não havia histórico de uso de drogas. Todos os testes aleatórios voltaram limpos.

Erik olhou para Kait. Ela deu de ombros e se levantou.

— Obrigada pelo seu tempo — agradeceu. Erik fez o mesmo. Estava grato por voltar para o ar fresco e para o sol. Não achava que conseguiria ficar todos os dias em um espaço apertado, sem uma janela sequer.

— O que fazemos agora? Quer dar uma olhada naquela senhora no Jardins? Tentar acalmá-la para que não continue tão preocupada com um intruso? — perguntou Erik.

Kait assentiu.

— Minha impressão sobre o cara que dirige o lugar... Estou esquecendo o nome dele.

Ela estava realmente tendo uma manhã ruim. Kait não esquecia as coisas.

— Nate — ofereceu Erik.

— Certo. Acho que com ele, a esposa, a irmã e os pais trabalhando lá, todos os moradores se sentem muito bem cuidados, mas não custa nada mostrar que também estamos disponíveis — disse ela. — Depois acho que deveríamos verificar mais uma vez o banco de dados para ver se o anel ou colar foram penhorados.

Kait não parecia esperançosa, e não havia razão para tal. A maioria dos ladrões que recorriam a lojas de penhores usavam identidades falsas ou vendiam para um intermediário que depois repassava para a loja de penhores.

— Você acha que acabou? Ou acha que alguém ainda está de olho no Conjunto Residencial Conto de Fadas?

— Se eu fosse um ladrão, acho que ainda estaria por perto. Ainda nem conseguimos convencer os moradores a trancarem portas e janelas...

— Cuidado! — Serena alertou Daniel enquanto corria para dentro da Yo, Joe!. — Uma bactéria Shigella está se aproximando!

— Você conseguiu? — perguntou Daniel.

— Consegui! — Serena batucou na bancada, depois tirou da bolsa um exemplar do livro *Acting Face to Face*, de Jahn Sudol, e o entregou a ele. — Esse é aquele livro sobre o qual eu estava falando. Um agradecimento por me ajudar na preparação.

— Conseguir aperfeiçoar minha E. coli foi mais do que agradecimento suficiente. Todo ator deveria ter uma bactéria no repertório. Mas obrigado. — Daniel se inclinou por cima do balcão e a beijou na bochecha.

O conjunto de colheres *demitasse* que compunha a sineta da porta tilintou quando duas mulheres de aparência familiar, provavelmente na casa dos setenta anos, entraram.

— Helen, Nessie! Que prazer. — Ele olhou para a chefe, sentada à sua mesa habitual, com uma pilha de recibos por perto. Ela sorriu e acenou, mas Serena era uma observadora de pessoas profissional. O sorriso era falso. O café estava mesmo prestes a falir? Serena odiava essa possibilidade. Era uma cafeteriazinha tão perfeita...

— Então... o que posso preparar para vocês? — perguntou Daniel às clientes.

— Alguma coisa com muito açúcar — falou uma delas.

— Helen está brava porque ficamos sem açúcar e Marie não nos emprestou — explicou a outra, Nessie. — Marie desaprova a quantidade de açúcar que Helen ingere.

— O que não é da conta dela — declarou Helen.

Daniel riu.

— Ela acha que tudo e todos no Conjunto Residencial Conto de Fadas são da conta dela.

Conjunto Residencial Conto de Fadas. Claro, era por isso que as mulheres pareciam familiares. Serena se lembrava das duas daquele dia na fonte. No dia em que conheceu Erik e achou que ele era muito bonitinho. Ainda pensava assim, mas ele nitidamente ainda tinha grandes problemas com a ex. Serena precisava mantê-lo na *friendzone* e tinha certeza de que ele sentia o mesmo por ela. O jantar era apenas um jantar. Ele gostava de cozinhar. Ela gostava de comer.

— Não me odeiem, mas eu me divirto com Marie — dizia Daniel quando ela voltou a atenção à conversa.

— Eu também. E ela é uma das melhores amigas de Helen, embora Helen esteja muito irritada para admitir isso agora — argumentou Nessie. — Espero ainda conseguir dançar swing perto da fonte quando tiver a idade de Marie.

— Você não conseguiria dançar perto da fonte nem agora, Nessie — comentou Helen.

— Dê um pouco de açúcar para essa mulher, pelo amor de Deus — implorou Nessie a Daniel. — Ela está ficando mais irritada a cada segundo.

— Que tal um frozen macchiato de caramelo? Posso colocar algumas gotas de chocolate por cima.

Serena notou o sobressalto da Sra. Trask.

— As gotas de chocolate são por minha conta — disse Daniel para tranquilizá-la. Claramente, ele também tinha percebido o olhar.

— Perfeito — disse Helen.

— "Aceite os desafios, para que possa sentir a alegria da vitória" — murmurou a Sra. Trask enquanto voltava à papelada.

— Mais General Patton — disse Daniel a Serena, então anotou o pedido de Nessie, um chá de hortelã pequeno.

Antes que ele pudesse começar a servir as bebidas, as colherinhas soaram seu tilintar alegre. Um homem de vinte e poucos anos entrou, com um terno tão elegante quanto o do agente de Serena.

— Não se preocupe, Sra. Trask! — gritou Daniel. — Eu me lembro da regra. Nada de café grátis para parentes. Na verdade, estou planejando cobrar o dobro dele. Ele é rico.

O Sr. Terno Chique se aproximou de Serena. Daniel fez as apresentações.

— Marcus, Serena. Serena, meu irmão Marcus. Serena está morando no farol este ano. E, claro, você conhece Nessie e Helen.

— Claro. Como estão, senhoras? — perguntou Marcus.

— Sentimos muito... — começou Nessie.

— ... pelo roubo do colar da sua mãe — finalizou Helen, olhando dele para Daniel.

— Ah, tudo bem. Não era um dos favoritos dela — disse Marcus.

— O preferido é o da Tiffany, que o Marcus deu a ela.

Ele começou a discutir, mas Daniel ligou o liquidificador, abafando sua voz.

— Marie já escolheu um substituto para o anel que foi roubado. — Helen estendeu a mão para impedir Daniel de servir sua bebida em um copo de vidro. Serena adorava que usassem vidro de verdade. — Gostaria de levar para viagem. Quero que Marie me veja com isso.

Nessie balançou a cabeça para a irmã.

— Não se esqueça. Marie é sua melhor amiga.

— Eu sei — retrucou Helen. — Não significa que ela não seja uma velha mandona. E sortuda também. Eu gostaria que alguém roubasse os Coelhinhos Tristes.

— Coelhinhos tristes? — perguntou Serena.

— Eles nos parecem tristonhos. São os coelhinhos de uma estatueta de porcelana da Herend. Têm orelhas caídas e estão espiando por cima de um tronco, mas eles não deveriam parecer tristes. São muito brilhantes, todos cobertos de lascas de diamante e safira — explicou Nessie.

— São de uma edição limitada e agora é difícil de encontrar. Vi um desses bibelôs sendo vendido por pouco mais de oito mil — acrescentou Helen.

— Por que você simplesmente não vende? — perguntou Daniel, colocando uma tampa no chá de Nessie.

— Ganhamos de presente quando éramos bebês. Não se vende um presente. — Helen olhou para Nessie.

— Por mais que a gente quisesse — acrescentou Nessie.

Elas pagaram pelas bebidas. Helen tomou um longo gole ao sair e parecia muito mais feliz do que quando entrou.

— A magia do açúcar — murmurou Serena.

— Que tipo de ganhadora do Prêmio Farol você é? Atriz, diretora, cantora, figurinista ou...? — perguntou Marcus com um sorriso que exibia covinhas nas bochechas. Bonitinho.

— Você caiu de amores pelas covinhas. Já vi tudo — disse Daniel a Serena. — Por que as mulheres gostam tanto de buracos no rosto?

Sabia que na verdade são um defeito de nascença? O músculo zigomático maior de quem tem covinhas é mais curto do que deveria. Esse é o músculo que contrai a pele quando você sorri.

O tom de Daniel era leve, mas Serena podia ouvir um toque de... Crueldade parecia uma palavra um pouco dura demais, mas algo assim.

— Admito que acho essas trincheiras faciais atraentes. — Ela sorriu para Marcus. — Eu sou do tipo atriz. Seu irmão me ajudou na preparação para um papel em um comercial que acabei de conseguir!

— E Serena me ajudou a me preparar para o papel que terei na peça. O papel que você acha que não vale nada.

— Eu não disse isso exatamente — protestou Marcus.

— Você disse, sim. — Daniel lançou a Serena um olhar de desculpas. — Lamento. Nossa rivalidade entre irmãos é notória. Marcus é um grande executivo no ramo de publicidade. Acho que às vezes fico com um pouco de inveja. — Ah, inveja, foi isso que Serena tinha ouvido. — Desculpe, Marcus. Às vezes eu sou um idiota.

— Ei, deve ser de família — respondeu Marcus. — Porque eu também sou.

— Nossa mãe é a pessoa legal da família — explicou Daniel.

— Ela é muito legal mesmo — concordou Marcus. — Ela está bem? Quero aproveitar o horário de almoço para ver como ela está.

— Ela não se machucou durante o assalto, não é? — perguntou Serena.

— Foi um furto, na verdade. Ela ficou um pouco abalada com a ideia de alguém ter entrado na casa, mas não viu ninguém — respondeu Daniel; depois, para Marcus, acrescentou: — Vou dizer que você tentou falar com ela. — Ele olhou para o relógio. — Meio tarde para o almoço, não é?

— O horário de almoço no meu trabalho é bem flexível — respondeu Marcus. — Embora eles esperem que eu volte em algum momento. É melhor eu ir.

— Calma. Antes deixa eu fazer um *espresso* para você.

— Americano, por favor.

Marcus pegou a carteira. Quando Daniel lhe entregou o café, Marcus deu uma nota de vinte ao irmão.

— Pode ficar com o troco — disse ele quando Daniel começou a contar o dinheiro.

— Eu estava brincando sobre cobrar o dobro — disse Daniel.

— Pode ficar — repetiu Marcus.

— Valeu. — Daniel observou Marcus sair. — Isso me irritou — admitiu ele para Serena. — Não devia. Marcus sabe que estou sempre sem grana, um ator falido. Tenho certeza de que ele estava apenas tentando ser gentil deixando essa gorjeta enorme, mas me soa condescendente, sabe? E um irmão mais novo ser condescendente...

Serena deu um tapinha no braço dele.

— Mas dá pra ver que vocês dois se preocupam um com o outro.

— Ah, com certeza. É só que tem certa bagagem na relação. Talvez seja assim com todos os irmãos.

— Eu tenho um irmão, mas ele é bem mais novo. A coisa mais irritante que ele fez foi seguir a mim e meus amigos como um cachorrinho, mas até isso era divertido algumas vezes. Ele era muito fofo — contou Serena. — Mas irmão-irmã não é a mesma dinâmica que irmão-irmão.

— É verdade. — Daniel começou a preparar para Serena seu café com leite desnatado de sempre.

— Tudo bem se eu der a mesma gorjeta que daria a alguém que não conheço? — perguntou ela quando Daniel lhe entregou o café.

— Claro. Espero que você não pense que sou um completo idiota agora.

— Impossível — garantiu ela. — Não faço amizade com idiotas.

Ela se sentia sortuda por ter conhecido Daniel. Ele tornou suas primeiras semanas em Los Angeles muito mais divertidas, e foi ótimo ter um companheiro de ensaio.

Ouvi-lo dizer que estava sem grana, que era um ator falido, deu-lhe uma pontada de culpa. Serena esperava que ele não pensasse que devia algo a ela só porque o ajudou a se preparar para o teste.

— Vamos fazer um pacto — sugeriu ela. — Vamos continuar nos ajudando com nossos papéis, mas chega de presentes de agradecimento, combinado?

— Combinado. Contanto que eu possa ficar com o meu livro.

Ela riu.

— E eu com as minhas flores.

Aquele buquê era enorme. Um verdadeiro exagero. Serena não fazia ideia de como Daniel tinha conseguido pagar por aquilo. Ele não poderia estar ganhando muito como barista, principalmente porque, com tão poucos clientes, as gorjetas deviam ser péssimas. *Se ele não pudesse pagar, não teria comprado*, pensou ela. Ainda assim, Serena desejava que ele não tivesse feito aquilo.

A casa estava silenciosa, exceto pelos sons dos roncos de Catioro e David. Era hora de sair.

Mac esticou a pata em meio às barras.

Flic! Plec!

A pequena haste de metal deslizou para o lado.

Clic!

Mac deu uma leve cabeçada na porta. Ela se abriu e Mac saiu. Fácil como uma sardinha deslizando pela goela de um gato. Mas ele não se sentia orgulhoso. Não se sentia feliz. Seus companheiros de bando tinham deixado Mac trancafiado. Ele não achava que poderia perdoá-los, mesmo que conseguisse escapar de qualquer jaula. Ele não achava que algum dia seria capaz de voltar.

Ele pulou no balcão. Pela última vez, abriu o pote de petiscos de Catioro. Ele ouviu o cabeça-oca bufar quando acordou. Um minuto depois, Catioro estava parado na frente do balcão, choramingando para que Mac lhe desse o biscoito.

Mac jogou o biscoito no chão e pulou na cabeça de Catioro quando este se abaixou. Catioro levantou a cabeça, como sempre, e *ops*, Mac estava no parapeito da janela. Um momento depois, no quintal.

Ele deu uma olhada para trás e depois desapareceu na noite.

CAPÍTULO 9

Mac foi direto para os gatinhos. Isso é o que importava agora, os gatinhos. Eles eram seu bando. A primeira coisa que fez depois de passar pelo túnel e entrar no galpão foi verificar a comida e a água. Ambos frescos. Ele podia sentir no ar que os humanos Erik e Serena tinham passado por lá. Eles eram mais inteligentes do que muitos de sua espécie e haviam feito tudo o que sabiam. Mac enterrou as fezes dos gatinhos e marcou o local com seu cheiro. Então voltou sua atenção para os bebês.

Primeiro, deu a Pitico algumas lambidas de saudação. Ele estava ficando mais forte, sob os cuidados de Mac. Pitico ronronou e se aconchegou a ele.

Atrevida se aproximou.

Zoom correu direto para Mac, então o ultrapassou, girou e voltou na sua direção, mas não parou a tempo e bateu direto na lateral do corpo de Mac, que rosnou para ele, de leve, só para que ele soubesse que não era aceitável trombar em gatos adultos. Zoom deu uma lambida em Mac e saiu em disparada outra vez.

Atrevida se aproximou.

Salmão se aproximou com um grilo entre os dentes. Ela o deixou cair entre as patas de Mac, depois se aninhou ao lado de Pitico e acrescentou seu ronronar ao do irmão. Mac comeu o inseto. Ele gostava de grilos, o gosto era meio parecido com o de camarão. Mas mesmo que não gostasse de insetos, teria comido. Ao contrário da maioria dos humanos, ele sabia a maneira educada de aceitar um presente. Metade das vezes Jamie jogava no lixo os que Mac levava para ela.

Atrevida se aproximou.

Mac continuou fingindo que não percebia aquela aproximação furtiva. Ela fez seu ataque, saltando no ar e pousando no pescoço de Mac. Ele sentiu os dentinhos morderem sua pele. Deu uma sacudida que a fez cair no chão, então gentilmente pressionou os dentes no pescoço da filhote. Ela precisava aprender a ter um pouco de respeito.

Depois de um momento, ele a soltou e esfregou a bochecha no seu corpinho. Ela era uma encrenqueira e, se tivesse problemas quando ele não estava por perto, todos precisavam saber que estava sob a sua proteção.

Mac se aconchegou novamente e Salmão e Pitico retornaram aos seus lugares, ao seu lado. Atrevida se juntou a eles. Zoom deu mais uma volta ao redor do galpão, depois caiu em cima dos irmãos e adormeceu quase instantaneamente.

Mac permitiu-se tirar uma soneca, depois se levantou e se espreguiçou, e seguiu para o túnel. Os gatinhos miaram em protesto, até mesmo Atrevida. Seria bom ficar e brincar com eles, mas não havia tempo. Mac tinha coisas importantes a fazer.

Assim que saiu do túnel, ele respirou fundo, os bigodes tremelicando. Havia muitos odores, mas não demorou a encontrar um que queria seguir. Pertencia a um humano que precisava investigar, alguém que poderia merecer um gatinho e ser capaz de cuidar de todas as necessidades dele.

Mac começou a correr, seguindo o cheiro que havia escolhido. Não demorou muito para alcançar o humano que estava rastreando. Diminuiu a velocidade para uma caminhada e seguiu à distância. Ele supôs que o humano entraria em um vrum-vrum, mas o macho continuou andando pela calçada.

Depois de alguns quarteirões, o macho parou. Mac se aproximou, perto o suficiente para que, quando o homem abrisse a porta, ele conseguisse entrar antes que esta se fechasse. O humano caminhou até uma parede e a pressionou. Quando a parede se abriu para o lado, Mac percebeu que era um elevador! Ele não entrava em um havia anos, desde que ele e Jamie tinham se mudado para aquela vizinhança.

Mac entrou no elevador com o humano, que nem percebeu sua presença. Na maioria das vezes, os humanos não pareciam ver coisas que eram completamente óbvias para Mac. Bem, isso tornava mais fácil persegui-los. Quando o homem saiu do elevador e abriu outra porta, Mac conseguiu novamente entrar sem ser visto.

O homem dirigiu-se para o que cheirava como uma cozinha. Mac ficou onde estava, examinando. O lugar era grande e estava quase vazio. Tinha muito espaço para um gatinho correr quando ficasse *atentado*. Não havia cortinas nas janelas, mas havia uma poltrona com encosto alto que seria boa para a prática de escalada. O lugar parecia aceitável, mas e quanto ao humano? Ele morava ali sozinho, isso era óbvio pelo cheiro. Mas será que seria capaz de cuidar de um gatinho?

O homem voltou para a sala e deixou-se cair na única poltrona ali. De vez em quando, Mac gostava de tirar uma soneca em um sofá confortável, mas um sofá não era essencial para um gatinho. Ele observou enquanto o humano ligava a máquina de blá-blá-blá. Mac gostava quando as coisas na máquina se moviam rapidamente, como agora. Seus olhos seguiram o movimento de um vrum-vrum, os músculos tensionados. Ele queria sair correndo!

Mac lembrou a si mesmo de que estava ali para observar o homem, não a máquina. De qualquer maneira, já estava chato. Só era divertido quando as coisas estavam se movendo, caso contrário, era o mesmo velho falatório dos humanos.

O homem abriu um pote da gosma que Catioro adorava. O cabeça-oca agia como se fosse sardinha em creme. Parecia fazer a língua grudar no céu da boca, mas Catioro sempre pedia mais. Ele já havia babado na cabeça de Mac uma vez quando David comia aquele negócio, que chamava de manteiga de amendoim. Foi necessário que Mac lhe desse um golpe de duas patas... com as garras. Catioro não podia ser punido com muita severidade, porque era burro demais para entender que estava no erro.

O humano espalhou um pouco de gosma em um biscoito. Mac também não entendia por que as pessoas e os cães gostavam de biscoitos. Havia coisas muito mais saborosas disponíveis. Durante muito tempo, ele estimulou Jamie e David a se interessarem por bons petiscos, mas, sempre que levava um para eles, os dois não sabiam o que fazer e jogavam fora a iguaria. Mac lhes dera um presente e eles *jogaram fora*. Mac teve de lembrar a si mesmo que os humanos simplesmente não eram muito inteligentes, mas às vezes era difícil não se sentir desvalorizado.

Aquilo não aconteceria mais. Mac não voltaria para casa. Não podia. Não depois do que Jamie e David tinham feito com ele.

Era hora de um teste. Mac foi até o homem e miou. Finalmente, o humano percebeu a presença de Mac! Ele miou de novo, mantendo os olhos no lanche na mão do macho. Será que ele entenderia? Ele entregaria a parte de Mac? Mac não deixaria um dos gatinhos viver com um humano que não compartilhasse.

É claro que Mac não queria gosma. Não cheirava a nada que quisesse em sua boca. Mas ele precisava ver como o humano reagiria ao pedido.

— Ei, como você veio parar aqui? — perguntou o humano. Mac miou outra vez, sem mover o olhar.

O homem soltou um suspiro.

— Se bem que um pouco de companhia não cairia mal, para ser honesto. Na verdade, fui ver meu irmão... por livre e espontânea vontade. Não é que o Daniel não seja um cara legal, sabe? Ele só é incrivelmente pouco ambicioso. Não entendo. Ele é mais velho que eu e trabalha fazendo café. Se bem que ele admitiu que tem inveja de mim. Eu sabia disso, mas nunca pensei que ele confessaria. Mas ele se desculpou. Algo pelo qual eu também não esperava.

Ah, blá-blá-blá! Ele não percebia que Mac queria um pouco do lanche? Mac pulou no colo do humano e se inclinou em direção à mão que segurava a gosma.

— Ah, você quer um pouco? — perguntou o humano. Mac miou. Talvez estivessem fazendo progresso. — Hmm, não sei se seria bom para você. — Mac miou novamente. — Bem, acho que um pouquinho não vai fazer mal.

O humano quebrou um pedacinho de biscoito e o estendeu para Mac, que aceitou. Não seria grosseiro. A gosma tinha o gosto do cheiro. Mac se forçou a engolir, então desceu para que o humano não lhe oferecesse mais.

Ele já tinha visto o suficiente por enquanto. Trotou até a porta da frente e miou. O humano o deixou sair, provando pela segunda vez que possuía inteligência básica. Mac precisaria observá-lo mais, antes de tomar uma decisão, é claro, mas talvez aquele fosse um bom lugar para Zoom, já que havia muito espaço para correr e quase nada onde pudesse bater.

— Blá-blá-blá. Blá-blá-blá-blá! Blá! Blá!

Serena estava feliz por ter comprado seu carro seminovo, um Cadillac ridiculamente grande, mas razoavelmente barato, antes da filmagem do comercial. Ela sempre dizia aos alunos para chegarem ao trabalho com pelo menos meia hora de antecedência, que era o que ela sempre tinha feito antes de começar a lecionar em tempo integral. Ter um carro tornava tudo muito mais fácil. O transporte público de Los Angeles era igual ao de Atlanta: ótimo para chegar ao aeroporto, funcionava para atravessar a cidade, e só.

Um carro também era ótimo para fazer as vezes de estúdio de ensaio particular. Serena se preparara o máximo possível nos dois dias desde a descoberta de que conseguira o papel, mas gostava de fazer treinamentos vocais bem perto da apresentação. Tinha feito alguns comerciais em Atlanta. A produção de um deles ofereceu um trailer só para ela, a do outro fez todos os atores dividirem um cômodo, então Serena não tinha ideia do que esperar.

Ela passou dos *blá-blá-blás* para alguns *hmmmms*, *gahs* e *mmmmms*, depois começou a repetir um trava-língua que sempre a fazia rir, o que provavelmente era tão benéfico quanto os exercícios.

— A mulher barbada tem barba boba babada e um barbado bobo todo babado. — Pronto, quando chegou à oitava repetição, Serena estava rindo tanto que teve de parar. Ela checou o relógio. Hora de ir.

O segurança lhe oferecera um mapa do estacionamento da Paramount. Serena deu outra olhada, saiu do carro e seguiu em direção à icônica caixa d'água. Ela fez uma pausa para tirar uma foto do Blue Sky Tank. Estava sendo usado como estacionamento no momento, mas Serena sabia que, às vezes, ficava cheio d'água, e que uma dessas vezes tinha sido para filmar as cenas de baleias em *Star Trek IV*. Mesmo sabendo que isso a fazia parecer uma turista, ela teve de tirar a foto para o pai, que tinha versões em Betamax, VHS, Blu-ray e digitais de todos os *Star Trek*.

Ela também tirou uma foto do prédio Rodenberry, já que estava passando por ele. Quem ela queria enganar? Ela o teria procurado — depois das filmagens — para o pai. No entanto, quando avistou

Jessica Lange, que provavelmente estava gravando outro episódio de *American Horror Story*, ela enfiou o celular no bolso. Serena era uma grande admiradora do trabalho daquela mulher e por isso nunca daria uma de tiete. Não seria respeitoso. Nem profissional. Ainda assim, foi emocionante vê-la de perto.

Pegando apenas uma entrada errada, onde acabou passando por uma estação de metrô nos cenários para as externas nova-iorquinas, Serena encontrou o estúdio. Agora só precisava achar alguém que lhe dissesse onde deveria estar. Olhou ao redor até ver uma jovem usando um headset. Na dúvida, procure a pessoa com o headset, era o que ela sempre dizia aos alunos.

Serena caminhou diretamente até a mulher.

— Oi. Meu nome é Serena Perry. Vou atuar no comercial do Scrubby Doo.

— Ah, ótimo. Você chegou cedo. Amei. A primeira coisa é ir para o figurino. — A mulher tirou o mapa da mão de Serena, depois franziu a testa. — Caneta. Caneta, caneta. Sempre espero que todos estejam preparados, mas aí...

Serena gentilmente tirou uma caneta presa na orelha da mulher e a entregou para ela.

— Valeu. Meu nome é Tori, aliás. — Ela circulou um ponto no mapa e o devolveu. — Apenas no caso de você precisar. Mas tudo o que precisa fazer é voltar por onde entrou, virar à direita e descer duas portas.

— Obrigada.

Serena sorriu para ela antes de partir. Seu objetivo, pelo menos um deles, era causar uma impressão positiva em todos que encontrasse ao longo do dia, independentemente de quem fosse. Então abriu outro sorriso ao entrar no figurino.

— Olá, meu nome é Serena Perry...

— Shigella — falou um homem de meia-idade com a cabeça raspada.

— E eu sou Tom, mas todo mundo me chama de Batata. Por favor, não pergunte.

Ele usava jeans surrados e uma camiseta cinza com uma tigela sorridente de lámen. Lámen com batata. Isso a ajudaria a lembrar o nome dele. Serena se perguntou se alguém que ganhava a vida vestindo outras pessoas demorava muito para se arrumar de manhã. Talvez ela perguntasse, se ficassem amigos.

— Aqui estou. Mal posso esperar para ver o que vocês inventaram para o figurino.

Batata passou os dedos por uma arara abarrotada de roupas e tirou um macacão roxo. Em seguida, pegou um par de tênis roxos e meias roxas combinando de uma prateleira e entregou tudo para ela.

— Você pode se trocar atrás da arara. Sei que não é muito privativo, mas...

— Sem problemas.

Serena se escondeu atrás do cabideiro, tirou a calça jeans e a camisa simples de botão, depois vestiu o macacão apertado, bem apertado. Ela sempre lembrava aos alunos para que não mentissem no peso nem na altura. Ir para uma prova de figurino e não caber na roupa não era nem um pouco profissional. Serena tinha certeza de que havia fornecido peso e medidas precisos quando pediram, então a ideia devia ser que o macacão vestisse dessa maneira. *Sou uma bactéria*, disse a si mesma. *Isto não é uma roupa. Esse é o meu corpo.*

Ela rapidamente calçou os sapatos e as meias, então saiu do esconderijo.

— A bainha está um pouco longa. Vou encurtar. Pode trocar de roupa agora. Depois pode seguir para o cabelo e a maquiagem.

Quarenta e cinco minutos depois, Serena foi escoltada até sua metade de um pequeno trailer por um assistente de produção.

— Aqui não tem banheiro — disse o rapaz a ela. — Se precisar, suba aquela rampa e entre pelas grandes portas do prédio por onde acabamos de passar. Os banheiros ficam à esquerda.

— Saquei! — disse Serena alegremente.

Ela sabia que a alegria era uma característica valiosa, mas estava mesmo se sentindo alegre. Tinha conseguido um trabalho como atriz! Assim que o assistente a deixou sozinha, ela examinou detalhadamente seu reflexo no pequeno espelho na parede. O cabelo tinha sido rápido, já que bastou uma peruca roxa metálica com corte na altura do queixo. Os cílios postiços também eram roxo-metálico, e seu rosto estava pintado de lilás, com detalhes em roxo-escuro ao redor dos olhos. Ela não precisava ter se preocupado com olheiras ou bolsas. O batom era quase preto. Era provável que ninguém a reconhecesse quando o comercial fosse ao ar. Mas ela estaria em um comercial nacional. Os outros tinham sido apenas regionais.

Respire fundo, disse a si mesma. Mas, quando fez isso, o perfume da maquiagem a fez espirrar. Espirrar com força. Ela tirou um lenço de papel da bolsa e começou a limpar delicadamente as evidências, depois sentou-se no sofá de veludo bege e esperou. E esperou. E esperou. Tinha baixado um audiolivro no celular, porque sabia que esperar muito era normal, mas não estava com vontade de ouvi-lo. Bactérias não se importavam com a nova coletânea de David Sedaris, as gargalhadas que Sedaris sempre provocava em Serena poderiam criar linhas indesejadas em seu rosto roxo.

Quando finalmente alguém bateu à porta, o coração de Serena disparou. Ela estava nervosa, mas podia tirar proveito disso. Sua Shigella era muito animada. Quando Serena abriu a porta, encontrou o mesmo assistente que a levara até ali. E ela não conseguia lembrar o nome dele. Será que ele tinha lhe falado? Enfim. Tudo o que ela precisava fazer era ser simpática e alegre. Era isso que causava uma boa impressão.

Serena e Fulano foram até o outro lado do trailer e bateram à porta. Um cara alto e magro, com um brilhante macacão azul, atendeu. Seu cabelo metálico era raspado, e a maquiagem seguia o mesmo estilo da de Serena, mas em tons de azul. Ela notou que o macacão dele tinha meia dúzia de cordinhas metálicas penduradas da cintura até o chão. O homem viu que Serena estava olhando para aquele detalhe.

— São flagelos — explicou. — Sou E. coli. Ou Cal.

Serena apertou a mão dele, dizendo sua espécie de bactéria e nome verdadeiro.

— Eles decidiram adicionar uma cena, e vamos filmá-la primeiro — explicou o assistente enquanto voltavam para o estúdio.

Serena e Cal trocaram olhares. A expressão dele era difícil de ler sob todo aquele azul. Ela não tinha pensado em como as próprias expressões faciais ficariam escondidas sob a maquiagem. Mas havia estudado mímica e dança e sabia fazer alguns movimentos básicos de ginástica. O rosto não era sua única ferramenta.

— O que precisamos saber? — perguntou.

— Vamos começar com a última cena. Vocês dois sendo esguichados com Scrubby Doo.

— *Chroma key*? — perguntou Cal.

— Não — respondeu Fulano. — Canhão de espuma. Do tipo que usam em festas de faculdade.

— Já fiz isso uma vez. Foi divertido! Todo mundo adorou — comentou Serena, simpática e verdadeira.

Assim que entraram no prédio, Serena e Cal foram conduzidos a uma área com piso e três paredes de azulejos brancos. O chuveiro, Serena percebeu. Aquilo estava no roteiro que tinha recebido. O diretor, Aidan, veio correndo até eles.

— Serena. Cal. Bem-vindos. As coisas vão ser rápidas. Tivemos que fazer algumas alterações com base em pedidos de última hora do cliente, por isso precisamos economizar tempo. Os dois foram ótimos na improvisação durante seus comerciais, e é isso que quero ver aqui. Vocês serão atingidos por espuma representando o Scrubby Doo. Quero que façam sua melhor cena de morte. Não existe "exagerado demais" aqui. E, quando eu der o sinal, preciso que gritem: "Eu te odeio, Scrubby Doo!" Essa frase deve durar sete segundos. Entenderam?

— Estou pronta para ter uma morte épica — respondeu Serena, dando um sorriso completamente espontâneo e alegre. Uma cena de morte? Que ator não queria fazer pelo menos uma caprichada cena de morte? — Pronto para um dramalhão melodramático? — perguntou quando ela e Cal estavam em suas posições.

— Ele quer exagero. Vamos mostrar pra ele o que é exagero! — disse Cal, os olhos brilhando.

— Ação! — gritou Aidan.

Blam! A espuma explodiu do canhão, obliterando Serena e Cal. Ela se lançou à morte mesmo assim, gemendo, contorcendo-se e choramingando. Não conseguia ver Aidan, mas, quando ouviu Cal iniciar a fala do Scrubby Doo, se juntou a ele. Como Aidan não pediu para cortar, ela continuou morrendo. Um ator nunca devia parar até ouvir o "corta", não importava o que acontecesse. Cal acompanhou-a, gemendo e gritando.

Enfim, Aidan gritou:

— Corta!

Serena estendeu a mão para limpar a espuma do rosto, depois se lembrou da maquiagem e baixou as mãos junto às laterais do corpo.

— Obviamente tem espuma demais. Vamos baixar em um quarto. Serena e Cal precisam de figurino, cabelo e maquiagem.

Quase seis horas e meia depois, Serena vestiu um macacão limpo, colocou uma peruca e cílios novos, e teve a maquiagem praticamente refeita... pela quinta vez. Na segunda filmagem da cena de morte, não havia espuma suficiente. Depois houve mais duas tomadas, outra vez com espuma demais. Depois mais uma com pouca. Na quinta tentativa, a quantidade de espuma estava perfeita, mas Cal gritou "eu te odeio, Scooby Doo!" em vez de "Scrubby Doo". A fala poderia ser dublada, mas como tinha o nome do produto, Aidan queria que ficasse perfeita.

A cada tomada, Serena e Cal precisavam ser preparados outra vez e a espuma do chuveiro gigante precisava ser limpa.

— É agora! Estou sentindo! — disse Serena a Cal enquanto retomavam suas posições. Ela ficou na ponta dos pés algumas vezes para se preparar, tentando ignorar a ardência nos olhos e a coceira na pele.

— Desculpa por eu ter errado da última vez. — Cal cruzou os braços. A espuma fria parecia uma boa no início, mas Serena estava com frio agora, e parecia que Cal também.

— Imagina. Sem problemas. Acontece com todo mundo.

— Beleza, vamos nessa! — disse Aidan. — Ação!

Serena jogou a cabeça para trás e gritou, usando parte da frustração acumulada como combustível. Ela estremeceu e se debateu, depois gritou:

— Eu te odeio, Scrubby Doo!

— Corta! É isso! Foi! — disse Aidan a eles.

— Hora do jantar — anunciou Lizzie. — Preparem-se para uma longa noite. Teremos que fazer hora extra.

Serena ficou tão envolvida com a cena da morte — de novo, e de novo, e de novo — que quase esqueceu que ela e Cal tinham uma cena em que brincavam com um casal de crianças, tentando infectá-las com Shigella e E. coli. *Quantas tomadas para essa?*, ela se perguntou.

Não importava. Ela estava fazendo um comercial! Isso melhoraria muito suas aulas. Já fazia tanto tempo desde que estivera em um set. Agora seria capaz de preparar seus alunos de verdade para a correria e para a espera, o tédio, a sensação de ser uma engrenagem minúscula em uma máquina gigantesca.

Serena foi até a mesa do bufê. Mas antes que pudesse pensar em comer, ela precisava de uma garrafa grande de água. Não sabia quanto daquela espuma havia ingerido, mas tinha sido o suficiente para deixá-la com uma leve náusea.

— Você não me contou uma vez que luzes fluorescentes deixam as pessoas enjoadas? — perguntou Erik a Kait enquanto esperavam Jandro e Angie aparecerem para o grupo de estudos.

— Hmmm? — murmurou Kait, a atenção voltada para o arquivo à sua frente.

— Lâmpadas fluorescentes. Algum estudo sobre os efeitos negativos nas pessoas. — Erik olhou para os longos tubos que percorriam todo o escritório improvisado. Dava para ouvir as lâmpadas zumbindo suavemente. O som estava começando a fazê-lo trincar os dentes, exatamente como uma faca raspando em vidro.

Kait não ergueu os olhos.

— O quê?

Erik espalmou a mão na página que ela estava lendo.

— Queria saber se é verdade que luzes fluorescentes podem causar náuseas. Porque acho que é isso que está acontecendo agora. Estamos passando muito tempo aqui. Era bem melhor quando a gente cuidava da papelada dentro do carro mesmo. Sem falar que agora estamos ficando ainda mais tempo aqui por causa do grupo de estudos, que poderia rolar em qualquer lugar. Até lá em casa.

— A gente decidiu fazer aqui porque é um lugar central — lembrou Kait. — E, sim, a luz fluorescente pode causar náuseas, dores de cabeça, ansiedade, todo tipo de efeitos negativos. Mas você tem razão. Como temos passado mais tempo aqui na delegacia, talvez fosse bom trazer uma luminária de mesa e desligar as luzes do teto.

Ela afastou a mão do parceiro de seus papéis.

— O que você está lendo, afinal? — perguntou Erik. — Você não começou a estudar antes, começou?

Ela hesitou, e Erik pensou ter visto um lampejo de culpa ou talvez constrangimento passar pelo rosto da parceira.

Ele aproximou a cadeira da dela, tentando dar uma espiada.

Kait fechou a pasta e suspirou, um dos seus longos suspiros.

— Se você quer tanto saber, é o arquivo do Charlie Imura. Tem alguma coisa errada com ele e isso não vai parar de me incomodar até eu descobrir o que é.

— Você acha mesmo que ele pode ser nosso criminoso?

— Tudo o que sei é que tenho a sensação de que estou deixando passar alguma coisa, de que ele está escondendo algo — disse Kait. — Li um estudo, e não é o único, que diz que seguir nosso instinto leva a decisões melhores. Todos nós recebemos informações de forma inconsciente e é daí que vem a intuição. Tem um segredo em Charlie que preciso desvendar.

— Alguma coisa no arquivo dele te chama a atenção?

Kait abriu o arquivo novamente e folheou algumas páginas.

— O chefe dele declarou o típico: "Acho impossível acreditar que Charlie cometeu esse crime. Eu confiaria nele com meu dinheiro e meus pertences. Ele já tomou conta dos meus filhos, e eu ainda confiaria nele para isso."

— Confiar seus filhos ao cara, isso diz muito — comentou Erik, cuja própria intuição dizia que Charlie era um cara legal. — Ele se declarou culpado, não foi?

— Foi. Os policiais o pararam por causa de uma lanterna traseira quebrada. Ele abriu o porta-luvas para pegar os documentos do carro e havia um saquinho de comprimidos. Nenhuma quantidade excessiva de dinheiro ou parafernália para tráfico. Mas o carro era dele. Isso torna a posse involuntária uma defesa difícil.

— Ainda assim ele poderia ter tentado, né? Se bem que, se fizesse isso e perdesse, poderia ter perdido a opção da prisão domiciliar. — Fazia sentido para Erik que Charlie não quisesse arriscar uma real pena de prisão. — Você ainda acha que ele pode estar trabalhando com um cúmplice, passando informações sobre as casas com possíveis posses mais valiosas?

— Não sei de mais nada — admitiu Kait. — Só sei que minha intuição está me dizendo para olhar com mais atenção.

— Ainda não faz sentido que o ladrão, seja quem for, não tenha levado um colar da Tiffa...

Erik foi interrompido pela entrada de Jandro na sala.

— Vocês dois vão me amar. Tive que ir a Pasadena, então dei uma passada no Maquina Taco. Tem de peixe. Tem de frango, bacon e jalapeño. Tem de cogumelo e asada. Tem de rabada e língua, mas esses são só para mim, porque vocês são brancos demais para saber o que é bom.

— Tem de batata?

Talvez Jandro conseguisse convencê-lo a experimentar um taco de língua outro dia. Mas as luzes já tinham deixado seu estômago esquisito, e Erik estava começando a sentir uma pontada de dor de cabeça.

CAPÍTULO 10

Mac queria ir para casa. Tinha conferido como estavam os gatinhos e se eles tinham tudo de que precisavam. Agora queria alguém para cuidar dele. Queria seu jantar em sua tigela. E mais tarde queria se enroscar na cabeça de Jamie e adormecer ao som dos roncos de David — e do Catioro.

Mas Jamie não era mais sua Jamie. Ela nem cheirava como ela mesma. O que acontecera? Como sua humana poderia tê-lo trancafiado? Se Jamie não fosse Jamie, então seu lar não era mais seu lar. Não havia razão para voltar.

De todo modo, Mac não tinha tempo a perder. Era hora de fazer outra investigação sobre um possível humano para um de seus gatinhos. Ele podia sentir o cheiro de um humano macho por perto, e gostou do odor. Isso o acalmou. Talvez fosse bom para o Zoom ter um humano mais calmo. Ele não podia ficar o tempo todo correndo. De vez em quando, precisaria de um lugar para dormir, e humanos se prestavam a um confortável local para uma soneca.

Mac atravessou a rua trotando e passou pela cerca. Havia muita água corrente perto da casa. Ele não gostou, pois o som o fez lembrar da vez em que Jamie lhe deu um banho. Ela ficava falando alguma coisa sobre pulgas. Mas havia bastante terra seca no quintal. Foi fácil alcançar o humano, que estava sentado do lado de fora, sem molhar as patas. Os olhos do humano estavam fechados e seu rosto erguido em direção ao sol. Mac aprovou. Cochilar ao sol era uma de suas atividades favoritas.

Mac decidiu tirar uma soneca. Quando o humano se levantasse, ele o seguiria. Talvez o humano também gostasse de sardinhas. Ele encontrou o raio de sol perfeito, virou-se três vezes e decidiu que precisava de mais duas voltas. Ahh. Agora sim ele poderia tirar uma soneca. Deitou-se na grama quentinha e fechou os olhos.

O local ensolarado de Mac ficou parcialmente sombreado quando o som do portão abrindo e fechando o acordou. Uma humana caminhava em sua direção. Mac levantou-se e o homem ficou de pé também.

— Shelby! Eu não estava esperando você — disse o homem.

O nariz de Mac estremeceu. O cheiro da fêmea era forte e o irritava. Não era de tristeza nem de raiva. Era meio como se ela tivesse rolado em flores, meio como se tivesse colocado em si aquela coisa que Jamie borrifou na lata de lixo para encobrir todos os cheiros bons.

— Você sabe que gosto de ser imprevisível. -- A mulher beijou o homem e depois entregou-lhe um saco com o que Mac sabia ser frango frito. Não eram sardinhas nem atum, mas sua barriga dizia: me dá um pouco disso. Ele sabia que teria de esperar um dos humanos tirar a comida da sacola. Às vezes os humanos gostavam de dar, mas faziam um estardalhaço se você decidisse pegar logo o que queria. Mac não se importaria de agarrar um pedaço e sair correndo. Não lhe importava o que os humanos gostavam ou não. Mas ele precisava de mais tempo de observação. — Como tem passado?

— Vejamos. Preciso pensar, quanto tempo faz, umas três semanas? — disse o homem.

— Ah, Charlie, você sabe que não posso vir sempre que quero. Demora muito para chegar aqui.

O cheiro do homem começou a mudar. Parecia que ele poderia precisar de ajuda, afinal. Será que existia algum humano nesse mundo que fosse capaz de administrar a própria vida?

— Highland Park fica a treze quilômetros. Você corre quinze na esteira todos os dias.

— Estou morando com uma amiga em Santa Monica. Nossa casa fica muito vazia. Sem você. E você sabe como é a rodovia até aqui. — O odor dela também estava mudando. Agora estava fazendo os bigodes de Mac se contorcerem quando ele respirava fundo.

O homem abriu o saco e tirou um pedaço de frango.

— Que amiga é essa?

Ele deu uma mordida. Sua voz não estava ficando mais alta, mas o cheiro era do tipo que combinava com gritos.

— Ela é nova no trabalho. A colega de quarto se mudou do nada e ela não gosta de ficar sozinha, principalmente à noite.

— Você não quer se sentar? Ou prefere entrar para comer?

— Na verdade, não posso ficar.

A mulher mudou o peso discretamente de um pé para o outro, como Mac teve de fazer na vez em que machucou uma das patas.

— Ah. — O homem deu outra mordida. — Bem. Obrigado pelo frango. Vê se não some. Me manda um alô se conseguir trabalho.

— Não fica assim.

Ela mudou o peso para o outro pé de novo. Mac decidiu que a pata dela não estava machucada; a mulher parecia querer dar no pé.

— Eu meio que não tenho escolha. — O homem colocou o pedaço de frango de volta no saco. Ele achava que era lixo? Aquilo não era lixo. — Eu tenho que ser eu. Eu tenho que ser livre — cantarolou o humano. — Mas não posso fazer essa segunda parte, como você sabe.

— Não aguento conversar com você quando está desse jeito. Volto quando você estiver de melhor humor. — A mulher não saiu correndo, mas se afastou depressa.

Sim, o humano precisava da ajuda de Mac. Seu cheiro estava bom antes da chegada daquela mulher. Agora ele cheirava quase tão mal quanto David antes de Mac fazer com que se tornasse o companheiro de bando de Jamie. Será que David e Jamie tinham esquecido tudo o que Mac havia feito por eles? Como puderam tratá-lo tão mal?

Não era o momento para pensar nos humanos. Mac foi até o homem e pulou no banco ao seu lado.

— Chewie? É você? Melhor ir encontrar a Capitã Marvel. Ela precisa do seu copiloto. — O homem fez um carinho de leve na cabeça de Mac. — Eu me divirto — disse. — Mesmo que seja o único.

Mac estendeu a pata e bateu no saco que continha o frango. Seria importante ver como o homem responderia. Ele acabou sendo esperto... para um humano. Enfiou a mão na sacola, tirou um pedacinho de frango e estendeu para Mac. Assim que ele engoliu o primeiro pedaço, o homem pegou outro. Mac nem precisou lhe dar uma dica.

Aquele poderia ser o humano perfeito para um dos gatinhos. Mac só precisava de um pouco mais de tempo para decidir. Um pouco mais de tempo e um pouco mais de frango.

Lembre-se do que Kait disse sobre seguir seu instinto, lembrou Erik a si mesmo. Seu cérebro estava começando a questionar o convite para jantar que fizera a Serena. Mas foi seu instinto que o levou a convidá-la para começo de conversa. As palavras tinham simplesmente escapado de sua boca.

De qualquer forma, era tarde demais para dúvidas. Era sexta à noite. Ele olhou para o relógio. Ela chegaria em cerca de meia hora... e não havia mais nada a fazer. No dia anterior, ele tinha feito uma faxina e ido ao mercado, preparando tudo do jantar que poderia ser feito com antecedência quando chegou em casa.

Decidiu sair para o quintal. Vinha passando muito tempo fechado ultimamente. A ronda ocupava bastante da rotina de Erik e Kait, mas, com a papelada extra para o trabalho e as sessões de estudo, ele sentia-se carente de vitamina D. Estirado numa das espreguiçadeiras, abriu a nova biografia do Marquês de Lafayette. Leu alguns parágrafos e então se perguntou se escutaria a campainha lá fora. Em geral, ele ouvia, mas Erik não queria deixar Serena plantada na porta, pensando que ele não estava em casa. Já tinha atingido sua cota de babaca. Poderia levar o livro para a varanda da frente, mas isso poderia parecer um pouco...

Um pouco o quê? Que pensamento maluco era aquele? Era como se ele tivesse se transformado em um adolescente antes de um primeiro encontro. Erik saía com mulheres com frequência, e sempre se divertia, e achava que elas também. Embora Kait vivesse dizendo que, se Erik se divertisse tanto assim, sairia com a mesma mulher mais do que algumas vezes.

De qualquer forma, aquilo não era um encontro, e sim apenas um jantar amigável. Ele se jogou no sofá e voltou a ler. Tinha de reler a mesma página várias vezes, porque chegava ao final e não conseguia se lembrar de nada.

Talvez devesse pegar uma cerveja e relaxar. Nesse momento, ouviu um carro estacionar. De onde estava no sofá, ele podia vê-lo pela janela. Era Serena. Graças a Deus. Ele estava ficando maluco. Mas por que ela não saía do carro? Será que tinha mudado de ideia?

Ele precisava se controlar. Aquilo era ridículo. Erik se sentou, largou o livro na mesinha de centro e o pegou de volta. Leu um pouco mais. Não iria ficar ali sentado, esperando para atender assim que Serena tocasse a campainha. Ela provavelmente estava no telefone ou algo assim.

Erik leu a mesma página três vezes seguidas. Quanto tempo ela ficaria sentada no carro? Ele foi até a porta, hesitou por meio segundo e então saiu. Viu Serena olhar para ele e acenou. Ela acenou de volta e saiu do carro.

— Tudo certo? — perguntou ele quando ela o alcançou.

— Tudo. Por quê? — Mas ela respondeu a própria pergunta antes que ele pudesse explicar. — Ah, porque eu estava sentada no carro? Não gosto de chegar cedo. Na verdade, gosto de chegar um pouco atrasada. Às vezes as pessoas ainda estão se arrumando.

— Eu não.

Ele abriu a porta e recuou para deixá-la entrar. Ela estava usando o mesmo vestido verde esvoaçante do dia em que se conheceram. Ao passar por ele, o pano macio roçou em Erik, que sentiu o perfume dela: floral, levemente apimentado.

— Você não vem? — Serena sorriu para ele.

Uau, Erik tinha ficado parado do lado de fora, tão mergulhado em pensamentos que nem sequer entrara atrás de Serena. Tratou de alcançá-la.

— Nossa, sua casa é incrível. — Serena olhou em volta com admiração, seguindo até um conjunto de caixas decorativas feito com gavetas e pendurado na parede acima do sofá. — Você que fez isso?

Ele assentiu.

— Encontrei uma cômoda velha numa liquidação. Comprei porque gostei do formato e das ferragens, mas ficou na garagem por meses até eu descobrir o que fazer com ela. Acho que faço isso com frequência, comprar coisas sem ter ideia do motivo.

— Tendo visto um dos resultados, digo que você deveria confiar nos seus instintos. — Serena se inclinou à frente para observar mais de perto uma das prateleiras. — Essa é uma das fotos das fadas de Cottingley, não é?

— A maioria das coisas nas caixas são lembranças de família e, de certa forma, essa também. Uma nova lembrança familiar. Minha sobrinha veio para cá um dia... O nome dela é Harper, tem onze anos... e disse que eu devia fazer uma com todas as fadas. Tinha um livro ilustrado sobre as fadas de Cottingley que adorava, e costumávamos lê-lo juntos. É por isso que usei.

Serena estendeu a mão e tocou suavemente uma das fadas suspensas por um fio dourado que corria na frente da caixa.

— Fizemos essas juntos — explicou Erik. Eles tinham criado as fadas com pinhas, bolotas e muito glitter.

Ela se virou para ele e sorriu.

— Você é um tio incrível. Fadas improvisadas. Amei.

— Tentei dar a caixa de presente para Harper, mas ela quis que ficasse aqui, com as outras.

— Concordo com ela. — Serena deu um passo para trás. — Ah, eu trouxe sobremesa! — Ela enfiou a mão na bolsa e tirou quatro chocolates Big Hunk. — Acabei de descobrir que dá para comprar essas barras em qualquer lugar aqui. De onde eu venho não é assim. Você já comeu?

— Não sou muito fã de caramelo. Acho que comi uma quando tinha uns dez anos. Quase arranquei um dente — respondeu ele.

— Longe de mim revisitar um trauma. Felizmente, também trouxe isso. — Ela entregou uma sacola. — Tortinhas de chocolate da Bestia. Daniel me levou para conhecer o Arts District hoje e disse que é a melhor sobremesa da cidade.

Erik sentiu uma pontinha de ciúme, mas a ignorou, porque não tinha nada do que sentir ciúme. Ele mal conhecia Serena. E aquele jantar era mais uma coisa de boas-vindas à cidade.

— Daniel? — perguntou ele mesmo assim, incapaz de se conter.

— Daniel Quevas. O filho da mulher que teve o colar roubado. Você o conhece?

— Conheço. — O hipster que não era hipster de verdade. Será que era gay? Podia ser. Obviamente, Erik não tinha como perguntar, até porque o único motivo pelo qual ele queria saber era o ciúme. — Kait e eu o conhecemos quando fomos pegar o depoimento da Sra. Quevas.

— Eu o conheci na cafeteria Yo, Joe! antes mesmo de saber que éramos vizinhos. Ele trabalha lá.

Era a resposta à pergunta se ele conseguia se sustentar como ator. Talvez não muito bem, já que tinha outro emprego como barista. Erik se perguntou se poderia de alguma forma usar Daniel como exemplo de um dos milhares de pessoas que tentavam alcançar a fama e não conseguiam. Ele queria que Serena soubesse que esse era o padrão. Se o fizesse, talvez doeria menos quando ela não realizasse o sonho de Hollywood.

— Sabe, alguns dos meus amigos me avisaram que LA seria muito hostil — continuou Serena —, mas não tem sido a minha experiência. Daniel me presenteou com um enorme buquê de flores só porque eu dei algumas dicas de atuação que o ajudaram a conseguir um papel em uma peça.

A parte policial do cérebro de Erik imediatamente percebeu a incongruência. Um barista dando um buquê de flores enorme, ou seja, extremamente caro. Ele arquivou a informação como algo a discutir com Kait.

— Vou colocar isso na cozinha. — Ele ergueu o saco com as tortas. — E pegar uma bebida para a gente. Fiz sangria, ok? Para combinar com as tapas. Percebi que não te perguntei se você era vegetariana ou pescetariana ou beegan ou coisa do tipo, então assim você quase definitivamente terá algo que possa comer.

— Em primeiro lugar, você disse beegan? — Serena o seguiu para a cozinha. — Em segundo, foi muito atencioso da sua parte. Em terceiro, sou aberta a praticamente qualquer coisa, em termos de comida.

— Ótimo. E eu disse beegan. Já conheci uma pessoa — Erik não quis dizer que tinha sido uma mulher com quem ele saiu brevemente — que era. São veganos que ainda comem mel. — Ele colocou as tortas no balcão.

— Beegan. Que bonitinho. — Serena riu. — Eu nem sabia que veganos normais não comiam mel. Por que não comem mel?

— Porque as abelhas têm muito trabalho para produzi-lo, e acho que são necessários milhões de flores para fazer meio quilo de mel. — Ele tinha quase certeza de que ela havia dito milhões. — Basicamente, as abelhas precisam de mel para si mesmas.

Serena baixou a cabeça.

— Agora me sinto uma pessoa horrível.

— Encontro pessoas horríveis o tempo todo e pode ter certeza de que você não é uma delas. Lembre-se, estava disposta a ficar sentada do lado de fora por vinte e quatro horas, à espera de que um gatinho descesse da árvore.

— E você também. Então nós dois somos não horríveis.

— Precisamos brindar ao quanto temos em comum. A sangria? Ou cerveja, vinho...

Ela não o deixou terminar a lista.

— Sangria, por favor.

Erik serviu dois copos e preparou uma tigela com grandes azeitonas pretas que estavam marinando em vinagre de vinho tinto e especiarias. Acrescentou um prato com fatias de uma baguete que comprou depois do trabalho, e sentou-se à mesa com Serena. Tinha decidido que a cozinha era o melhor lugar para jantar. A mesa da sala era grande demais para duas pessoas, e ele teria de deixá-la sozinha para colocar as coisas no forno.

Serena serviu algumas azeitonas em seu pratinho e depois colocou uma na boca.

— Que delícia.

Erik se permitiu alguns momentos só para observá-la. Serena realmente era linda. Só de olhar para aquele cabelo, sentia vontade de enfiar as mãos entre os fios. *Ok, chega de olhar. Diga alguma coisa*, ordenou a si mesmo. Mas sua mente estava em branco. A última coisa que ela dissera fora sobre as azeitonas. Ele não tinha mais o que falar sobre o tema.

— Vou servir os pimentões também.

Ele os tinha preparado na noite anterior, mas retirara da geladeira quando chegou em casa para deixá-los em temperatura ambiente. Levantou-se de um pulo, pegou a travessa no balcão e trouxe de volta para a mesa. Bem, isso levou alguns segundos, e agora...

Serena o salvou com uma pergunta.

— Como você se interessou por culinária? Porque estou com a sensação de que você cozinha *de verdade*.

— Eu estava dando uma olhada em uma venda de garagem e encontrei um livro de receitas com coisas bem básicas mesmo, tipo como fritar um ovo. Eu tinha me formado na faculdade fazia mais ou menos um ano e estava quase cansado de viver de pizza. Quase. Pizza fria ainda é minha comida favorita no café da manhã.

Serena ergueu a mão para um high five, e ele deu um tapinha na palma. Erik continuou:

— Mas resolvi tentar. Comecei na página um. E foi legal, porque eu gosto de ter um passo a passo específico. Não sou daquelas pessoas que inventa na cozinha.

Serena experimentou um dos pimentões. Eram simples de preparar: um pouco de azeite, alcaparras, um pouco de vinagre balsâmico e alguns temperos, mas ela assentiu enquanto mastigava, e dava para ver que estava mesmo gostando.

Erik queria perguntar algo sobre ela, mas não queria ouvi-la ficar toda animada e apaixonada pela carreira de atriz. Não podia perguntar como Serena tinha ido parar ali, porque isso remetia diretamente à atuação.

— Você já foi a alguma venda de garagem?

Não era uma pergunta especialmente perspicaz, mas já era alguma coisa.

— Às vezes. Mas não sou como você. Não compro coisas úteis, como livros de receitas, ou algo que posso transformar, como a cômoda que você usou para fazer as caixas decorativas. Eu compro coisas estranhas.

Ele ergueu as sobrancelhas.

— Coisas estranhas?

— Para falar a verdade, já comprei um livro de receitas uma vez! Era um livro de receitas de uma marca de margarina. Mas nunca cheguei a testar nenhuma delas. Para falar a verdade, acho que nem li. Eu só achei tão estranho que me senti compelida a comprar. O mesmo aconteceu com a minha boneca troll da Madonna, da era dos sutiãs pontudos. E sim, era exatamente isso que a boneca troll vestia. Tinha a pinta da Madonna, e o que me fisgou de vez foi que tinha pelos pubianos de troll. Foi isso que me convenceu de que aquilo era uma daquelas coisas tão-estranhas-que-preciso-ter. E agora você está pensando que sou estranha, certo? Está pensando que sou estranha e também que falo demais. Não me faça falar de coisas estranhas de novo, ok?

— Só preciso saber mais uma coisa. O que você faz com todas essas coisas estranhas?

— Na maioria das vezes, deixo tudo enfiado em caixas dentro do armário. Às vezes eu pego algumas coisas e uso para iniciar um exercício de improvisação. A cada poucos minutos, lanço algo novo que o grupo tem que colocar em cena. Sabe de uma coisa? Acabei de perceber que poderia ter declarado tudo isso como sendo gastos profissionais! Totalmente relacionado ao trabalho.

Ele evitou a parte da resposta referente à atuação.

— Parece que você era uma boa professora. Criativa.

— Obrigada. Espero que sim.

Seu olhar seguiu a mão de Serena enquanto ela pegava outra azeitona e a levava aos lábios. Ele estava obcecado por aquela boca. E realmente não sabia se aquele ainda era um jantar de boas-vindas à cidade. Na primeira vez que ele a convidou, essa era a intenção. Mas então eles tiveram aquele beijo insanamente quente. Se Erik tivesse convidado Serena para jantar logo depois daquele beijo, definitivamente seria um encontro, um encontro que, se tivesse sorte, acabaria no quarto. Mas ele tinha sido um idiota, e aquela história de salvar os gatinhos os levara a uma certa *vibe* de amizade. O que significava que Serena provavelmente não estava pensando no jantar como um encontro. E ele também não devia estar.

— Vamos passar para algo um pouco mais substancial? — perguntou ele, sobretudo para escapar de seus pensamentos. — Eu estava pensando em omeletes espanholas.

— Parece perfeito. Posso ajudar? E "posso" é exatamente como devo elaborar a pergunta. Porque minha capacidade de ajudar depende muito do que você quer que eu faça.

— Pode ficar sentada. Beba seu vinho. Eu resolvo. — Ele já tinha descascado e cortado em rodelas finas as batatas e picado a cebola.

Então colocou tudo numa frigideira com um fio de azeite e fritou por alguns minutos, depois baixou o fogo e tampou. — Precisam cozinhar por uns vinte minutos. Mas, enquanto esperamos...

Ele tirou da geladeira um prato de palitinhos de melão com presunto espanhol e colocou na mesa quando se juntou a Serena.

— Você teve tanto trabalho... Obrigada, de verdade.

Serena parecia tão satisfeita e agradecida.

— Não foi nada, são coisas simples de preparar — respondeu ele, mas era importante para Erik que ela estivesse gostando.

Ele não cozinhava para convidados com muita frequência. Em geral, só quando levava algo para alguma reunião de família. Também costumava cozinhar para Tulip, quando ela deixava. Tulip gostava de sair, normalmente com amigos. Erik afastou o pensamento. Não queria pensar em Tulip quando estivesse com Serena.

— O que foi? — perguntou ela.

Ele balançou a cabeça.

— Como assim?

— De repente você pareceu, não sei, estressado, acho? Preocupado.

Ele não queria falar nada sobre Tulip, mas, dane-se, talvez pudesse prepará-la para o que provavelmente aconteceria. Poderia suavizar o golpe quando chegasse a hora.

— Eu estava pensando em você.

— Em mim? E pensar em mim te deixou com essa cara?

— Você é ótima. Não é isso — disse ele depressa, depois acrescentou: — Eu estava pensando em você, vindo passar um ano aqui, para começar a atuar.

— Não exatamente "começar". Eu já atuava em Atlanta, apesar de ter me concentrado em dar aulas nos últimos anos. Ah, consegui um comercial! Eu te contei? Acabei de gravar. Vai passar no país inteiro.

Interpretei uma bactéria Shigella. E fui superbem. Apesar de ter sido soterrada com espuma, tipo, um bilhão de vezes, e a filmagem só ter acabado por volta das duas da manhã.

Erik não esperava por isso.

— Que maravilha! Parabéns!

Ela sorriu, então sua expressão ficou séria.

— Você estava explicando a sua expressão. Estava pensando em mim, que vim para Los Angeles para atuar e...

— E eu só queria saber se já pensou em quantas pessoas estão fazendo exatamente a mesma coisa. Você conseguiu o comercial, o que é incrível, mas...

Serena ergueu as mãos.

— Espera. Você está prestes a me fazer o discurso de você-tem--que-ser-realista-quase-ninguém-alcança-a-fama?

Erik ficou envergonhado, mas não ia desistir.

— Sim, porque já vi pessoas ficarem arrasadas por...

Ela fez o mesmo gesto com as mãos outra vez.

— Tenho vinte e nove anos e você está me dando o sermão que dou aos meus alunos. — Ela baixou as mãos e se inclinou para mais perto. — Vou te contar uma coisa. Minha expectativa não é me tornar uma estrela. Eu adoraria? Sim! Mas o meu sonho, o motivo pelo qual vim para cá, é me tornar uma atriz atuante. Comerciais, papéis pequenos, por mim tudo bem. Isso é maravilhoso. — Ela se endireitou. — Pode guardar esses conselhos e, em troca, prometo não dar nenhuma dica sobre como resolver os assaltos ao Conto de Fadas, ok?

— Ok.

Eles se encararam.

— Tudo bem? Eu não quis soar tão... agressiva. Estou muito feliz por você me convidar e preparar esse jantar.

— Está tudo bem. Sem problemas — disse Erik. — Mas precisamos de um novo assunto.

Serena afastou o cabelo ruivo-dourado do rosto.

— Vou pedir ajuda aos universitários.

— Você gosta de game-shows? — A tensão que começara a se acumular nos músculos dele desapareceu.

— Eu amo!

— E você é boa? — Erik passou o polegar no queixo, sentindo a barba por fazer.

— Está me desafiando? — Serena estreitou os olhos castanhos para ele.

— Alexa, queremos jogar *Jeopardy*! — disse Erik, em resposta.

Jogaram durante todo o preparo e consumo das omeletes.

— Talvez eu seja um pouco competitiva — admitiu Serena enquanto encerravam uma partida.

Erik riu.

— Eu não tinha notado. — Ele espreguiçou os braços acima da cabeça. — Isso foi muito mais divertido do que responder às perguntas de Kait. Estamos estudando juntos para o concurso de detetive.

— Detetive Ross... Gostei. Como tem sido?

— Depois de mais de cinco anos como policial, muito do conteúdo já está no sangue. Não tenho muitas dúvidas de que vou passar. Kait também não devia ter, mas ela acha que precisa se preparar o máximo possível, então começou esse grupo de estudos.

— O qual você frequenta porque é um bom amigo. — Quando ele não respondeu, ela insistiu: — Está tudo bem. Você pode admitir: Sim, sou um bom amigo.

— Sim, sou um bom amigo — repetiu Erik obedientemente.

— E estou com vontade de comer chocolate. Vamos abrir as tortas. — Ela se levantou e as pegou no balcão. — Pratos?

Erik disse a ela onde estavam, feliz por Serena se sentir em casa, já que os dois se conheciam havia tão pouco tempo.

De alguma forma, parecia mais tempo. Havia uma tranquilidade entre os dois que, em geral, levava tempo para ser construída. Ele nunca se livrara da sensação de que precisava impressionar Tulip, nem quando moravam juntos. Mesmo naquela época, ele sabia que era loucura. Sabia que ela o amava. Mas também sempre pesava em sua consciência se Tulip estava feliz com ele ou não, e, quando não estava, Erik sempre se estressava até encontrar uma maneira de resolver o problema.

— Nossa, que sensação boa — comentou Serena enquanto comia. — Nenhum garçom querendo que você termine logo para liberar a mesa.

Erik concordou. Ele pensou que ficaria feliz sentado ali com Serena por horas e horas. Só que também gostaria de levá-la para a cama. Aquele beijo. Tinha ido de zero a cem do nada. Ele não podia deixar de se perguntar como seria fazer mais do que beijá-la.

Aquela pequena discussão lhe mostrara que Serena não era como Tulip. Não era deslumbrada. Sabia o que estava enfrentando, e seus objetivos eram muito mais razoáveis. Talvez... talvez fosse o começo de alguma coisa.

Era uma loucura Serena pensar que talvez aquilo pudesse ser o começo de alguma coisa? Depois que Erik fugiu dela duas vezes, falando que tinha planos de sair com outras mulheres? Mas ele explicou o que acontecera. Traumas de um relacionamento passado. E tinha pedido desculpas. Depois de um tempo.

Ele havia sido tão legal no jantar. Bem, teve o princípio de sermão sobre não deixar Hollywood destruir sua alma, o que foi condescendente. Por outro lado, também um pouco fofo. E naquele dia? Muito divertido até então.

Erik parou em frente à terceira venda de garagem da lista.

— Lembre-se, mantenha o foco. Estamos procurando coisas estranhas. Também estamos procurando pratos com padronagens legais que eu possa usar para restaurar o mosaico daquele bebedouro que encontramos no último lugar.

— Saquei.

Serena saiu do carro e foi até uma caixa cheia de louça. Ela se agachou ao lado da caixa, mas, antes que pudesse retirar o primeiro prato, uma mulher se abaixou e deu um tapa na caixa, como se estivesse jogando pega-pega.

— Vou levar isso.

— Você nem olhou o que tem dentro — protestou Serena.

— Não existe uma regra dizendo que é preciso olhar o que tem dentro. — A mulher conseguiu levantar a caixa e saiu cambaleando. Seria horrível torcer para ela deixar a caixa cair e quebrar alguma coisa? Não tudo, só uma coisinha.

— Ei, isso é estranho? — perguntou Erik. Ele se agachou ao lado dela e lhe mostrou uma caneca verde-vômito com dentes ao redor. Um par de amígdalas salientes em rosa-shocking se projetava do fundo.

— Existe uma linha tênue entre estranho e nojento. E isso passou muito, muito dessa linha. A linha nem está mais à vista. — Serena deu um tapinha no braço dele. — Não se preocupe. Você ainda está aprendendo.

Ele se levantou e estendeu a mão para ajudá-la. Serena pegou e não quis soltá-la depois de ficar de pé, mas soltou. Ela precisava ir devagar. Aquele beijo demonstrara que Erik podia deixá-la um pouco desnorteada.

— Acho que é melhor eu ajudar aquela mulher a colocar a caixa no carro — disse Erik. — Eu vi que ela roubou a caixa de você. Não foi simpático, mas definitivamente está dentro das regras de etiqueta das vendas de garagem. Não se preocupe. Você ainda está aprendendo.

Ele deu um tapinha no braço dela e depois correu em direção à mulher.

Ele era muito legal. O pensamento a fez sorrir. Serena começou a procurar mais pratos. Então viu algo que a fez perder o fôlego. Foi correndo até a mesa de cartas, pegou a flor de plástico azul e a envolveu com a mão. Ninguém ia tirar *isso* dela!

— O que você achou aí? — perguntou Erik, passando o braço em volta dos ombros dela, fazendo-a estremecer... no bom sentido. Aqueles pequenos toques que trocavam estavam mais recorrentes. Mas os dois ainda estavam indo devagar.

— É uma casinha da Polly Pocket — sussurrou Serena, caso houvesse outra fã de Polly por perto que não seguia a etiqueta das vendas de garagem. Ela abriu o estojinho para mostrar a minidecoração em tons de verde. E ainda tinha a Polly!

— Não me parece estranho — comentou Erik, ainda com o braço ao seu redor.

— Porque não é. — Serena lhe lançou seu melhor olhar de estou-muito-ofendida. — É um tesouro. Isso era tudo o que eu mais queria no meu aniversário de sete anos. Ganhei um, mas perdi a Polly, e não é a mesma coisa sem ela.

— Isso é o que acontece quando você não mantém o foco: acaba com mais coisas do que consegue enfiar em casa. Ou até mesmo em casa e na garagem.

— Mas isso é especial. Isso... — O celular de Serena vibrou. — Me dá um segundinho? — pediu a Erik. — Meus pais ligam muito aos domingos.

Mas, quando ela olhou para a tela, viu que era Micah. Seu estômago deu uma cambalhota. O agente estava ligando no fim de semana.

— Oi, Micah. Como estão as coisas?

— Para você estão ótimas. Consegui um teste.

— Para quê?

Ela não queria tirar conclusões precipitadas. As chances de que conseguisse fazer um teste para o projeto de Norberto Foster eram muito baixas.

— Mulher-gato, sem título definido.

Serena soltou um gritinho, incapaz de evitar. O braço de Erik voou para longe quando ela deu um pulinho de alegria.

— Vou mandar os detalhes por mensagem — disse Micah. — Se eu não voltar para o brunch em dois segundos, coisas ruins vão acontecer comigo.

E desligou.

Serena se virou para encarar Erik.

— Acabei de conseguir um teste para o novo filme do Norberto Foster. Norberto Foster! Meu diretor favorito. Meu Deus, o dia passou de ótimo para fantasticamente maravilhoso!

— Uau! — Ele lhe deu um breve abraço. — Que notícia boa.

— "Boa" não, é fantasticamente maravilhosa — corrigiu Serena. — Você se importa se a gente for andando? Acho que não consigo me concentrar em mais nada agora.

CAPÍTULO 11

— Não sei como isso está acontecendo. Bum... agente. Bum... comercial. Bum... teste para o projeto dos meus sonhos. Minha cabeça está girando. Estou com febre? Estou alucinando? — Serena ajustou a fita cheia de sinos que acabara de colocar no pescoço de um cervo de plástico. — Devo estar. Porque de jeito nenhum estou aqui te ajudando a montar as decorações de Natal, em uma manhã de segunda, em pleno mês de setembro.

— O Natal é maravilhoso demais para ser contido em um dia, ou mesmo em um mês — respondeu Ruby. — E eu tenho decorações demais. Jamais conseguiria colocar tudo se começasse em dezembro ou novembro.

Serena posicionou um raminho de visco atrás da orelha da rena e depois deu um tapinha na cabeça do animal, satisfeita.

— O que agora?

— Elfos na árvore. Mas tenho que pegar a escada. Vamos fazer uma pausa e comer biscoitos.

Ruby foi em direção à casa, e Serena a seguiu.

— Não é incrível essa sorte toda? — perguntou ela, sentada à mesa da cozinha de Ruby, um biscoito de chocolate com menta em uma das mãos, uma xícara de chocolate quente na outra, mesmo sabendo que devia estar fazendo mais de 30°C.

— Definitivamente é incrível. Mas você tem se dedicado — respondeu Ruby. — Muita gente por aqui assiste ao seu vlog. Falei de você para uma das atrizes do filme em que estou trabalhando e ela sabia exatamente de quem se tratava. Falou que você dá os melhores conselhos sobre encontrar maneiras de expressar personagens por meio de ações.

— Bem, *de fato* o vlog me conseguiu um agente, de forma indireta. — Serena deu uma mordida no biscoito. — Tem pudim nisso? Creio estar detectando gosto de pudim.

— Você está correta — respondeu Ruby.

— Eu também tive, bem, não um *bum*, mas talvez um *bunzinho*. Talvez até um *bunzinho* faça parecer importante demais. Talvez...

— Pare — ordenou Ruby. — Eu mesma determinarei o nível de bum da novidade. Prossiga.

— Fui jantar na casa do Erik. E, no fim de semana, fomos a algumas vendas de garagem. Foi divertido. Fazia muito tempo que eu não me divertia tanto com um cara.

— Esse foi o único tipo de diversão? Ou você está querendo dizer que dormiu com ele?

— Não. Não, não, não — respondeu Serena. — Eu ainda não perdoei aquele joguinho que Erik fez comigo no começo, embora ele tenha dado uma pequena explicação. Me contou que a última moradora do farol era a ex dele. — Ela apontou para Ruby. — Algo que *você* não se incomodou em mencionar.

— Às vezes é melhor deixar as coisas se desenrolarem por conta própria. — Ruby sorriu e acrescentou: — Ou com uma ajudinha de Mac.

— Mac ficou pra trás depois do que um dos gatinhos aprontou. Eu e Erik tivemos que ajudá-lo a descer de uma árvore. Ou, para ser mais precisa, observar uma gatinha descer sozinha da árvore. — Serena deu outra mordida no biscoito, em parte porque estava enrolando, e em parte porque o biscoito estava muito bom. — Está tudo bem se eu for superdesagradável e te tratar como a melhor amiga de uma comédia romântica, ou seja, agir como se você não tivesse vida além de me ajudar com minhas aventuras românticas?

Ruby riu.

— Já que você pediu com tanta gentileza...

— Da próxima vez, você será a estrela e eu serei a amiga, juro — prometeu Serena. Ela apoiou os cotovelos na mesa e se inclinou na direção de Ruby. — Mas agora me conta tudo o que você sabe sobre essa Tulip por quem Erik estava tão apaixonado.

— Eles se conheceram antes de ela completar um mês aqui. Ela tirou a laranja errada de uma pilha na feira, e todas caíram no chão. Erik foi ao resgate porque ele é esse tipo de cara. Os dois acabaram saindo para almoçar e pronto. — Ruby pensou por um momento. — Sabe aqueles relacionamentos em que nitidamente parece que uma pessoa ama mais do que a outra? — Serena assentiu. — Então, Erik era essa pessoa. Não estou dizendo que a Tulip não o amava. Sei que amava. Éramos amigas e conversávamos, como amigas fazem.

Ela acenou com as mãos para o espaço entre ela e Serena.

— Mas a Tulip estava hiperfocada na carreira — continuou Ruby. — Seu objetivo era conseguir uma vaga em uma grande orquestra, e ela se esforçou muito para isso. O prêmio deu a ela tempo e recursos para viajar para audições e trabalhos freelance, e ela foi atrás de tudo. Não deu certo para ela naquele ano.

— Um ano não é muito tempo.

— Não mesmo. A competição é acirrada. Quase acho que foi pior para ela porque, logo no final, ela chegou bem perto, e na Filarmônica de Los Angeles. Músicos vieram do mundo inteiro para fazer um teste para a cadeira da flauta. Cerca de cinquenta candidatos foram convidados a se inscrever, e o processo durou duas semanas. Ela se esforçou muito. Eu me lembro de fazer companhia para ela no último dia. A Tulip mal conseguia se controlar. O estresse era quase insuportável. Tudo se resumiu a cinco minutos de apresentação, e ela achou que tinha tocado melhor do que nunca.

— Mas ela não conseguiu — completou Serena suavemente, dominada pela pena.

— Mas ela não conseguiu. E é claro que em vez de ela pensar: "Cheguei tão perto. Isso prova que sou capaz", ela ficou arrasada e decidiu que era o fim. Ela teve sua chance, e acabou.

— Mas ouvi dizer que entrar para uma orquestra é tão difícil quanto conseguir uma vaga na NBA. Não conseguir uma posição aberta...

Serena não terminou a frase. Ruby sabia de tudo isso.

— Tentei conversar com ela. Sei que Erik fez tudo o que pôde para convencê-la a continuar tentando. — Ruby deu de ombros, impotente. — Mas ela decidiu voltar para casa. Eu esperava que ela se recuperasse. Que usasse a experiência que adquiriu durante o ano aqui para voltar a tentar. Mas, até onde sei, não fez isso. Ou, pelo menos, não por enquanto. Tentei manter contato, mas...

Ela deu de ombros outra vez.

— Parece que o rompimento não teve muito a ver com Erik. — Serena percebeu que ainda segurava o biscoito e colocou-o no prato.

— Acho que isso quase tornou tudo mais doloroso para ele. Ela queria a vaga na orquestra mais que tudo; ele queria a Tulip mais que tudo. — Ruby tomou um gole de seu chocolate quente. — Fico feliz que ele pareça pronto para seguir em frente.

— Isso não é recente. — Serena sentiu uma pontada de mágoa, embora ela e Erik nem estivessem namorando. — Tenho a impressão de que ele vive saindo com uma ou outra garota.

— O que não é a mesma coisa. — Ruby se levantou. — Fim do intervalo. Vamos pegar a escada. Os elfos nos aguardam.

Serena esvaziou a caneca depressa. Depois de ouvir mais um pouco sobre Erik e Tulip, ela teve mais certeza do que nunca de que ir devagar era a decisão certa.

Será que Serena gostaria da Lucifers?

E Erik estava pensando nela de novo. Fazia apenas dois dias que não a via, e ele pensava nela a cada cinco minutos.

— Tem quantos cinco minutos em dois dias? — perguntou a Kait, que estava transferindo cogumelos da pizza para a salada.

— Quinhentos e setenta e seis — respondeu ela. — É matemática bem básica. Por que você precisa saber?

— Por nada.

Ele definitivamente não contaria que estava obcecado por Serena. Kait ficaria muito satisfeita, e ela era desagradável quando ficava satisfeita. Além disso, ele queria manter o que estava rolando apenas entre ele e Serena, pelo menos por enquanto. Tivera muitas conversas com Kait e Jandro sobre Tulip. Tocar no assunto Serena parecia, de alguma forma, trazer má sorte.

O rádio de Erik ganhou vida.

— 6FB83. Código 2. 459 na rua Sapatinho de Cristal, 189. Procurar Helen e Nessie Kocora.

Os olhos dele encontraram os de Kait. Ela deu um suspiro e bufou, atendeu o despacho, então cada um pegou uma fatia de pizza e ambos seguiram para a porta.

Poucos minutos depois, estavam caminhando até a casa que Helen e Nessie agora dividiam. Na época em que Erik estava com Tulip, as irmãs estavam no meio de uma longa briga e viviam em casas separadas, embora ambas morassem no Conto de Fadas.

Marie abriu a porta antes que Kait e Erik pudessem bater. Provavelmente ela teria comida preparada, o que substituiria o resto do almoço dos dois.

— Os Coelhinhos Tristes foram roubados! — falou Helen em voz alta o suficiente para alcançá-los por cima da cabeça de Marie.

Kait bufou, exasperada.

— Coelhinhos tristes?

— Uma estatueta de porcelana de dois coelhinhos. — Marie recuou para deixá-los entrar. — Já pesquisamos. Encontramos um à venda por oito mil e quarenta dólares.

— Mais alguma coisa foi levada? — perguntou Erik. Ele imaginou que já soubesse a resposta.

— Mais nada. Foi nossa tia-avó que deu de presente... — começou Helen.

— ... toda a sua coleção de coelhos. Eram duzentos e quatro — completou Nessie. — Contamos quando percebemos que os coelhinhos tristes tinham sumido. Temos duzentos e três agora.

— E quando vocês deram falta do objeto? — Ele não teve coragem de dizer "coelhinhos tristes". Não tinha certeza de que seria capaz de manter a expressão séria. As palavras soavam mais ridículas cada vez que as ouvia.

— E quanto a itens que não sejam coelhos? — completou Kait. — Joias? Eletrônicos?

— Só os Coelhinhos Tristes — disseram Helen e Nessie juntas. — Fazemos isso às vezes. Falar juntas. Somos gêmeas — acrescentaram, em perfeita sincronia.

— Vocês têm algum sistema de segurança? — perguntou Erik. Ele imaginou que já soubesse a resposta.

— Não — respondeu Marie pelas irmãs. — Sei que vocês acham que todo mundo precisa instalar, mas aqui na vizinhança temos o hábito de cuidar uns dos outros.

Isso não impediu que vocês nem os outros fossem roubados, pensou Erik. Mas ele não iria entrar naquele detalhe com Marie. Pelo menos, não agora. Talvez nunca. Ele podia não sair vivo.

— Você tem alguma ideia de quando o roubo possa ter ocorrido?

— Nós vimos os Coelhinhos Tristes... — começou Helen.

— ... no dia em que fomos ao café — terminou Nessie por ela.

— Isso foi na terça-feira passada — acrescentou Helen. — Estávamos conversando com Daniel sobre o assunto.

Um arrepio percorreu Erik, o que Kait chamaria de sentido Aranha. Ele não conseguiu evitar interromper.

— Daniel? Daniel Quevas?

— Ele trabalha lá, servindo café caro — disse Marie, com desaprovação estampada no rosto. — Mas a nova unidade do Coffee Emporium está prestes a fechar a cafeteria dele. Mesmo que o café seja ainda mais caro.

— Os, hmm, coelhinhos tristes têm seguro? — perguntou Erik.

Ele reservou um tempo para garantir que ele e Kait obtivessem todas as informações que precisariam repassar aos detetives encarregados do caso. Eram profissionais decentes e sobrecarregados, que não tinham problema em deixar policiais de ronda não apenas fazerem entrevistas, mas também acompanharem os casos. De certa forma, era como se Erik e Kait já fossem detetives, só que sem o título.

Assim que terminaram e saíram da casa, Erik disse:

— Vamos dar um pulo na cafeteria onde Daniel trabalha.

Kait falou a mesma coisa quase exatamente ao mesmo tempo. Às vezes eles eram um pouco como gêmeos. Todas aquelas horas de trabalho em conjunto os faziam pensar em sincronia.

— Se Daniel é nosso cara, isso significa que ele roubou a própria mãe — comentou Kait enquanto atravessavam o Conto de Fadas em direção à rua Gower. — A maioria dos estudos reconhece que é um campo minado quando um filho adulto continua morando na casa dos pais, mas Daniel e a mãe me pareceram ter um relacionamento saudável, embora a gente não tenha observado por muito tempo.

— De fato, mas Serena mencionou que Daniel comprou um enorme buquê de flores para ela. Bem extravagante para um ator à beira da falência, que trabalha em uma cafeteria à beira da falência — respondeu Erik. — De onde veio o dinheiro?

— Definitivamente tem algum atrito entre Daniel e o irmão, e acho que isso tem muito a ver com sucesso financeiro. — Kait respirou fundo, pensativa. — Talvez ele sentisse que precisava equilibrar as coisas. Sabia que a mãe não gostava do colar que foi roubado. Também sabia que eles tinham seguro.

— Ele pode ter pensado que não faria mal a ninguém — sugeriu Erik. — Pode até ter distorcido as coisas na própria cabeça para se convencer de que estava fazendo um favor à mãe.

Kait diminuiu o passo. Levou apenas um segundo para Erik descobrir o motivo. Charlie estava dando a volta na fonte do pátio, indo na direção da dupla. Kait consultou o relógio.

— Está mais ou menos na hora que ele deve voltar do trabalho. Nenhuma violação.

— Você continua achando que ele pode estar por trás dos roubos?

Ela balançou a cabeça.

— Minha intuição continua me incomodando. Tem alguma coisa aí que não estou vendo. — Ela ficou em silêncio enquanto Charlie se aproximava. Ele acenou com a cabeça e não parou para falar com os policiais.

— Nenhuma referência de quadrinhos hoje? — perguntou Kait, e ele parou. — Nada que mostre que as coisas nem sempre são o que parecem? Que o bom pode parecer mau e o mau pode de alguma forma ser bom?

— Lembra aquela vez que o Homem-Aranha comeu a Mary Jane e a tia May? — perguntou Charlie.

Normalmente, quando ele falava de coisas de super-heróis com Kait, era com uma mistura de provocação e desafio. Dessa vez, o tom de voz era sem emoção, e os olhos estavam opacos.

— Terra-2149. Mas ele era um zumbi — retrucou Kait. — Está tentando sugerir que você era um zumbi quando traficava drogas, e não você mesmo?

— Ele era um zumbi, mas sabia o que estava fazendo. E comeu tudo na galáxia. — Charlie voltou a andar.

— Mas espera, quarenta anos depois, ele mudou as coisas, lembra? — gritou Kait atrás dele.

Ele respondeu sem olhar para trás.

— Por um tempo. Mas acabou destruindo o Homem-Aranha daquele universo, e MJ e a tia May também.

— Mas... — Kait não terminou. Ficou olhando para as costas de Charlie. — Ele não está ouvindo. — Por fim, virou-se para Erik. — Agora eu tenho certeza de que estou deixando alguma coisa sobre esse cara passar, Erik. Mas é bem pouco provável que tenha a ver com o nosso caso. Enfim, vamos lá ver o que conseguimos arrancar do Daniel.

Alguns minutos depois, eles entraram na Yo, Joe!

— Kait! Erik! Bem-vindos! — cumprimentou Daniel de trás do balcão. — Eu ofereceria cafés grátis para os dois pela dedicação em proteger o Conjunto Residencial Conto de Fadas. Mas a proprietária desaprovaria. Está vendo, Sra. Trask, eu conheço as regras.

Uma mulher com uma mecha turquesa no cabelo ergueu os olhos da mesa que ocupava, no meio do salão.

— Em geral, Daniel estaria certo. Mas agradecemos a proteção extra. Se não for contra nenhum regulamento, o café é por minha conta.

— É sério isso? — perguntou Daniel.

— "Diga o que você quer dizer e seja sincero no que diz" — retrucou a Sra. Trask.

— General George S. Patton — completou Kait, identificando a citação, e as duas sorriram uma para a outra.

— A gente agradece, mas pode deixar que vamos pagar pelos cafés — disse Erik. Um casal que ele reconhecia do Jardins, o homem com um moletom tão colorido que os olhos chegavam a lacrimejar e a mulher com um terninho bege elegante, eram os únicos clientes. Marie estava certa sobre os negócios irem mal.

— A gente queria dar uma passada por aqui. Estamos tentando visitar todos os comércios da nossa ronda — explicou Kait. — E Nessie e Helen comentaram com a gente que tinham vindo aqui.

— Porque Marie se recusou a emprestar açúcar a Helen — respondeu Daniel. — Ela sempre diz que a Helen está engordando. Essa Marie, nem sempre delicada. Mas é um amor. — Ele anotou os pedidos e começou a preparar os cafés.

Daniel parecia muito relaxado. Tudo bem que ele era ator, mas agir naturalmente na frente de dois policiais se tivesse cometido uma série de roubos debaixo do nariz deles... era bem diferente de arrasar nas falas em frente às câmeras.

— Você se lembra se elas comentaram sobre uma estatueta? De dois coelhinhos de porcelana? — perguntou Kait.

Erik apostava que ela não conseguiria se forçar a pronunciar as palavras "Coelhinhos Tristes".

— Sim. Elas estavam conversando comigo e com Serena sobre o assunto — respondeu Daniel.

— Serena? — perguntou Erik.

— Aham, ela é uma das poucas clientes fiéis que nos restam. Estou torcendo para que alguns voltem depois de experimentarem todos os quarenta e três tipos de *latte* no lugar novo. — Ele baixou a voz e lançou um olhar para a dona. — Se a gente conseguir durar tanto assim.

— Entendi. Bem, nós acabamos de sair da casa delas. A estatueta foi roubada. Em algum momento entre o dia que vieram tomar café aqui, na semana passada, e hoje — declarou Kait.

— Jura!? — exclamou Daniel. — Naquele dia em que passaram aqui, elas estavam dizendo que gostariam que alguém roubasse os Coelhinhos Trágicos. Acho que era esse o nome. Coelhos Sofridos? Algo do tipo.

Kait respirou fundo.

— Elas disseram mesmo que gostariam que a estatueta fosse roubada?

— Disseram. Vale, tipo, oito mil dólares. Eu falei que elas deveriam vender, mas tinha sido presente de uma tia, e elas não se sentiam bem em se livrar do troço, embora, pelo visto, ainda fosse lhes sobrar uma toca cheia de coelhinhos — respondeu Daniel. — E, considerando a idade das duas, me pergunto se a tia saberia se elas vendessem, a menos que estivesse vigiando do céu.

— Tinha mais alguém por perto, além de você e Serena, que poderia ter ouvido elas mencionarem o valor da estatueta? — perguntou Erik e tomou um gole do café.

— Provavelmente a Sra. Trask, mas ela devia estar ocupada demais com a papelada para prestar atenção.

A Sra. Trask definitivamente precisava de dinheiro. Erik olhou para ela, que mastigava a tampa de uma caneta roxa enquanto encarava uma pilha bagunçada de papéis. Não parecia estar acompanhando a conversa.

— Meu irmão ficou por aqui um tempinho, naquele dia. — Daniel pensou por um segundo. — Ele esteve aqui enquanto Nessie e Helen tomavam café, mas não tenho certeza se elas ainda estavam falando a respeito da estatueta.

Não adiantava perguntar a Daniel sobre seu paradeiro no momento do crime. Ele morava no Conto de Fadas, e os Coelhinhos Tristes poderiam ter sido roubados basicamente a qualquer momento, durante a última semana.

Teriam de ficar de olho no sujeito. Talvez Erik fosse até a casa de Serena, para ver se ela se lembrava de ter visto mais alguém por perto enquanto as irmãs conversavam sobre a estatueta de oito mil dólares que guardavam em casa.

Sim. Ele devia dar uma passada lá. Era um policial meticuloso e precisava conversar com Serena. Para resolver o caso.

— Mac. Vem cá, Mac-Mac. Vem pra casa, gatinho. Pssst, pssst.

A orelha esquerda de Mac estremeceu. Jamie estava chamando sem parar, e o som o estava deixando irritado. David tinha chamado por ele mais cedo. Chegou até a abrir a porta do galpão, mas Mac se certificou de que não fosse visto.

— Macky. Gatinho, vem cá.

Para se distrair da voz de Jamie, ele voltou a atenção para os filhotes. Deu algumas lambidas no topo da cabeça de Pitico, perseguiu Zoom até que o gatinho precisasse descansar as patinhas, trocou alguns tapinhas com Atrevida e pegou um inseto para Salmão. Então deu um miado de despedida aos seus nenéns e se enfiou no túnel para sair no ar fresco da noite.

Era hora de visitar os humanos que estava considerando como adotantes, mas Mac estava sentindo o cheiro de Jamie no ar. Ainda havia algo ali que não cheirava a ela. Fazia parte de seu odor havia meses, mas não o suficiente para torná-lo completamente familiar.

Havia um toque de ansiedade em seu cheiro esta noite, tristeza também, e Mac pensou que tinha a ver com ele. Ela voltou a chamar:

— Mac! MacGyver! Vem meu amorzinho, pssst, pssst. Eu tenho sardinhas.

Ele se virou na direção de casa. É como se uma coleira estivesse puxando Mac para lá. Ele odiava coleiras. E gaiolas. Mac ignorou sua humana... Não, ela não era mais sua humana. Ele ignorou os chamados de Jamie.

CAPÍTULO 12

Serena entrou na recepção esperando encontrar um monte de mulheres da sua idade, talvez até todas loiras ou ruivas, com feições parecidas. Mas não. Havia uma mistura de etnias, tamanhos e formas. Interessante. Obviamente, Norberto Foster não tinha uma aparência específica em mente para o papel de Remy, a mulher-gato.

Depois de se inscrever, ela se sentou o mais longe possível da porta que dava para a sala de teste. Já fazia um tempo — bem, anos — que ela não fazia testes regularmente, mas ainda se lembrava da sensação de ouvir, mesmo que parcialmente, outros atores fazendo a tomada que ela encenaria em breve. Era muito fácil começar a se comparar, perguntando-se se havia feito as escolhas certas, e ficando mais nervosa e insegura a cada segundo.

Pela mesma razão, tentou ignorar as mulheres que repetiam as falas enquanto esperavam. Ela resistiu ao impulso de fazer o mesmo. Tinha descoberto que isso também a levava a uma espiral descendente de dúvidas e questionamentos. Ela se preparara o máximo possível, havia decidido a maneira como queria interpretar a personagem, e não era hora de abandonar tudo e tentar inventar algo novo.

— Esse não é meu estilo. Esse não é *meu* estilo. Esse não é meu *estilo. Esse* não é meu estilo — murmurava a mulher ao seu lado. O rosto era muito anguloso e o corpo, esbelto e atlético, fora enfatizado por um blazer assimétrico que deixava um ombro quase todo à mostra, uma faixa obi que marcava a cintura e um jeans skinny.

Serena seguira um caminho diferente. Tinha escolhido um vestido florido, translúcido e bem feminino, por cima de uma combinação preta. Ela achava que a mistura de sexy e recatada fazia sentido, já que sua personagem era parte humana e parte gata. A saia era esvoaçante, o corpete, justo. Partes do vestido eram transparentes, outras tinham duas camadas. Não tinha mangas e batia no meio da coxa, com uma elegante gola Peter Pan.

Talvez ela devesse ter escolhido algo mais sofisticado? Gatos são elegantes. Talvez devesse ter escolhido algo mais sexy. *Não faça isso*, Serena disse a si mesma. *Você experimentou um milhão de roupas. Escolheu esta por um motivo. Confie em si mesma.*

Pelo canto do olho, Serena viu a mulher pressionar a ponta do polegar no local logo acima do nariz.

— Dor de cabeça? — perguntou Serena.

— A repentina recusa das palavras a soarem como palavras pode estar relacionada à dor de cabeça? Se for o caso, sim, estou com dor de cabeça.

— Tenho paracetamol ou ibuprofeno — ofereceu Serena. — E, quando estou sentindo esse problema com as palavras, passa se eu parar de falar por um tempo.

— Sei que há uma diferença entre os dois — respondeu a mulher. — Mas não sei qual é. Aceito o que estiver à mão. E não posso me preparar se não disser as palavras.

Ela levou uma das mãos ao coque escuro e depois baixou-a, antes que pudesse despentear o cabelo perfeito. O cabelo elegante. Serena tinha deixado o cabelo em ondas displicentes, como se tivesse saído da praia. Talvez devesse ter... *Pare. Confie em si mesma.*

Serena entregou um analgésico para ela.

— Tenho certeza de que você já se preparou.

A mulher engoliu o comprimido seco, parecendo ter se esquecido de que estava segurando uma garrafa de água quase cheia.

— Obrigada. Emily, e você?

— Serena.

— Enfim, eu me preparei. E muito — confessou Emily. — Mas sempre sinto que, se não repassar as falas até o momento de entrar, vou esquecê-las.

— Na verdade, fico cada vez mais em pânico se fizer isso — argumentou Serena.

— Ah, também sinto isso!

Serena riu.

— Sinto que um pouco de nervosismo me dá uma energia boa, mas o pânico só me deixa mais em pânico. Volte para suas falas se ajudar.

— Eu estou engasgada na fala: "Esse não é o meu estilo." Nada parece certo. Não sei o que fazer com ela.

Serena conseguia ver a tensão no rosto de Emily.

— O melhor conselho que posso dar é não tentar definir nada agora. Concentre-se em estar presente e siga seu impulso no momento. Quando estiver lá, confie que toda a sua preparação está com você e deixe correr. Apenas esteja presente. — Ela sorriu. — Fácil de dizer, eu sei.

Emily sorriu de volta.

— Não devia estar me ajudando, você sabe. Estamos concorrendo ao mesmo papel.

Serena deu de ombros.

— Mas um elenco é, tipo, um quebra-cabeça. Todas as peças têm que se encaixar. Não se trata de ser melhor, tem mais a ver com quem se encaixa no quebra-cabeça. Nós não sabemos que quebra-cabeça é. *Eles* não sabem que quebra-cabeça é, não por enquanto. Mas em algum momento eles vão começar a pensar no filme como um todo, e tudo vai depender de quem se encaixa melhor. — Ela balançou a cabeça. — Desculpa. Entrei no modo professora. Ensinei atuação nos últimos anos, e acho que não desisti de dar aulas.

— Não precisa pedir desculpas. É um bom conselho. Eu...

A porta do outro lado da sala se abriu, e Emily ficou em silêncio. Um homem com a cabeça raspada e um sorriso torto saiu.

— Serena Perry, sua vez.

Serena se levantou.

— Sou eu.

— Boa sorte — disse Emily a ela.

— Para você também.

Serena entrou na sala e fez o que sempre mandava seus alunos fazerem. Foi simpática, mas profissional. Não tentou puxar conversa. Quando o diretor de elenco perguntou se Serena tinha alguma dúvida, não sentiu necessidade de fazer nenhuma pergunta só para tentar mostrar o quanto tinha pensado na cena. Ela sabia que aquela pergunta era só uma maneira disfarçada de lhe indicar que começasse.

— Não, obrigada.

Serena se pôs no seu lugar, na frente do diretor de elenco e de um homem e uma mulher que não haviam sido apresentados. O teste estava sendo filmado. Ao ocupar seu lugar no X colado no piso, ela fez questão de escolher algumas linhas de visão ao redor da câmera.

Então tentou seguir o próprio conselho. Tinha se preparado, agora era hora de deixar o momento correr e confiar em seu instinto. Não demorou muito para perceber que o homem que lia com ela era um ator, não um assistente com capacidade limitada de atuação. Ele estava sentado perto de uma das linhas de visão que ela havia escolhido, então Serena foi capaz de encará-lo, jogando o máximo de energia que podia naquela direção e sentindo-a voltar.

A certa altura, a pequena parte de seu cérebro que não estava trabalhando no personagem notou que ele havia acabado de dizer uma fala diferente da que estava no roteiro, uma fala que abalava um pouco as coisas. Interessante. Serena devolveu com uma resposta que parecia combinar com Remy, abandonando a própria fala pré-ensaiada, e seguiu em frente, voltando para onde precisava estar para a cena.

Quando terminou, ela esperou um pouco, depois se voltou para o diretor de elenco e agradeceu. Acrescentou um agradecimento e um sorriso ao ator que passou as falas com ela e depois saiu, sentindo uma pequena mudança interna ao se livrar de Remy. Pelo menos, por enquanto.

Emily ergueu as sobrancelhas quando Serena voltou para o saguão e deu de ombros. Ela não tinha ideia do que o diretor de elenco achara ou o que qualquer pessoa que fosse assistir à fita do teste acharia. O que sabia era que tinha dado tudo de si.

Erik avistou Serena andando pela rua, o vestido curto e florido ondulando acima dos joelhos enquanto ela se movia, o cabelo ruivo-claro caído sobre os ombros. Partes daquele vestido eram intrigantemente transparentes e, sob o sol do fim da tarde, ele teve um vislumbre de uma coxa bem torneada. Ele sabia como seria a sensação: macia, quente, lisa. Ele imaginou a mão deslizando por baixo daquele vestido...

Um chute forte na canela o arrancou de sua fantasia classificação indicativa treze anos, antes que pudesse se tornar só para maiores.

Ele desviou o olhar da janela e voltou o foco para o grupo reunido na grande sala de jantar dos Quevas. Eles concordaram em organizar uma reunião das vítimas de roubo e todos compareceram — Al e Marie, Lynne e o marido, Nessie e Helen. Marcus chegou assim que saiu do trabalho. Era a primeira vez que Erik e Kait o encontravam. Ele estava atento, mas deixava que os outros falassem, levantando-se de vez em quando para encher um copo. Foi meio difícil conseguir avaliá-lo porque ele se mantinha à margem da conversa, mas a primeira impressão de Erik era que era um cara decente, próximo da família.

— Vamos recapitular — começou Kait. — E se eu tiver me enganado em algum ponto, por favor, me interrompam. — Ela olhou ao redor da mesa e voltou a falar. — Nenhuma das três casas assaltadas tem sistema de segurança. É possível que uma porta estivesse destrancada no momento do assalto em todas as casas, e é quase certo que pelo menos uma janela estivesse aberta em cada local.

Erik ficou impressionado por ela ter conseguido repetir esses fatos sem dar pelo menos um suspiro ou bufar de exasperação.

— Sei que fomos descuidados — admitiu Lynne, dando um nó no guardanapo.

— Eles não estão culpando ninguém, mãe — disse Marcus a ela. — Só estão expondo as semelhanças.

Kait assentiu.

— Exatamente. Apenas um item foi levado em cada roubo, e todos eles eram valiosos e segurados. Em todas as três casas, havia outros itens valiosos que normalmente atrairiam um ladrão, fossem joias, eletrônicos...

— A prataria do casamento da minha mãe — interrompeu Marie. Al deu o que Erik pensou ser um grunhido de concordância. — O que eu quero saber é se você revistou a casa de Jamie e David do jeito que eu mandei. Todos nós sabemos que o gato dos dois é ladrão.

— A casa foi revistada minuciosamente — respondeu Erik. Ele não se preocupou em dizer que não foram ele e Kait que fizeram a busca. Tinha certeza de que Jamie e David haviam procurado por toda parte.

— Continuando — recomeçou Kait. — Só quero ter certeza de que entendi tudo direitinho. Nenhum de vocês se lembra de ter visto nenhum desconhecido na vizinhança.

— A Lucifers tem um entregador novo — salientou Marie. — Esqueci de falar dele da última vez. A garota que se mudou para a casa ao lado pede pizza pelo menos duas vezes por semana, embora eu mande Al lhe levar uma parte das nossas refeições pelo menos a mesma quantidade de vezes. — Ela estalou a língua em desaprovação.

— A senhora viu se ele ia embora imediatamente ou se ficava mais tempo no Conto de Fadas? — perguntou Erik.

— Ele entra e sai — respondeu Marie. — E tem a placa do restaurante em cima do carro. Uma vez estacionou na rua em um lugar onde dava para ver lá de casa.

— Mais alguém que pareça possivelmente deslocado?

Kait recebeu sinais negativos de cabeça ou "não" de todos. Ela olhou para Erik. Havia outra coisa que precisavam conversar com o grupo, algo que não era tão simples de comentar quanto os fatos do caso.

— Helen, Nessie, vocês estavam conversando no Yo, Joe! sobre a estatueta que acabou sendo roubada. — Erik sorriu para as irmãs. — Pelo que Daniel nos contou, vocês duas disseram que gostariam que alguém a roubasse da mesma forma que o anel de Marie e o colar de Lynne foram roubados.

Os olhos de Nessie se arregalaram em choque. O mesmo aconteceu com Helen.

— Não — disse Nessie. Ela colocou a mão no braço de Helen.

— Sim?

— Eu... Hmm.

Helen olhou para o teto como se a resposta estivesse escrita ali.

— Mesmo que não tenham falado, não deixa de ser verdade — sugeriu Marie. — Elas deixavam o troço coberto por um lenço de renda porque não suportavam olhar para aquilo. — Al deu um grunhido que Erik interpretou como "dá para acreditar nisso".

— É só porque os coelhinhos são muito tristes — explicou Nessie. — Mas isso não significa... Foram um presente da nossa tia favorita.

— A senhora então não fez uma piada sobre querer que a estatueta fosse roubada? — Erik sabia que Kait havia escolhido a palavra "piada" para tornar a pergunta o menos acusatória possível.

— Talvez a gente tenha feito, sim — admitiu Helen. — Mas não iríamos querer...

— ... que alguém invadisse a casa. — Nessie estremeceu. — Nunca.

— Já que estamos falando de semelhanças, é correto dizer que ninguém gostava especialmente dos itens que foram levados? — perguntou Kait.

Ninguém respondeu. Erik notou que as bochechas das irmãs tinham ficado de um vermelho profundo idêntico, enquanto Lynne desenrolava o guardanapo e começava a torcê-lo novamente.

Marie ergueu o queixo.

— Al me deu aquele anel depois que o Júnior nasceu.

Isso não respondia exatamente à pergunta. Erik estava tentando decidir o quanto queria forçar a questão quando Lynne interveio.

— Mas você me disse que gostaria que ele fosse roubado do mesmo jeito que meu colar. — Ela olhou para Marcus. — Lembra, eu comentei com você e Daniel, que Marie parecia estar com um pouco de inveja por meu colar ter sido roubado.

Daniel tinha ouvido isso. Daniel, que tinha dinheiro para comprar um enorme buquê de flores para Serena, mesmo tendo um emprego que não pagava muito. Daniel, que também ouviu as irmãs falarem que desejavam que os Coelhinhos Tristes fossem roubados. Daniel, que sabia que sua mãe odiava o colar de cogumelo.

— Isso é verdade, Marie? — perguntou Kait.

Em vez de responder a Kait, Marie virou-se para Al.

— O anel é mais feio que a morte requentada, deixada na geladeira e depois requentada de novo. Nós dois sabemos.

— Você pareceu feliz quando o ganhou — comentou Al.

— Eu estava feliz porque nosso filho tinha nascido, e porque você me deu um presente. E é claro que eu fiquei feliz por alguém ter roubado aquilo. Qualquer um teria ficado. Mas eu disse a esses dois que precisavam recuperá-lo de qualquer maneira. — Marie gesticulou em direção a Erik e Kait. — Além disso, desejar algo não faz com que a coisa aconteça.

— Quando a senhora conversou com Lynne sobre a... aparência do anel, tinha mais alguém presente? — perguntou Kait. Lynne e Marie balançaram a cabeça.

— Nós falamos sobre isso mais de uma vez. Mas só entre nós — acrescentou Marie. — Porque nós duas ganhamos joias da família dos nossos maridos que nunca quisemos usar.

— Aquele colar valia trinta mil dólares — protestou o marido de Lynne, Carson.

— O que não significa que seja bonito — respondeu Marie. Al a apoiou com um de seus grunhidos.

Erik e Kait trocaram um olhar de "vamos encerrar". Tinham extraído todas as informações necessárias. Ao menos das pessoas naquela sala. Erik queria conversar com Daniel outra vez.

— Há algo que alguém queira acrescentar?

Ninguém disse nada. Todos pareciam prontos para encerrar também.

— Agradecemos por terem vindo conversar com a gente. Todos têm nossos cartões, certo? Se pensarem em mais alguma coisa que gostariam de nos contar, nos procurem. — Kait se levantou. — Cafeteria? — murmurou enquanto os dois se dirigiam para a porta.

— Sim.

Eles não se preocuparam em pegar o carro, apenas caminharam alguns quarteirões até a Yo, Joe!.

— Eu te dou permissão para olhar agora — disse Kait quando eles entraram. Ela inclinou o queixo em direção à mesa onde Serena estava sentada com Daniel. Havia apenas um outro cliente no local. Obviamente, Daniel não achava que precisava ficar atrás do balcão.

— Podemos nos juntar a vocês? — perguntou Erik. O sorriso que se espalhou pelo rosto de Serena ao vê-lo fez sua noite.

— Claro! — respondeu Daniel, fazendo uma voz de apresentador de TV. Erik mais uma vez ficou impressionado ao ver como ele parecia confortável. Erik estava acostumado com pessoas totalmente inocentes parecerem nervosas, suando e gaguejando, na frente de policiais. Era normal na sua rotina. Ele queria que não fosse.

Mas um culpado que não dava nenhum sinal de nervosismo? Isso não acontecia. Talvez um sociopata conseguisse, mas, na experiência de Erik, sempre havia sinais, talvez sutis, mas sempre presentes. Daniel não estava passando a menor *vibe* de culpado.

— Gostei do vestido — disse Erik para Serena enquanto se sentava ao seu lado.

— Obrigada. Comprei especialmente para o teste.

— Serena estava me contando como foi — disse Daniel a eles.

Erik sabia que o teste seria naquele dia e sabia como ela estava animada, como era importante para ela. Devia ter ligado, mandado uma mensagem, qualquer coisa. Se ele fosse se aproximar dela, e ele queria se aproximar, não poderia simplesmente ignorar o que era a coisa mais importante na vida dela.

— E aí, como foi?

— Difícil saber. O diretor de elenco não me deu nem o "bom trabalho" básico depois que terminei, mas isso não quer dizer nada — respondeu Serena. — Fiquei feliz com o que apresentei. Agora é só esperar.

A corrente de colherinhas pendurada na porta tilintou. Marcus estava entrando. Ele hesitou brevemente, depois foi até a mesa que o grupo ocupava.

— Marcus! Duas vezes em uma semana — cumprimentou Daniel, depois franziu a testa. — Está tudo bem?

— Está. Por quê? Só porque apareci no seu trabalho duas vezes?

— Bem, não é exatamente comum. Mas você parece meio estressado, acho. — Daniel inclinou-se e pegou uma cadeira da mesa atrás deles, puxando-a para que Marcus pudesse sentar.

Ele passou a mão pelo cabelo, do mesmo tom de castanho do de Daniel. Havia uma forte semelhança entre os irmãos.

— Cliente que vive mudando de ideia, só isso — explicou.

— Marcus é diretor criativo na Ballista, cargo importante — explicou Daniel ao restante do grupo. Erik achou que ele parecia orgulhoso do irmão mais novo, mas naquele primeiro dia em que ele e Kait o conheceram, ficou claro que Daniel sentia algum ressentimento em relação a Marcus.

— Acabei de ler um artigo sobre condicionamento afetivo. Fizeram um estudo que dizia que, mesmo quando as pessoas sabiam que uma determinada caneta era inferior, tendiam a comprá-la com base em anúncios que combinavam a caneta com outras coisas de que as pessoas gostavam — comentou Kait. — A parte que achei especialmente interessante foi que, mesmo quando as pessoas tinham bastante tempo depois de ver o anúncio para analisar informações sobre a real qualidade da caneta, ainda assim escolhiam a inferior.

— Coloque um cachorrinho ao lado do que você quer vender e pronto — argumentou Marcus. — Você faz as pessoas se sentirem bem, e essa sensação boa se estende ao produto. — Ele inclinou a cabeça de um lado para o outro, como se estivesse tentando se livrar da tensão no pescoço, depois olhou para Daniel. — Queria contar como foi a reunião sobre os roubos, mas parece que você já está recebendo o relatório.

— Na verdade, estávamos conversando sobre o grande teste da Serena — disse Daniel. — Esta senhorita está na cidade há meio minuto e já conseguiu um agente, gravou um comercial e ainda hoje fez um teste para um papel no novo filme de Norberto Foster.

— Trabalho impressionante para trinta segundos. — Marcus olhou para Daniel. — O que há de errado com você, irmãozinho?

Erik achou que Marcus estava tentando usar um tom brincalhão. Não conseguiu.

Serena se inclinou na direção de Marcus.

— Daniel acabou de ser escalado para uma peça. É um papel ótimo. Supercomplexo. Acho que vai chamar muita atenção para ele.

— Mas, pelo que ele me contou, não dá para saber o que vai render mais dinheiro, se a peça ou esse trabalho — respondeu Marcus.

— Dinheiro! Dinheiro, dinheiro, dinheiro. — Daniel espalmou as mãos na mesa. — Por que tudo com você sempre tem a ver com dinheiro?

— Porque dinheiro é necessário — respondeu Marcus. — Para comer. E pagar o aluguel... pelo menos para quem não mora com os pais.

— Você deve ser muito bom em administrar o seu, hein, Daniel? Não acho que a maioria dos baristas seria capaz de presentear com um buquê tipo o que você deu para a Serena. Ela falou que era enorme.

— E lindo. Foi um gesto muito gentil. — Serena lançou a Erik um olhar irritado. Ele não queria que ela ficasse chateada, mas precisava saber o que Daniel diria sobre gastar tanto dinheiro.

— Tenho um amigo que trabalha num bufê e, de vez em quando, eu faço uns bicos de garçom para eles. Perguntei se podia ficar com um dos centros de mesa e dei para Serena. Também uso cupons, conserto minhas meias e misturo água no meu de suco de laranja. — Daniel se levantou. — Preciso de mais café. Alguém quer alguma coisa? Por minha conta. Acho que consigo pagar por quase tudo no menu. Com meu desconto de funcionário, pelo menos.

Ele não deu muito tempo para ninguém responder antes de se afastar. Quando voltou com um café fresco, Erik decidiu que precisava pressionar Daniel um pouco mais. Era o melhor suspeito que tinham.

— Mas falando sério, Daniel. Agora eu fiquei curioso... Existe um momento em que você decide desistir e seguir em frente?

— Desistir? — repetiu Daniel.

— Simplesmente decidir que não vai rolar de se tornar um ator profissional. Não que eu esteja dizendo que é esse o seu caso — acrescentou Erik rapidamente, percebendo a tensão em Serena. — Mas existe um momento em que você consideraria conseguir um emprego que tivesse mais potencial, diferente desse aqui?

— Olha. Eu sei que o café não anda lá muito bem das pernas — respondeu Daniel. — Sei que em breve vou ter de encontrar outra coisa, mas terá que ser um trabalho com flexibilidade, como este. Aqui eu consigo sair para fazer testes sempre que preciso. Posso mudar meu horário. Como para a nova peça, por exemplo. Por alguns meses, os ensaios vão acontecer durante o dia, depois as apresentações serão à noite, e não vai ter problema.

— A flexibilidade é ótima. Eu entendo. Mas e coisas como plano de saúde, previdência privada? — Marcus passou a mão pelos cabelos outra vez. — Como você pode nem pensar em coisas assim?

— Eu tenho um irmão rico. Ele vai cuidar de mim se eu for parar no hospital — rebateu Daniel.

— Não conte com isso. — Marcus soltou um suspiro tão longo que provavelmente estava deixando Kait com inveja. — Não foi isso que eu quis dizer. Eu me preocupo com você, só isso.

— Você veio aqui me dar notícias de nossos pais. Algum progresso sobre os roubos? — Daniel estava nitidamente tentando cortar qualquer conversa sobre empregos de verdade, com benefícios.

— A reunião de hoje foi para encontrar padrões — respondeu Kait. — Foi útil reunir todas as vítimas no mesmo lugar. Manteremos todos atualizados sobre o progresso sempre que possível.

— Ninguém se lembra de ter visto algum desconhecido no Conto de Fadas, exceto por um novo entregador de pizza, mas Marie parece ter mantido o cara sob rigorosa vigilância. Você notou alguém, Daniel?

— Você não acha que eu teria dito alguma coisa se tivesse notado? — Daniel não se preocupou em esconder sua frustração com a pergunta.

Erik percebeu que tinha acabado de dar uma oportunidade a Daniel. Ele poderia ter inventado uma história sobre ter visto alguém rondando o Conjunto Residencial Conto de Fadas. Poderia ter fornecido vários detalhes para tentar afastar as suspeitas de si. Mas não. O instinto de Erik agora estava lhe dizendo que Daniel talvez não fosse o culpado. Mas então quem seria?

* * *

Mac ouviu os latidos de Catioro. Ele sabia que Mac estava perto da casa? Era possível. Mas Mac já tinha visto o babacão latir até para a própria sombra.

Mac não tinha nenhum motivo para estar ali. Só tinha sentido os cheiros de seu bando — seu antigo bando — e se viu seguindo a trilha.

Ele trotou para longe. Não tinha nenhum motivo para estar ali e tinha outro lugar aonde ir.

CAPÍTULO 13

— Você acha que a gente deveria levá-lo para casa ou para os gatinhos? — perguntou Serena, segurando Mac no colo enquanto ela e Erik caminhavam até o Conjunto Residencial Conto de Fadas.

— Não sei se importa. Ele parece dar um jeito de ir aonde bem entende — respondeu ele.

Mac começou a ronronar, e Serena riu.

— Não acreditei quando ele veio todo pimpão até a nossa mesa. Como ele entrou no café? A porta estava fechada. Preciso observar nosso amiguinho com mais atenção. Ele pode me ajudar com meu papel de mulher-gato.

— Já mencionei que gosto desse vestido?

Erik passou a mão de leve pela parte das costas em que o vestido era transparente, sem o forro da combinação preta. Caramba. Que delícia. Mas Serena estava brava com ele. Erik não tinha percebido isso?

— Você sabe que estou brava com você, não sabe? — perguntou Serena.

— O quê? Por quê? — Ele parecia completamente surpreso. Policiais não deveriam ser bons em ler as pessoas? — Espera. Porque perguntei ao Daniel se ele já pensou em conseguir outro tipo de emprego?

— Muito bom. Acertou de primeira — retrucou Serena. — Na verdade, de segunda. Já que precisou parar e pensar.

Mac parou de ronronar e roçou a cabeça no braço de Serena. Ele obviamente concordava com ela!

— Você não acha que o irmão dele tem um pouco de razão?

— O que eu acho é que não é da conta dele. E definitivamente não é da sua. Você mal conhece o Daniel — argumentou Serena. Eles atravessaram a rua e entraram no pátio do Conto de Fadas. Mac começou a se contorcer nos seus braços. — Ele vai fugir!

Ela tentou segurá-lo com mais força, mas Mac estava se contorcendo demais. Ele se libertou e saiu correndo assim que tocou no chão.

— Onde será que ele está indo agora? — perguntou Erik.

— Você achou que eu não ia notar essa mudança de assunto? — perguntou Serena. — Eu estava perguntando por que você achou aceitável questionar a maneira como Daniel leva a própria vida.

— Tenho meus motivos. Você poderia considerar não partir do pressuposto de que eu sou um babaca.

— Não estou presumindo: eu estava bem ali, te vendo ser um babaca.

Eles viraram na rua de Serena.

— Nós dois já dissemos o que tínhamos a dizer sobre o assunto, certo? — perguntou Erik. — Podemos deixar isso pra lá agora?

Ele parecia um pouco irritado. Por que *ele* estava irritado?

— Claro, vamos mudar de assunto. Você sabia que o meu teste era hoje. Sabe que é muito importante para mim. Mas não me perguntou nada.

Ela não tinha planejado tocar no assunto, mas, para ser sincera, estava tão chateada com isso quanto com a maneira que Erik tratara Daniel.

Erik trincou os dentes.

— Perguntei, sim. Perguntei como tinha sido o teste assim que me sentei à mesa.

— Certo, vou te dar o braço a torcer aí. Admito que você fez as perguntas mais básicas e superficiais.

Eles chegaram ao farol. Serena parou. Se Erik pensava que iria entrar com ela, tinha perdido o juízo.

— Obviamente nada do que eu disser ou fizer agora vai te deixar feliz. Seria melhor a gente conversar outra hora. — O tom de voz dele era rígido e formal.

Serena abanou a mão com desdém enquanto subia a passarela de pedriscos.

— Eu te ligo — disse ela por cima do ombro.

Até parece que ia mesmo fazer isso. Ele que teria de ligar para ela... e pedir desculpas.

Mac ficou observando seus gatinhos aproveitarem o papá: peru e presunto esta noite. Seus amigos Zachary e Addison tinham deixado bandejas de frios no balcão. Mac sabia que não eram para ele. Mas os dois começaram a brigar e depois a se babar. Deixaram a comida desprotegida. O que aconteceu a seguir foi culpa dos dois, não de Mac.

Salmão se afastou dos outros filhotes, arrastando uma fatia de peito de peru maior do que ela. Mac esperou para ver o que os outros fariam. Pitico soltou um miado patético; estava prestes a dar uma mordida naquela fatia. Atrevida e Zoom nem sequer ergueram os olhos. Tinham abocanhado sua parte e estavam ocupados comendo. Era hora de Mac ensinar uma lição a eles. Gatinhos precisavam de tanta atenção... Ele deu um rosnado de advertência e então se lançou sobre Salmão, *gentilmente* derrubando a gatinha e recuperando a fatia de peru. Ele pegou a carne entre os dentes. Será que Salmão viria atrás? Será que Pitico se aproximaria? Mac estava tentando mostrar ao gatinho a resposta correta se alguém pegasse sua comida.

Salmão deu um rosnado. Mac percebeu que a gatinha estava tentando imitá-lo, mas o som era mais como o zumbido de uma abelha. Então Salmão se aproximou. Mac permitiu que ela tirasse seu equilíbrio de leve e depois deixou que fugisse com um pedaço — mas apenas um pedaço — do peru.

Pitico observou Mac dar uma mordida. Não era sardinha, mas estava muito gostoso. Seus gatinhos sairiam pelo mundo esperando tudo do bom e do melhor. Como deveria ser. Se seus humanos não entendessem isso, bem, Mac tinha certeza de que os gatinhos seriam capazes de treiná-los direitinho.

Mac deu outra mordida no peito de peru e fingiu não notar quando Pitico, roçando a barriguinha no chão, começou a rastejar em sua direção. Pitico estava preparando o bote! Quando o filhote roubou o peru, Mac ronronou de orgulho.

Próxima lição, limpeza. Assim que os gatinhos terminassem de comer, Mac demonstraria a maneira correta de se lavar. Afinal, nem sempre ele estaria por perto para fazê-lo. Atrevida já havia começado a tomar banhos de língua completos após as refeições. Zoom geralmente saía correndo sem nem sequer lamber os restos de comida da boca. Salmão e Pitico estavam progredindo, embora parecessem acreditar que lamber uma pata e passá-la na orelha significava um banho completo. Ele continuaria mostrando aos nenéns a maneira correta de ser um gato até ter certeza de que estavam prontos para sair pelo mundo.

A porta do galpão se abriu. Mac observou com aprovação enquanto vários gatinhos iam cumprimentar Serena. Os humanos precisavam de um pouco de carinho para ficar felizes, mas um gato não devia fazer disso um hábito. Os humanos tinham de entender que cabia ao gato decidir quando lhes agraciar com a sua atenção.

Serena sentou-se no chão e olhou para Mac como se também estivesse pronta para uma aula. Aquela humana talvez fosse um pouco mais esperta que a maioria. Pelo menos ela percebeu que precisava aprender. Mac começou sua aula de limpeza, e Serena acompanhou o melhor que pôde com suas patas humanas. Talvez com a ajuda dele, ela percebesse que nunca era necessário mergulhar em água ou derramar água sobre si mesmo.

Depois da hora do banho, era a hora da brincadeira, na qual Mac tinha de continuar ensinando os gatinhos a não morder ou arranhar com muita força. Era muito importante que eles entendessem isso. Os humanos só tinham manchas irregulares de pelo para se proteger.

Por fim, até Zoom caiu no chão, incapaz de brincar nem mais um segundo. Ele era sempre o último a adormecer e o primeiro a acordar. Mac precisava treiná-lo sobre a necessidade de cochilos frequentes.

Agora que seus gatinhos estavam encaminhados, Mac precisava consertar o que quer que tivesse deixado Serena cheirando a raiva. Suspiro. Seu trabalho nunca acabava. Mesmo sendo mais esperta que a maioria, Serena não parecia perceber que em geral ficava com um cheiro mais feliz quando estava com Erik. Ele teria de lembrar isso a ela. Mac caminhou até a porta do galpão e a encarou. Não havia necessidade do túnel esta noite. Serena já tinha aprendido que, quando Mac olhava para a porta, esperava-se que ela a abrisse.

Mac respirou fundo, encontrou o cheiro de Erik e começou a segui-lo, se movendo lentamente. Os olhos humanos nunca eram muito úteis, mas no escuro as pessoas se comportavam como se nem os tivessem. Mas Mac conseguia ver bem o bastante pelos dois.

* * *

Erik desceu a rua Sapatinho de Cristal. Ele precisava andar, então era melhor fazer uma ronda. Talvez acabasse vendo algo que ajudasse a resolver os crimes. Tinha de ser alguém próximo, talvez um morador do Conto de Fadas. Os itens levados correspondiam bem demais ao que as vítimas queriam que roubassem para que o ladrão fosse um estranho. A pessoa tinha de ser conhecida, confiável, até.

Um novo pensamento lhe ocorreu. Será que o ladrão sabia o que as vítimas queriam que fosse roubado porque as vítimas estavam envolvidas? O colar, o anel e os Coelhinhos Tristes... todos tinham seguro. Não apenas as mulheres se livraram de coisas de que não gostavam, como também embolsaram uma boa quantia.

Erik não conseguia imaginar Marie fazendo parte de um esquema de fraude de seguro. Não conhecia bem as outras três, mas não parecia provável. Ainda assim, precisava considerar todas as possibilidades. Falaria com Kait sobre o assunto.

Ele já havia percorrido todas as ruas do Conto de Fadas, mas ainda não estava pronto para voltar a sua casa e trabalhar em um de seus projetos. A discussão com Serena tinha conseguido deixá-lo irritado. Eles não se conheciam havia muito tempo, mas, depois daquele jantar, das vendas de garagem, de um monte de mensagens de texto e de alguns telefonemas, pensou que ela teria pegado leve com ele. Ele não disse que Daniel obviamente não tinha talento para se tornar ator. Ele nem pensou nisso. Mas, depois de anos de luta, não seria melhor ao menos pensar em jogar a toalha?

Ele reduziu o passo e parou de pensar em Serena quando achou ter visto um movimento nas sombras, ao lado da casa de Ruby. Erik continuou andando. Se houvesse alguém escondido ali, não queria que a pessoa percebesse sua aproximação.

Swish! Plop! Alguma coisa pequena caiu de uma das árvores. Os galhos ainda balançavam. Algo havia roçado neles. Tinha *mesmo* alguém lá atrás. Erik correu até a árvore e viu uma figura recuando depressa, mas não depressa o suficiente. Ele derrubou a mulher no chão. Uma mulher. O corpo sob o dele era definitivamente feminino.

— O que você está fazendo?

A voz fez um arrepio quente correr pela sua coluna. Serena.

— Não, que merda *você* acha que está fazendo?

— Eu estava praticando meus movimentos felinos.

Ela se contorceu, tentando se sentar.

— Seus o quê?

O cérebro dele estava tendo problemas para acompanhar a conversa. Seu corpo exigia toda a atenção, dominado pela sensação da pele de Serena, pelo perfume de Serena. Ele se apoiou nos braços, sem deixá-la levantar, mas não exatamente a prendendo.

— Para o papel da mulher-gato.

Ela espalmou as mãos no peito dele e lhe deu um empurrão. Antes que Erik pudesse recuar, aqueles braços envolveram seu pescoço. Ele percebeu que Serena estava respirando com dificuldade. E ele achando que era o único... A respiração dele estava rápida e irregular, e isso não tinha nada a ver com a corrida.

Então, num piscar de olhos, suas bocas estavam coladas. Ela se mexera primeiro, ou havia sido ele? Não importava. Tudo o que importava era o calor úmido que sua língua explorava. As mãos de Serena deslizaram pelas suas costas. Erik queria usar as mãos. Tinha de tocá-la.

Ele se abaixou até que seu corpo estivesse pressionado contra o dela, sem interromper o beijo. Conseguiu passar as mãos pelas costas de Serena e depois rolou-a para cima. Segurando sua cintura com as duas mãos, de imediato lhe correu os dedos pelas costas. Erik queria tudo dela.

Mas eles estavam na rua. No bairro pelo qual ele era responsável.

Relutante, Erik interrompeu o beijo. Pressionou os lábios no pescoço de Serena por um segundo e disse:

— A gente devia...

Serena não esperou que ele terminasse. Levantou-se às pressas, parecendo um pouco atordoada. Ele próprio também se sentia bastante atordoado.

— Uau — murmurou ela.

— Pois é — concordou ele.

Ela tentou arrumar o cabelo com os dedos. Erik desejou que ela parasse. Aquela juba vermelho-dourada e desgrenhada era incrível. Ele pegou a mão de Serena e os dois caminharam de volta ao farol em silêncio, parando à porta de entrada. Serena olhou para si mesma sob a luz da varanda.

— Estou me sentindo suja.

Erik riu. Ela parecia estar tentando franzir a testa, mas os cantos dos lábios não paravam de se curvar.

— Você sabe o que eu quero dizer. Suja de terra. Do chão. No meu vestido.

Ela soltou a mão dele e começou a tentar se limpar.

Erik pegou a mão dela.

— Deixa comigo.

Primeiro, ele ajeitou a gola do vestido, deixando os dedos vagarem pela garganta, depois desceu, passando a palma das mãos por cima da parte transparente do vestido que parava logo acima dos seios.

Seus olhos se fixaram nos dela e ele desceu as mãos outra vez, tocando seus seios por um segundo. Erik sentia a combinação preta sedosa através do vestido transparente, convidativa. Ele deslizou uma das mãos por baixo da saia curta, mas por cima da combinação, permitindo-se saborear a sensação do tecido suave e macio, quente da pele de Serena.

Erik queria tocar naquela pele, mas se obrigou a ir devagar. Serena cambaleou em direção a ele, que moveu as mãos para a sua cintura, firmando-a, depois voltou a mão para a combinação.

— O que tem debaixo dessa camada? — perguntou ele, permitindo que seus dedos brincassem com a bainha.

— Hmm. — Ela lambeu os lábios. — Estou tentando pensar. Não estou conseguindo.

Erik beijou a bochecha e o pescoço dela outra vez.

— Posso te ajudar a lembrar.

Ele deslizou a mão por baixo da combinação, acariciando sua coxa, depois subindo, subindo, subindo.

— Não é muita coisa... — disse ele, enrolando os dedos no cós da calcinha.

— Boa noite.

Serena cambaleou para longe, e ficou ali, as costas apoiadas na porta, como se não confiasse em si mesma para ficar de pé.

— Boa noite? — repetiu Erik. O que estava acontecendo?

Ela deu um aceno firme.

— Boa noite.

— Fui rápido demais? — Ele pensou que os dois estavam na mesma página.

— Não! — exclamou ela. — Bem, sim. Mas não foi só você. Eu também fui. — Ela se endireitou e alisou a barra do vestido. — Começamos com o pé esquerdo. Aquele primeiro beijo e você indo embora.

— Eu já te expliquei o que rolou — protestou Erik.

— Sim, explicou. E eu entendo — tranquilizou-o ela. — Mas não estou me sentindo completamente pronta para... entrar com você.

Ele deu um sorriso relutante.

— Acho que não há muito mais que possamos fazer aqui fora, pelo menos não sem acabarmos na cadeia. Embora eu provavelmente conseguisse fazer com que a gente só tomasse uma advertência.

— Então, eu te ligo? — As palavras soaram bem diferentes de quando ela as jogou na cara de Erik depois da briga, que parecia ter acontecido anos antes.

— Ou eu te ligo. — Erik avançou um passo e deu um beijo rápido nos lábios dela, sem permitir que suas mãos a tocassem. — Durma bem.

Ele sabia que não conseguiria pegar no sono.

CAPÍTULO 14

— Já descobri que Marcus tem várias qualidades da minha lista — disse Kait a Erik.

Estavam sentados à sua mesa habitual no Denny's da Gower Gulch. Como havia previsto, Erik não dormira muito bem na noite anterior. Muitos pensamentos sobre Serena. Mas ele se sentia ótimo, como se tivesse dormido dez horas ininterruptas.

— Como você conseguiu descobrir isso em uma carona rápida para casa? — perguntou ele. Marcus se oferecera para levar Kait até em casa enquanto Erik e Serena faziam a escolta de Mac de volta ao Conto de Fadas.

— Resolvemos parar e tomar um drinque no Public — explicou Kait, como se visitasse o pub todo fim de semana. Até onde Erik sabia, a parceira nunca tinha pisado lá, nem ele. Mas ouvira o suficiente para saber que era um lugar chique, e chique não era seu estilo. — Eu já sabia que Marcus tinha um bom emprego. Conversamos sobre uma campanha de que ele participou, e percebi que ele gosta do trabalho.

— Esse é o item três, partes A e B da lista, certo?

Kait estreitou os olhos para ele, provavelmente tentando decidir se estava zoando com a cara dela.

— Exatamente. Também estou dando crédito a ele por ser um cara próximo da família, embora ele e Daniel não parecessem muito amistosos na noite passada.

— É, concordo. Marcus estava pegando no pé de Daniel, mas acho que é mais porque ele quer que o irmão tenha alguma segurança. E, quando fizemos aquela reunião, ele estava lá para dar apoio aos pais.

Erik estava feliz por Kait ter conhecido alguém com quem ela talvez quisesse sair uma segunda vez.

Susan, uma das garçonetes que eles conheceram quando começaram a fazer a ronda, se aproximou.

— O de sempre? — perguntou ela, enchendo suas xícaras de café.

— Sim, por favor — disse Kait, e Erik assentiu. — A equipe do seu filho está preparada para o fim de semana? — O filho de Susan fazia parte de uma equipe de Odyssey of the Mind, e ela estava preocupada com as suas habilidades de gerenciamento de tempo. Susan dizia que as crianças tinham passado dois meses tentando decidir o nome do time.

— Claro que não. A competição vai ser... — contou nos dedos — ... daqui a quase dois dias inteiros. Eles ainda têm muito tempo, de acordo com Jake.

— Bem, mesmo se não estiverem prontos, eles ainda terão aprendido uma lição sobre trabalhar em equipe — comentou Erik.

Susan revirou os olhos.

— Ele vai dar um jeito de fazer com que a culpa seja minha. Está naquela idade em que tudo é culpa minha. Ou do pai. Ou da irmã. — Com isso, ela saiu para entregar o pedido à cozinha. Erik brindou com a xícara de café de Kait. — Estamos conseguindo. Estamos nos tornando parte da comunidade.

— Pois é. Eu realmente espero que decidam ampliar o programa — respondeu ela. — É bom para as pessoas e bom para nós. Li um estudo que dizia que policiais que fazem esse tipo de policiamento comunitário sofrem consideravelmente menos de estresse.

Erik sorriu.

— Como Marcus se sente em relação a estudos psicológicos?

— Não discutimos isso exatamente, mas a psicologia é fundamental para o trabalho dele, assim como é para o nosso — respondeu Kait.

— Certo, eis a grande questão: o que ele pensa da questão Maguire, Holland ou Garfield? E ele é a favor ou contra Glover?

Erik tomou um gole do café. O interesse pelo Homem-Aranha não estava na lista do homem perfeito de Kait, mas Erik achava que deveria estar. Charlie Imura tiraria a pontuação máxima. Mas mesmo pontuações perfeitas em todas as outras categorias não seriam capazes de apagar o fato de que ele era um criminoso condenado.

— Nem todas as conversas que tenho envolvem o Homem-Aranha. — A voz de Kait soou tensa.

— Verdade. — Ele sabia que estava irritando a parceira, mas ainda assim insistiu: — Sei que se divertir juntos não está na sua lista, mas você se divertiu?

Kait se esquivou da pergunta.

— Ele também atende ao requisito de ser atraente.

— Você se divertiu? — repetiu Erik.

Ele não estava disposto a deixar isso passar. Talvez Kait não achasse que diversão fosse importante, mas ele sabia que era. Talvez ele devesse procurar alguns estudos para convencê-la disso.

— Decidimos ir para o Spare Room. Tem jogos clássicos, como dominó, Banco Imobiliário e xadrez, além de duas pistas de boliche retrô. O lugar tem a sua *vibe*. Piso de madeira, tacos antigos.

— Legal. — Erik não se deixou envolver em uma conversa sobre carpintaria. — Parece divertido.

— Acho que teria sido. — Uma pequena ruga apareceu entre as sobrancelhas de Kait. — Entramos e alguns caras acenaram para Marcus. Ele acenou para eles, depois disse que o lugar estava cheio demais e que preferia ir embora.

Putz.

— O espaço é pequeno, mas acho que poderíamos ter encontrado um lugar — continuou Kait. — Mas, de acordo com cientistas ambientais, a sensação de lotação não está diretamente relacionada ao número de pessoas que ocupam um espaço. Por exemplo, uma sala pode parecer mais lotada se estiver cheia de estranhos do que se estiver com o mesmo número de amigos.

Erik suspeitava de que a aglomeração não era o problema. Talvez Marcus não tivesse gostado do jeito peculiar de Kait e se sentisse desconfortável de apresentá-la aos amigos. Azar o dele.

— Ele perguntou se eu gostaria de ir ao Hollywood Bowl com ele no próximo fim de semana. A filarmônica de LA vai tocar trilhas de John Williams com clipes de filmes — acrescentou Kait.

Erik não esperava por isso. Talvez Marcus realmente não gostasse de multidões. Ele havia pensado em algo que Kait realmente gostaria de fazer, algo divertido. Talvez pudesse rolar alguma coisa entre os dois.

Será que Serena gostaria de ir ao Bowl? Perguntaria a ela quando ligasse. Erik vinha querendo falar com ela desde que a porta se fechara quando Serena entrou em casa, na noite anterior. Talvez fosse um pouco cedo, mas ele não queria saber de joguinhos. Queria que ela soubesse exatamente o quanto desejava vê-la. Talvez ligasse depois do café da manhã.

— Você está sorrindo — observou Kait.

Erik sentiu seu sorrisinho se abrir por completo.

— Estou mesmo.

Mac abriu a porta de tela com a pata e foi para a sala. Pulou para o encosto do sofá e se sentou ali, observando o humano chamado Charlie. Ele não cheirava a felicidade. Mac se perguntou se Zoom o faria rir. Serena riu com Zoom. Por que Charlie não o faria?

Ou talvez Pitico fosse uma boa combinação. Pitico adorava carinho, e Charlie parecia precisar de alguns afagos de gatinho. Mac lembrou a si mesmo que precisava colocar as necessidades dos filhotes em primeiro lugar. Claro que eles acabariam ajudando seus humanos — eram gatos, afinal de contas —, mas o importante era que os humanos dessem bons lares aos filhotes.

Charlie tinha dividido seu frango com Mac outro dia. Isso demonstrava a atitude que Mac procurava. Ele se deitou para poder observar bem o rosto de Charlie. Ele estava cochilando. Mac aprovava. Tirar uma soneca era uma necessidade básica, e uma soneca com um humano podia ser agradável, especialmente quando não havia bons locais ensolarados disponíveis.

Havia um limite de informações que Mac conseguiria captar enquanto Charlie estivesse dormindo. Ele se abaixou e deu um tapinha gentil no nariz de Charlie com a pata. Quando Charlie não despertou, Mac deu outro tapinha. Em seguida, um combo tapinha-miado. Isso fez o rapaz abrir os olhos. Ele olhou para Mac por um longo momento, depois sorriu.

— Chewie, meu amigo. Você voltou.

Ele parecia feliz em ver Mac. Como deveria ser.

Mac pulou na barriga de Charlie, que começou a lhe fazer um carinho atrás das orelhas. Comportamento correto.

— No sofá de novo? — disse uma mulher quando entrou na sala. — Vai acabar grudado aí de vez, se não tomar cuidado. Vai ter que carregar o sofá nas costas que nem um casco de tartaruga.

— Eu só vou para o trabalho e para nenhum outro lugar. — Charlie continuou fazendo carinho em Mac. — Além disso, não está vendo que estou acompanhado?

— Que gracinha. Já ouvi dizerem por aí que esse carinha é um ladrão, mas não acredito. Ele é um docinho. Olha só vocês dois.

Mac sentiu o apreço da mulher no olhar e começou a ronronar em resposta. Reconhecer que um gato devia ser elogiado era importante.

Era um sinal de inteligência também. Esses dois podiam dar um bom lar para um gatinho.

— Você poderia ter se levantado para oferecer um lanchinho ao seu amigo.

A mulher saiu da sala. Quando voltou, carregava uma tigela com água fresca e um pedacinho de salmão. Mac pulou para o chão para aceitar sua oferta. Ah, aí sim. Um de seus filhotes poderia ser feliz ali. Ele só tinha de decidir qual.

A mulher agarrou os pés de Charlie e os empurrou para baixo, depois sentou-se no espaço que havia vagado.

— Eu já te dei bastante tempo para ficar choramingando. O que houve?

— Nada.

O cheiro ruim ficou mais forte. Mac queria descobrir o que havia de errado com ele e consertar, para que um dos gatinhos não precisasse fazer isso.

— Charlie.

— Nada de novo, foi o que eu quis dizer. Prisão domiciliar. Criminoso condenado. Pária social. Preciso dizer mais?

— Tudo isso já era verdade na semana passada e no mês passado. Mas alguma coisa mudou. Repito, o que houve?

— Tá bom, tá bom, chega de interrogatório! — A voz de Charlie saiu tão alta que Mac interrompeu sua limpeza pós-lanche com a pata a meio caminho da orelha. — Tenho certeza de que Shelby está me ignorando. Ou pelo menos semi-ignorando. Ela responde uma de cada quinze mensagens que eu mando.

— Ah. Você acha que pode ser porque você tem mais, digamos, tempo livre? — A voz da mulher era apaziguadora, e Mac voltou ao seu banho de língua. Ele não precisava intervir agora.

— Lembra quando ela vinha para cá quase todo dia depois do trabalho?

— Porque ela sabia que você precisava dela. Mas visitar com tanta frequência seria difícil para qualquer um. Tenho certeza de que ela tem afazeres, compras...

— Por que você está defendendo a Shelby? Você nunca gostou dela. — A voz de Charlie estava ficando alta outra vez. Mac pulou no colo dele e o humano começou a lhe fazer carinhos na hora.

— Charlie, eu mal a conheço. Eu a encontrei uma vez, antes do julgamento. E nas visitas aqui, bem, sei que não era o melhor momento para ela. Para vocês dois.

— Mas você não gosta dela.

— Só demorei um pouco mais para quebrar o gelo com ela do que de costume.

Charlie deu uma risada que soou quase como o latido de um cachorro.

— O que, na linguagem da tia Grace, significa que você a odiava.

— Só acho que ela não é o tipo de mulher com quem eu imaginei que você ficaria.

— Bem, não se preocupe. Assim que ela me largar de vez, tenho certeza de que muitas mulheres maravilhosas virão correndo atrás de mim. A mulherada adora um bad boy. Só preciso comprar uma jaqueta de couro. Esse ainda é o look correto para um bad boy? Tenho que pesquisar no Google.

— Não importa o seu look, ninguém que te conheça vai pensar que você é uma má pessoa. Acho que vai ter que encontrar outra maneira de ser atraente, querido.

Mac bocejou. Cuidar dos gatinhos estava atrapalhando suas dezesseis horas de sono habituais. E com os carinhos de Charlie... Bocejou de novo e fechou os olhos. Ele se sentia bem-vindo. Definitivamente, deixaria que um de seus gatinhos morasse ali.

E ia descobrir uma maneira de ajudar Charlie. Assim que acordasse do cochilo.

* * *

— O Café Branca de Neve? Parece apropriado, já que minha vida parece um conto de fadas agora.

Serena olhou para o lugarzinho aconchegante e despretensioso, o nome escrito em letras brancas num simples toldo marrom.

— É um dos meus lugares favoritos por aqui — respondeu Erik, depois franziu a testa.

— O que foi? — perguntou Serena.

— Eu provavelmente devia ter escolhido um lugar melhor para comemorar seu segundo teste. Um lugar mais especial.

— Um segundo teste totalmente em cima da hora. Como alguém liga às nove para avisar de um compromisso marcado para as onze? — argumentou Serena. — Não preciso de nada sofisticado. Só preciso relaxar.

Ela quase acrescentou que qualquer lugar onde pudesse estar com ele seria perfeito, mas não queria parecer melosa. A noite anterior tinha sido absurdamente quente, mas Serena teve motivos para recuar. Ela não havia esquecido como Erik já fora inconstante com ela. Tinha explicação, sim... mas isso não significava necessariamente que ele não faria aquilo de novo. Ela precisava de mais tempo.

— Tem certeza? Estamos perto do Hotel Roosevelt. Eles têm um...

— Eu já vi no Jimmy Kimmel. Sabe aquele quadro do Hostel La Vista?

— Aham. É a competição de pessoas hospedadas em albergues; o vencedor fica no Roosevelt pelo restante da viagem

— Isso. O Roosevelt parece incrível — disse Serena. — Mas não para esta noite. Quero um lugar aconchegante, não chique.

— Aqui é aconchegante, com certeza.

Erik abriu a porta para ela e Serena entrou, gostando de imediato da *vibe*. Todo mundo ali parecia relaxado e feliz.

— Sabe esses murais nas paredes? Foram feitos por alguns dos artistas que trabalharam no filme — disse Erik, abrindo caminho até uma mesa vazia. — Correm boatos de que a Disney quer fechar o lugar, porque não combina exatamente com a imagem deles. Não é perfeito. As cadeiras são meio velhas, caso você não tenha notado.

— Espero que isso não aconteça. Seria como destruir um pedaço da história — respondeu Serena.

Erik pegou o saleiro e ficou brincando com ele, depois perguntou:

— Mas e aí, como foi o teste?

Serena teve a sensação de que ele precisou se preparar um pouco para fazer a pergunta. Mas perguntou, e era isso que importava. Erik estava tentando superar a bagagem de seu relacionamento com Tulip. Caso contrário, não estaria sentado ali, com ela.

— Foi uma loucura. Recebi a ligação e queriam que eu estivesse lá duas horas depois. Tive que fazer uma leitura fria da cena. Bem, não completamente fria; eu e Emily, uma atriz que conheci na última vez que fiz o teste, conseguimos treinar algumas falas.

— Isso é normal? Ajudar a concorrência? — perguntou Erik. — A Tu...

Ele se interrompeu abruptamente.

— Por mim tudo bem você mencionar a Tulip. — Serena tocou no braço dele de leve.

Ele assentiu.

— Em geral não falo sobre ela. Bem, não hoje em dia. Teve uma época, depois que terminamos, em que eu praticamente só falava dela. Tenho sorte de ainda ter amigos.

— Já passei por isso — admitiu Serena.

Ela não se importava que ele falasse sobre Tulip, mas não queria entrar em uma grande conversa sobre antigos relacionamentos. Não naquela noite, pelo menos. Aquela noite estava muito próxima da noite anterior, quando Erik a fizera pegar fogo. Quando eles pegaram fogo juntos.

— E sobre a questão da concorrência... depende das pessoas. Emily e eu ficamos amigas. E praticar as falas ajuda a nós duas.

O garçom se aproximou para anotar o pedido de bebidas. Ele deu um tapinha no ombro de Erik.

— Bom te ver. O de sempre?

— Você já experimentou a cerveja IPA Point the Way? — perguntou Erik a Serena.

— Não. Mas se for o que você sempre pede, estou dentro — respondeu ela.

— Duas — disse ele ao garçom. — Essa é uma coisa que gosto daqui — comentou Erik enquanto o garçom se afastava. — Eu só venho uma vez por mês para comer um hambúrguer, e eles sempre lembram o meu pedido.

— É assim em Atlanta também. Uma cidade grande, mas com lugares que a fazem parecer pequena.

Parte dela estava prestando atenção ao bate-papo, mas apenas parte. O restante registrava todos os detalhes de Erik: as manchinhas verdes nos olhos cor de mel; os músculos dos antebraços; a pequena lasca em um dos dentes da frente; o seu cheiro, de sabão, serragem e pele.

— Nunca fui a Atlanta. Na verdade, não fui a quase lugar nenhum — comentou Erik. — Quase sempre tenho coisas que quero ajeitar na casa durante as férias. E minha sobrinha geralmente me convence a fazer uma viagem à Disney. Embora não seja preciso muito. Já compro ingressos de férias todos os anos. — Ele balançou a cabeça. — Sem graça, né?

— Férias são para a gente se divertir. Uma vez, quando tirei uns dias de folga, fui ao cinema todos os dias, peguei sol na varanda e saí para jantar com meus amigos. Não é exatamente material de revista de viagens. Mas foi ótimo.

— Disney e faça-você-mesmo também são ótimos.

— Acho que sei o que esse cara aqui vai querer — comentou o garçom ao retornar com grandes copos de cerveja. — Mas e você? — perguntou para Serena.

— Preciso pensar um pouco mais — respondeu ela. Mas nem era verdade. — Foi um longo dia. Acho que quero tomar nossa cerveja e depois ir para casa — falou Serena, depois que o garçom se afastou.

— Ah, tudo bem. Imagino que você deva estar cansada.

Ele não tinha entendido. Bem, ela não deixara exatamente óbvio.

— Não quis dizer sozinha. Quero que você volte pra minha casa comigo. Pra minha cama — acrescentou ela, para deixar o mais óbvio possível.

— Por mim tudo bem. — Quando Erik sorriu para ela, Serena sentiu aquele sorriso até os dedos dos pés. Ela tomou um grande gole de cerveja; ele esvaziou metade do copo sem parar para respirar. Os dois riram. — Está pronta?

Ela pensou que precisasse de mais tempo, mas, de alguma forma, só ficar alguns minutos sentada com ele fez com que suas dúvidas desaparecessem. Talvez porque Erik estivesse disposto a falar sobre o teste. Talvez porque todos os seus instintos lhe dissessem que ele era um cara legal.

Respire fundo, pensou ela, e então disse:

— Estou prontíssima.

CAPÍTULO 15

— Pensei que talvez fôssemos receber reclamações sobre a quantidade de pisca-piscas de Natal na casa de Ruby, principalmente porque ainda nem chegamos ao fim de setembro — comentou Kait enquanto eles começavam a fazer a ronda pela vizinhança.

— Os pisca-piscas de Ruby são uma tradição do Conjunto Residencial Conto de Fadas. Assim como a incrível festa de Natal que ela dá para todos os moradores. Até eu me diverti, e você sabe que não sou muito de festas.

Erik não conseguiu segurar o sorriso ao ver a árvore onde havia derrubado Serena na outra noite.

— Elfos fofos — comentou Kait.

Elfos? Ele olhou outra vez. Sim, havia elfos na árvore. E, parando para prestar atenção, lembrou-se de um deles caindo no chão naquela noite, alertando-o de que alguém estava lá em cima. Ele tinha certeza de que ele e Serena teriam superado a briga depressa, independentemente do que acontecesse. Os dois eram pessoas bastante razoáveis. Mas os amassos que trocaram ali fizeram com que ambos esquecessem o assunto totalmente.

— Li um estudo no *Journal of Environmental Psychology* que fazia uma ligação entre decorar a casa mais cedo para o Natal e comemorações decepcionantes no passado.

— Que ideia mais alegre. Obrigado, Kait. Vou te dar uma dica: quando você for convidada para a festa de Natal deste ano, e você vai ser, não use essa informação para puxar assunto — brincou Erik.

— Não vejo isso como uma coisa ruim — protestou Kait. — E sim otimista. Essas pessoas estão assumindo o controle. Estão fazendo tudo o que podem para tornar o Natal seguinte melhor.

Talvez fosse disso que se tratasse a lista de Kait. Assumir o controle, tentar tornar a própria vida melhor. Talvez a parceira estivesse fazendo todo o possível para não acabar como os pais, insistindo em um casamento péssimo por anos e anos, antes de um demorado divórcio litigioso. Erik podia conversar com Kait sobre quase tudo, mas não se atrevia a mencionar essa teoria, embora achasse que a tal lista poderia estar impedindo-a de dar uma chance a alguém legal.

— Na minha família, meus pais montavam a árvore depois que eu e meus irmãos íamos dormir. Quando a gente acordava de manhã, ela estava na sala, toda decorada. Parecia mágica — disse Erik. — Pela sua teoria, isso torna meus pais pessimistas?

— A teoria não é minha. E acho que isso torna seus pais maravilhosos — respondeu Kait.

— Era bem legal. Mais tarde, quando ficamos mais velhos, todo mundo decorava a árvore junto. Sempre pensei em fazer isso com meus filhos.

— Seus filhos! Olha só, você quer ter filhos...

— Eu nunca disse que não queria.

Ela bufou.

— Bem, não é como se isso fosse acontecer, considerando o jeito que você pula de mulher em mulher.

— Na verdade, eu saí com Serena... — disse, fazendo uma exagerada contagem nos dedos — ... três vezes. Quatro, se contar a noite em que ficamos no quintal dela, esperando a gatinha descer da árvore. — *Cinco, se contar a vez em que quase transamos atrás da árvore de Ruby*, completou ele em pensamento.

Kait deu um aceno de aprovação.

— Quatro vezes. Gostei de ver. Minha verdadeira objeção ao seu interesse por ela era meu medo de que você a tratasse como as outras e a largasse depois de alguns encontros. Não acho que você tenha saído com a mesma mulher quatro vezes seguidas desde...

— Desde a Tulip — completou ele. — Talvez tenha sido bom que a Serena seja vencedora do Prêmio Farol. Isso me forçou a encarar toda essa porcaria. Até conversamos um pouco sobre o assunto. Na verdade, ela é muito diferente da Tulip. Tem uma visão bem realista sobre o que é possível ou não para ela aqui.

— Provavelmente não foi uma boa ideia formular uma hipótese inteira baseada no comportamento de uma única mulher, não é mesmo? Não é como se você tivesse saído com artistas suficientes para ter uma amostragem aleatória válida. Ah, e Marcus me mandou mensagem ontem à noite.

Erik deu uma risada.

— Você achou que ia conseguir passar essa informação assim, displicentemente?

— Não. Eu queria te contar. Só não queria dar sopa para o azar.

— Azar? — repetiu ele. — Quem é você e o que você fez com a minha parceira, a pessoa menos supersticiosa do planeta?

Ela soltou um muxoxo.

— Não acredito que falei isso! Enfim, é um mecanismo de autoproteção para evitar decepções, mas é o tipo de autoproteção que leva a uma perspectiva negativa, a suposição de que uma coisa boa sempre é seguida de uma ruim.

— Talvez você devesse dar um tempo nos periódicos de psicologia. Melhor se concentrar nos quadrinhos. Às vezes pensar demais pode atrapalhar. — Erik sorriu para a parceira. — Não que eu tenha um estudo sequer para comprovar isso.

— Pela troca de mensagens, notei que Marcus tem outra qualidade da minha lista. — Kait fez uma pausa para pegar uma embalagem de chiclete que havia sido largada na calçada. Provavelmente a pessoa que deixou aquilo cair nem percebeu. Os moradores do Conto de Fadas tinham muito orgulho do condomínio. — Ele é um bom ouvinte. Não que estivesse *ouvindo*, exatamente. Mas trocamos mensagens sobre nossos trabalhos, e ele fez ótimas perguntas. Dava para ver que estava mesmo interessado.

— Isso é ótimo.

Ele esperava que, em algum momento, talvez depois do Hollywood Bowl, ele ouvisse histórias sobre momentos de diversão real de Marcus e Kait, mas foi bom saber que o cara estava prestando atenção no que sua parceira dizia.

— Por favor, mantenham a calma. Criminoso condenado se aproximando pela retaguarda. Estou fazendo a caminhada permitida do ponto de ônibus até em casa.

Erik diminuiu a velocidade até Charlie alcançá-los. Kait provavelmente gostaria que o parceiro tivesse apertado o passo, mas fazer a ronda significava se aproximar de todos os moradores, inclusive — talvez até principalmente — de pessoas que já tiveram problemas com a lei.

— Tudo em cima? — perguntou Erik. Ele não conseguiu pensar em uma pergunta melhor.

— Você está mantendo contato com a sua oficial de condicional? — perguntou Kait. Essa definitivamente era uma pergunta pior. Era como se ela não conseguisse perdoá-lo por, de alguma forma, fazê-la pensar que ele era um cara legal e fã de quadrinhos, antes de descobrir seu histórico de tráfico de drogas.

— Estou, e com muito prazer. A Sra. Ayala é uma mulher muito confiável — respondeu Charlie. — Ei, é o Chewie.

Charlie parou e se ajoelhou, estalando a língua para chamar o animal. Um momento depois, Mac veio trotando e esfregou a cabeça na canela de Charlie.

Kait olhou para Mac.

— Isso indica afeto. É uma marcação territorial.

— Eu sabia que você era especialista em comportamento humano — comentou Erik. — Mas agora também está estudando animais?

— Dá para aprender muito sobre as pessoas por meio dos animais. — Ela tirou o olhar do gato e observou Charlie com a testa ligeiramente franzida.

Mac foi até Erik e esfregou a cabeça na sua perna. Erik se agachou e fez um carinho no queixo do gato.

— Você chamou ele de Chewie?

— É que ele parece...

— O gato da Capitã Marvel — completou Kait. — Embora no filme...

— Ele se chame Goose — terminou Charlie. — Imagino que tenha sido uma homenagem a *Top Gun*, e é legal para um gato. Mas não tinha motivo para mudar o nome do Chewie. Vamos ser sinceros, não existe melhor alcunha para um *sidekick*.

Erik percebeu que a voz de Charlie havia perdido o tom agressivo agora que estava falando sobre Mac e super-heróis.

— Eu... — Kait soltou um pequeno arquejo quando Mac se enrolou entre seus tornozelos, e seu corpo travou.

— Mac também gosta de você, Kait — disse Erik. Em seguida, olhou para Charlie. — Esse é o nome dele. Mac, de MacGyver.

Ele observou Kait se abaixar e dar um tapinha bem leve na cabeça de Mac. Ela podia ter lido algumas coisas sobre animais, mas não tinha muita experiência com eles na vida real. Erik achava ter ouvido Kait dizer que a mãe era alérgica.

Os três voltaram a caminhar pela calçada, Mac trotando junto a eles.

— Estou esperando vocês dois começarem uma de suas conversas sobre quadrinhos que só poderei acompanhar de forma bem limitada — comentou Erik.

— Tenho tentado decidir qual super-herói tem o relacionamento mais disfuncional.

Erik achou que a expressão de Charlie tinha ficado séria demais para um assunto que os nerds de quadrinhos deviam adorar.

— Harley Quinn e o Coringa — respondeu Kait.

— Obviamente estão no topo da lista — concordou Charlie. — Mas e o segundo lugar? Quase todo casal é bizarro de alguma forma.

— Isso é ridículo. Lois e Superman. Não preciso dizer mais nada.

— Certo. Superman deixou Aquaman atiçar um polvo contra Lois para ensinar uma lição a ela. Decidiu ser o promotor quando Lois foi acusada de assassinato — rebateu Charlie. — O promotor. Sem contar a vez em que tudo o que o Superman teria que fazer para salvar Lois seria deixar o Coringa morrer... E ele não fez nada. Basicamente teve que escolher entre Lois e o Coringa, e escolheu o Coringa.

— Essa não foi a escolha. Ele estava escolhendo entre o certo e o errado — retrucou Kait. — Admito que o relacionamento dos dois não seja cem por cento perfeito, mas isso não significa que seja disfuncional. Superman é um super-herói e é óbvio que ele admira Lois. E Lois ama tudo nele, não só Superman, mas Superman *e* Clark. E eles não são o único casal legal. Tem Hulkling e Wiccano, Bigby Lobo e Branca de Neve, Reed e Sue, Alicia e...

— Eu desisto! — exclamou Charlie. — Existem alguns bons casais por aí. Mas a esmagadora maioria é de completos pirados.

Erik teve a sensação de que Charlie não estava mais falando de quadrinhos, ou pelo menos não só de quadrinhos.

— Concordo — respondeu Kait.

Eles seguiram pela rua até a casa de Charlie.

— Chegamos. Com vários minutos de sobra. — Charlie abriu o portão e entrou. Mac o seguiu. — Acho que Chewie-Mac vai me fazer companhia por um tempo.

Ele acenou para os policiais e entrou em casa. Kait esperou até que Charlie estivesse fora do alcance de sua voz e então comentou:

— Ainda não sei o que é, mas tem alguma coisa estranha nesse cara.

— Você vai sacar. Tente não se concentrar no assunto. Deixe vir naturalmente. É o que em geral funciona para você.

Kait respondeu com uma bufada de aborrecimento quando os dois retomaram a caminhada.

— Vamos nos concentrar no nosso verdadeiro problema. Quem está por trás dos roubos? Cada vez que recebemos um chamado no rádio, acho que vai ser outro.

— Daniel ainda parece uma boa aposta. Mas não temos nenhuma evidência que aponte para ele. Praticamente não temos evidência nenhuma.

Ele tinha a sensação de que estavam progredindo em construir relacionamentos na ronda, mas se não resolvessem o caso dos roubos, como alguém poderia confiar neles?

— Erik!

A voz de Serena o tirou de seus pensamentos. Erik se virou e a viu correndo pela rua em sua direção. Ela não diminuiu a velocidade ao alcançá-lo, apenas se jogou em seus braços de modo que ele precisou dar um passo para trás a fim de evitar que os dois caíssem no chão.

— Oi para você também — disse ele, fazendo-a rir. Ele adorava aquela risada, a maneira como parecia começar bem lá no fundo e meio que explodia.

— Adivinha? — Serena não esperou que ele respondesse — Recebi outra ligação sobre o papel da mulher-gato. É um teste importante.

Vou ler com Jackson Evans, que já está contratado. É o que chamam de leitura de química. É basicamente para ver se damos certo juntos. — Serena ainda estava com os braços em volta do seu pescoço e aproximou os lábios da sua orelha. — Que nem nós dois.

Serena o soltou e deu um passo para trás.

— Oi, Kait. — Ela afastou o cabelo ruivo ondulado do rosto. — Me desculpe. Fiquei um pouco... Quer saber? Desculpas nada. Estou tão animada com esse teste! — Ela recuou mais alguns passos. — Vocês dois estão trabalhando. A gente se vê quando você estiver livre.

E com isso ela saiu andando pela rua, quase saltitando.

Era uma imagem adorável, mas Erik sentiu um peso preencher seu corpo. Uma sensação de... mau pressentimento o dominou.

— Parece que você está prestes a vomitar.

— Estou bem. — Erik se afastou, forçando Kait a trotar para alcançá-lo.

— Ela não é a Tulip — disse Kait.

Mas Erik quase conseguia sentir a esperança pulsando em Serena. Ela queria aquele papel com todo o coração. Se não o conseguisse... Ele se recusava a pensar naquilo.

— Ela não é a Tulip — repetiu.

— Não acredito que a estrela de um filme do Norberto Foster é minha professora de atuação. Também não acredito que você nunca tomou um desses. — Daniel entregou a Serena um latte de orchata. — É como beber um biscoito amanteigado de canela.

Serena tomou um gole e sorriu.

— Felicidade em forma líquida. Como vai a peça?

— Mais drama nos bastidores do que no palco — respondeu Daniel. — O diretor pediu demissão ontem.

— O que vai acontecer? Os produtores vão contratar outra pessoa?

— Esta é a segunda vez que ele se demite. — Daniel contornou o balcão e os dois ocuparam seus lugares de sempre, no sofá. — Alguém, alguém que não eu, felizmente, vai ter que ligar e pedir desculpas por sei lá o quê, depois dizer que ele é um gênio e que não podemos continuar sem ele. Então, um dia depois, ele vai voltar.

— Já trabalhei com uma pessoa assim uma vez. Mas era uma atriz, não diretora. A única coisa boa é que esse comportamento maluco criou um vínculo entre o restante do elenco e a equipe técnica. Ainda sou amiga de vários deles. É como se tivéssemos passado por uma guerra juntos — contou Serena. — Espera. Eu não devia ter dito isso. Ninguém estava morrendo nem matando. É como se tivéssemos passado por uma experiência de trabalho bem desagradável juntos.

— Isso está acontecendo com a gente também. — Daniel colocou os pés em um pufe. — Vou ficar feliz quando a peça estrear. Se bem que o diretor pode ser do tipo que aparece em todas as apresentações, depois reclama com todo mundo por uma hora antes de nos liberar.

— Já passei por isso uma vez também. — Serena tomou outro gole de sua bebida e soltou um *hmmmm* de aprovação.

— Já pensou em dirigir uma peça? — perguntou Daniel. — Aposto que você seria boa nisso.

— O mais perto que cheguei foi dirigir cenas de estudantes, o que adoro — respondeu Serena.

— Falando nisso... — Daniel tirou algumas páginas dobradas do bolso. — Uma nova cena acabou de ser acrescentada.

Serena estendeu a mão e Daniel entregou as páginas, que ela leu rapidamente.

— Ah, a temida risada convulsiva. Essa é difícil para quase todo mundo. Você consegue se lembrar de uma ocasião em que riu tanto que teve dificuldade de parar?

Daniel esfregou a testa com os dedos, como se estivesse lutando contra uma dor de cabeça.

— Sinceramente, não tenho rido muito ultimamente. Minha família tem me pressionado demais para que eu, hmm, como eles dizem... aceite que alguns sonhos simplesmente não se tornam realidade. Talvez seja porque fiz trinta e cinco anos há alguns meses. Marcus mal passou dos trinta e...

Serena levantou a mão.

— Para. Não está ajudando com as risadas. De qualquer forma, eu me lembro de um momento em que você estava rindo muito, não faz muito tempo. Foi no dia em que nos conhecemos, quando estávamos conversando sobre o que vestir em um teste.

— Ah, sim. — Ele sorriu. — Falamos que esquecer de usar desodorante pode fazer você perder um papel.

— Pena que não gravamos isso. Às vezes ajuda simplesmente lembrar como é a sua risada natural. — Serena pensou por um momento. — Você já tentou ioga do riso?

— Achei que, sendo nascido e criado em Los Angeles, eu já tivesse ouvido falar de todos os tipos possíveis de ioga. Mas parece que não — respondeu Daniel.

— Basicamente se baseia no fato de que o riso é um processo físico. Não precisa vir dos seus sentimentos. Na verdade, o sentimento emocional de felicidade pode vir do processo físico de rir.

— Ah. Hmmm. É, não entendi — disse Daniel.

— Mesmo com minha explicação superacessível? — Serena balançou a cabeça. — Participei de uma sessão uma vez. Tudo o que fizemos foi andar pela sala, olhar nos olhos um do outro e dizer: "ha, ha, ha". Logo todo mundo estava rindo de verdade. Eu estava passando por um momento difícil, logo antes de decidir que ia tentar dar aulas. Resumindo: eu não estava com vontade de rir, mas um amigo me levou, e depois de talvez um minuto de risada falsa, estava rindo de verdade. E foi tão bom...

— Mas não vou ter um minuto quando estiver no palco.

— A ideia é que você treine seu corpo para rir quando quiser. Da mesma forma que você treina para, sei lá, fazer abdominais — explicou Serena. — Vamos tentar. Tudo o que temos que fazer é olhar um para o outro e dizer "ha, ha, ha".

Daniel obedientemente fitou os olhos de Serena e começou a dizer os "ha" em um tom monótono e sem emoção. Serena se juntou a ele. E quase de imediato os dois começaram a rir de verdade. Quando o riso começou a desaparecer, eles voltaram ao modo forçado, e logo estavam gargalhando de novo.

Os dois levaram um momento para perceber que a Sra. Trask estava parada na frente deles.

— Daniel, desculpe interromper, mas vou ter que cortar suas horas — disparou ela, cabisbaixa.

— É... — Daniel soltou mais uma risada. — Tudo bem. Eu entendo. Eu estava mesmo notando que estamos mal das pernas.

Eles três eram os únicos no café naquele momento, ou Serena não teria sugerido praticar ioga do riso.

— Se eu puder... Não. Assim que eu puder, vou te contratar de novo em tempo integral. Por enquanto, vou fazer alguns dos seus turnos. Como disse o General: "Faça tudo o que pedir àqueles que comanda." — Serena percebeu que a mecha turquesa no cabelo da Sra. Trask estava começando a desbotar, e que ela parecia cansada, com olheiras. Pobre coitada. *Já estive aqui tantas vezes e nunca prestei muita atenção nela*, pensou Serena, com uma pontada de culpa.

— Preciso repassar alguns pedidos. Fique para o seu turno hoje à noite e, antes de sair, vamos meio que definir um cronograma para a próxima semana.

Quando a Sra. Trask saiu, apressada, e Serena a ouviu murmurar:

— "Há três maneiras pelas quais os homens conseguem o que desejam; planejando, trabalhando e orando."

Daniel forçou uma risada.

— Ha. Ha. Ha.

* * *

Os filhotes estavam todos juntinhos, dormindo profundamente. Zoom liderara o grupo em uma corrida pelo galpão, passando por cima, ao redor ou por baixo de quaisquer obstáculos. Depois, todos caíram no sono ao mesmo tempo, embora as patas de Zoom estremecessem um pouco, como se ele ainda estivesse correndo em seus sonhos.

Mac deu uma piscada lenta enquanto os observava, embora ninguém estivesse acordado para ver o sinal de "eu te amo". Ele sentiria falta dos gatinhos quando encontrassem as próprias casas, embora ele só estivesse cogitando casas que fossem próximas o suficiente para visitas. Mas não era como se ele pudesse levá-los todos para a própria casa. Com seus brinquedos. E suas guloseimas. E sua comida. E seus humanos.

Mas seria mesmo divertido ver o babacão lidar com os filhotes. Mac podia imaginar Zoom correndo pelas costas do Catioro, Salmão lhe mordendo o rabo, Atrevida dando-lhe um tapa no nariz e Pitico... Pitico provavelmente estaria aconchegado entre as suas patas, sem nem se importar com a baba.

Por um momento, Mac esqueceu que aquela casa não era mais dele. Se voltasse a ver Catioro, seria apenas à distância. Quando os gatinhos estivessem em suas próprias casas, ele ficaria sozinho. Sem bando. Mas gatos não são como cães e humanos, eles não precisam de bandos. Mac sabia arrumar comida, encontrar lugares quentes para dormir. Não precisava de ninguém para cuidar dele.

Mac se permitiu observar os gatinhos dormirem por mais um segundo, e depois saiu. Ainda estava decidindo qual gatinho pertencia a que casa. Havia um lugar que ele queria avaliar de novo.

Enquanto trotava até lá, passou pelo local onde havia encontrado os gatinhos. Um leve traço do cheiro deles permanecia. Outro odor, muito mais forte, chamou a atenção de Mac. Ele sabia que vinha de Daniel, e que o humano estava extremamente chateado. Ele seguiu aquela trilha, que o levou a uma porta fechada. Mac abriu-a com uma cabeçada forte. Alguns objetos brilhantes fizeram um tilintar quando ele entrou. Parecia que seria divertido brincar com eles, mas Mac não tinha tempo para diversão.

Ele avistou Daniel deitado no sofá do salão. Estava na metade do caminho até o humano quando ouviu o tilintar outra vez, então olhou por cima do ombro e soltou um silvo impaciente. Atrevida o seguira!

Mac não iria perder tempo lidando com a gatinha travessa, não até dar uma olhada em Daniel. Atrevida ficaria bem. Não havia nada por perto que pudesse machucá-la. Ele voltou a caminhar em direção ao humano, mas, antes que o alcançasse, houve outro tilintar. Era bom que os outros gatinhos também não o tivessem seguido. Já era difícil o suficiente ficar de olho em Atrevida enquanto ele resolvia aquele problema.

Mas não eram gatinhos entrando pela porta. Eram duas humanas.

— Ela não é a coisa mais fofa que você já viu? — disse uma delas em voz alta.

Daniel saltou do sofá.

— Bem-vindas. O que posso fazer pelas senhoras, esta noite?

— Na verdade, só viemos visitar a gatinha — disse uma fêmea. Ela se ajoelhou e mexeu os dedos para Atrevida, que deu um grunhido fininho e atacou. — Uau! Esses dentinhos de filhote são afiados. Mas ela é tão fofa que não consigo ficar brava.

— Já que estamos aqui, vou querer um chai latte gelado de baunilha — disse a outra mulher, então se agachou e convidou Atrevida a mordê-la também. Humanos... Como estava além da sua compreensão que coisas ondulando precisavam ser atacadas?

As duas mulheres e Daniel continuaram a conversar. Quando finalmente saíram, Daniel sentou-se no chão ao lado de Atrevida, sem esticar os dedos. Ele, pelo menos, parecia capaz de aprender por observação. Mac se aproximou.

— Sei que essa neném não pode ser sua, Mac. Tenho certeza de que Jamie garantiu que isso fosse impossível há muito tempo. Mas ela com certeza se parece com você — comentou Daniel. — Vocês dois realmente não deveriam estar aqui. Mas, já que estão, que tal um petisco enquanto penso no que fazer?

Mac deu um miado de sim-por favor. "Petisco" era uma das palavras que ele conhecia. Ele provavelmente poderia aprender mais se quisesse, mas sabia todas as importantes... — "atum", "ratinho", "sardinha", "jantar", "sachê", "salmão", "peru". Sem nem se esforçar, tinha captado outras palavras, como as que as pessoas usavam para chamar umas às outras, "gatinho danado" e "não".

— Meu sanduíche está nos fundos. Posso pegar um pouco do recheio de frango. Tenho quase certeza de que já ouvi falar que leite não é muito bom para gatos, senão vocês estariam feitos.

Daniel se afastou e Mac voltou sua atenção para Atrevida. Ela estava limpando o rosto com a pata, como se não tivesse acabado de fazer um "gatinho danado".

Atrevida era a gatinha mais inteligente. Talvez ela já tivesse descoberto que ser uma gatinha danada era divertido. Mac desejou que ela não tivesse feito essa descoberta até estar na própria casa e não ser mais problema dele.

Daniel voltou, deu um pedaço de frango para Mac e outro para Atrevida. Obviamente ele entendia que não era apropriado um filhote comer antes de Mac. Ele seria um bom humano para um dos gatinhos, mas Mac precisava melhorar seu cheiro antes.

— Se não fosse contra a lei, eu colocaria vocês bem na vitrine. Isso traria alguns clientes — comentou Daniel.

Mac miou e Daniel deu-lhe outro pedaço de frango. Atrevida miou também, e Daniel deu a ela um segundo pedaço. Aquela danadinha aprendia rápido. Daniel também.

CAPÍTULO 16

— A que crime a Regra da Hierarquia não se aplica? — perguntou Jandro. — Esta seria uma questão de múltipla escolha na prova, mas se você souber a resposta certa, não vai precisar das opções.

— Estou entrando em coma de carboidratos — reclamou Angie. — De quem foi a ideia de pedir a massa grossa?

— Sua — lembrou Erik. — E estava ótima.

Ele deu uma olhada disfarçada no telefone. Provavelmente só sairiam às dez, então em cerca de uma hora e quarenta e um minutos, ele conseguiria estar com Serena nua e na cama.

Angie bocejou.

— Sério. Meu cérebro simplesmente passou para marcha lenta. Estou pensando somente em digestão agora.

— De qualquer forma, você não precisa se preocupar com a prova deste ano — argumentou Jandro. — Agora, a Regra de Hierarquia não se aplica a...

— Incêndio criminoso, roubo de veículos e homicídio culposo — respondeu Erik. Se ele respondesse bastantes perguntas com bastante rapidez, talvez pudesse reduzir alguns minutos do tempo até estar com Serena nua.

— Acertou os três — retrucou Jandro. — Ótimo. Essa foi minha última pergunta. Quem é o próximo?

Erik de repente se sentiu como um adolescente que havia esquecido completamente o dever de casa.

— Ah. Desculpa, pessoal. Esqueci que era para a gente preparar perguntas. Vou trazer o dobro da próxima vez.

— Não tem próxima vez — lembrou Jandro. — A prova é em dois dias, e Angie e eu vamos trabalhar amanhã à noite.

— Tenho certeza de que Kait trouxe perguntas extra. — Erik olhou para a parceira, que estava encarando seu tablet, a pizza praticamente intocada. — Kait!

Ela ergueu a cabeça.

— Hein?

— É a sua vez de fazer perguntas. — Erik não mencionou que não havia trazido nenhuma.

— O que você está fazendo aí, afinal? — perguntou Angie. — Você nem tentou responder a última. Normalmente, você não dá chance a nenhum de nós.

— Algum de vocês já ouviu falar de festas Michael Douglas com brie? — perguntou Kait.

— Algo a ver com donas de casa entediadas, certo? — respondeu Jandro.

— Pois é, ouvi falar que começou com uma mulher que achava que seu clube do livro não era muito unido, então decidiu que um pouco de MDMA resolveria a questão. E como todo mundo adora brie... — acrescentou Angie.

— Eu sou o único que não sabia que isso existia? — Erik olhou ao redor da mesa. — Vocês estão brincando comigo?

— Você está desatualizado, amigão — comentou Jandro.

— No momento, precisamos de perguntas. — Erik não queria desviar do assunto. Ele podia sentir os minutos se acumulando até a hora de estar com Serena nua. — Kait, faça algumas perguntas pra gente.

Kait o ignorou.

— Estou no Instagram de Shelby Wilcox.

— Quem? — perguntou Jandro.

— Namorada de Charlie Imura. Ex agora, pelo que estou vendo — respondeu Kait.

— Quem? — perguntou Jandro.

Eles nunca sairiam de lá.

— Charlie Imura é um cara que mora no Conto de Fadas. Está em prisão domiciliar por tráfico de drogas — respondeu Erik.

— E, no Instagram da ex-namorada, alguns amigos estão perguntando quando vão fazer outra noite de brie. Com o Michael Douglas. — Ela bufou. — Eles ficam falando sem parar que o Michael é o convidado de honra e como ele é sempre tão divertido. Muito sutil.

Isso chamou a atenção de Erik.

— Você acha que é por isso que Charlie estava com uma quantidade tão grande de MDMA? Acha que ele estava comprando para a namorada?

— Se ele comprou, ele comprou. O juiz não se importa com o motivo — falou Jandro.

Kait franziu a testa para o tablet, rolando a página.

— Acho que hoje à noite Kait não vai dar mais atenção para a gente. — Erik comentou com Jandro e Angie. — Vocês sabem como ela fica quando encontra uma obsessão. Ela vive me dizendo que acha que há algo estranho com Charlie, e agora está procurando o que é.

— Vamos encerrar então. — Jandro pegou a mochila e guardou suas anotações. — Seria mesmo bom chegar em casa enquanto minha esposa ainda está acordada.

Erik já estava de pé.

— Te entendo totalmente.

* * *

Serena queria subir a escada circular do farol dois degraus de cada vez, mas tinha medo de deixar cair a bandeja do café da manhã.

— Acorda. Fiz comida para o cérebro! — chamou ao entrar no quarto.

Erik rolou para o lado e abriu um sorriso preguiçoso que fez Serena querer jogar a bandeja no chão e pular em cima dele. Ela se conteve.

— Temos ovos, algumas frutas, uma panqueca integral com nozes e um multivitamínico. Quero que você esteja totalmente focado no seu exame. — Ela colocou a bandeja na mesinha de cabeceira, e ele a puxou para a cama.

— Só uma panqueca? Sou um menino em fase de crescimento — reclamou Erik, envolvendo-a com os braços e enterrando o rosto em seu cabelo.

— Estou vendo — brincou Serena, cutucando-o com o cotovelo. — Mas não é bom fazer uma refeição muito pesada antes de algum esforço mental. — Ela estendeu a mão para o prato e arrancou um grande pedaço de panqueca. — Já eu posso comer quantas eu quiser. Tudo o que tenho que fazer hoje é fingir que estou extremamente atraída por Jackson Evans. Moleza.

Erik roubou o pedaço de panqueca e o colocou na boca.

— Ah, isso foi tão errado... Depois que eu cozinhei para você? — Ela não mencionou que as panquecas eram congeladas, de uma marca chique que encontrou na Whole Foods. — Vou dar um jeito de fazer você pagar. — Ela ergueu as sobrancelhas. — Acabei de perceber que não sei se você sente cócegas.

— Não. Sou policial, lembra?

— Isso não faz sentido. E você me parece sensível. — Serena estendeu as mãos até as costelas dele, os dedos voando para cima e para baixo. Em dois segundos, Erik estava rindo e, em mais dois segundos, implorando para que ela parasse.

— Diga que você foi malvado. Diga que você foi malvado e grosseiro.

— Fui malvado e grosseiro.

Erik precisou de algumas tentativas para conseguir pronunciar as palavras, já que Serena não desistira do ataque de cócegas. Ele estava sem fôlego.

— Não... vou... te... dar... o presente se... você não... parar.

Serena imediatamente parou de fazer cócegas, mas manteve os dedos posicionados acima do peito nu de Erik.

— Você comprou um presente pra mim?

Ele respirou fundo.

— Um presente de boa sorte. Para o seu teste moleza.

Uau, ele ter pensado em comprar um presente para ela foi um presente melhor do que qualquer coisa que pudesse ter comprado. Serena sabia como era difícil para Erik apoiar completamente sua carreira, embora tivesse feito de tudo para convencê-lo de que não ficaria arrasada se as coisas não dessem certo para ela em Los Angeles.

Ela flexionou os dedos, tentando parecer ameaçadora.

— Bem, vamos ver.

Erik se inclinou para fora da cama e tirou algo do bolso da jaqueta que havia sido largada no chão, na noite anterior. Era como se ele estivesse tentando quebrar o recorde mundial de velocidade em se despir. Não que ela estivesse reclamando.

— Eu não embrulhei.

Ele colocou um objeto nas mãos dela. Assim que percebeu o que era, Serena deu um grito de alegria.

— Você comprou uma Polly pra mim! — Ela lhe deu um beijo estalado na bochecha. — É o melhor presente de todos! De *todos*!

— É o tipo certo? Tinha algumas versões diferentes no eBay — explicou Erik.

— É exatamente o tipo certo. Obrigada. Isso foi muito fofo.

Serena lhe deu outro beijo, dessa vez na boca. As panquecas esfriaram antes que qualquer um dos dois estivesse disposto a se afastar um do outro por tempo suficiente para mais uma mordida.

* * *

À tarde, quando Serena chegou, a recepção estava vazia. Seu estômago deu um pulinho, em parte pelo nervosismo, em parte pela animação. Ela estava chegando perto. Não sabia quantas mulheres tinham sido chamadas para fazer a leitura de química, mas definitivamente eram muito menos do que da última vez. Ela apertou a bolsa, sentindo o estojinho da Polly Pocket, e sorriu.

Ela chegara cedo, então decidiu ir ao banheiro ajeitar o cabelo e a maquiagem pela última vez, fazer a pose de Mulher Maravilha por alguns minutos, talvez comer uma bala. O mau hálito era um assassino da química.

— Você! — exclamou Emily assim que Serena entrou.

— Você! — respondeu Serena, depois deu um abraço em Emily.

— Meu agente me disse que estavam com apenas duas opções para a mulher-gato. Eu estava torcendo que a outra fosse você — disse Emily a ela. — Mesmo que eu não devesse. Eu devia torcer para que fosse a pessoa menos talentosa da cidade, mas... Você está nervosa em ler com Jackson Evans? Porque estou uma pilha de nervos. Eu tinha um pôster dele, daquele seriado da CW, na parede do quarto. Tenho medo de dar um grito quando o vir. Não de verdade. Mas por dentro. Caso você não tenha percebido, estou pirando.

— Primeiro, respire — instruiu Serena. Emily obedientemente respirou fundo. — Acho ótimo que você tenha uma queda por ele. Obviamente, você o acha atraente.

— Bem, óbvio. — Emily lançou-lhe um olhar de "quem não". Ele não era exatamente o tipo de Serena, mas precisava concordar que, objetivamente, o cara era muito bonito.

— Isso faz parte da química. Sentir-se atraído pela outra pessoa. E você já tem isso sem nem tentar.

— Quando eu estava no ensino fundamental, quase vomitei no garoto de quem gostava — confessou Emily. — Eu não tinha bebido nem nada, era só nervosismo. Se eu vomitar em Jackson Evans, acabou. Estou fora. — Ela pressionou a barriga. — Acho que vou vomitar agora mesmo.

— Você não vai vomitar, nem agora, nem lá dentro. — Serena, na verdade, não tinha como saber disso, mas tinha certeza de que ficar ansiosa só deixaria Emily mais nauseada. — Vou te dizer o óbvio. Você vai fazer o teste com Jackson porque eles estão realmente interessados em você para o papel. Você fez tudo certo. Pelo que a gente sabe, você pode ser a próxima Emma Stone. Entre lá como se já fosse.

Emily balançou a cabeça.

— É tão injusto que os homens não tenham que passar por isso.

— Atores precisam fazer testes de química com atrizes que são grandes estrelas — argumentou Serena.

Por um segundo, Serena lembrou de Erik perguntando se ajudar a competição era uma boa ideia. Tudo o que ela sabia era que lhe parecia certo. Como falou para Emily no dia em que se conheceram, tudo dependeria de quanto cada uma se encaixasse no quebra-cabeça que era o filme como um todo.

— Mas não é a mesma coisa. Não pode ser. Não é assim que o mundo é. São as mulheres que são constantemente objetificadas. É...

Isso não estava ajudando.

— Eu adoraria discutir desigualdade de gêneros com você, mas não agora. Você se sente completamente confortável com a cena em si?

Emily assentiu.

— Eu me preparei bem.

— Então fez tudo o que podia. Basta entrar lá e mostrar a eles.

— Você quer dizer mostrar meus seios a eles ou... — falou Emily com uma voz ofegante, estilo Marilyn Monroe. Serena riu e, depois de um beicinho exagerado, Emily se juntou a ela.

— Preciso entrar.

Serena se olhou no espelho. Ela estava usando o mesmo vestido do primeiro teste, aquele transparente em algumas partes. Ele a fazia se sentir como Remy, a mulher-gato, e era melhor não mudar o visual para retornos. Talvez houvesse algo nela naquele vestido que atiçou o interesse do pessoal do filme. Seus lábios começaram a se curvar em um sorriso. Erik certamente tinha ficado interessado.

— Vejo você do outro lado, Serena.

— Vamos tomar um café, quero dizer, um shot, quando tudo isso acabar — prometeu Serena.

Ao voltar para a recepção, ela relaxou um pouco o andar. Queria que houvesse um ar felino e furtivo em seus passos.

A mulher atrás da mesa sorriu e acenou para que ela entrasse. Dessa vez, havia cerca de dez pessoas na sala, mais que o dobro das outras duas audições. Ela deu um olá amigável, canalizando a mesma energia que usava em suas aulas. Ela era profissional, mas também estava lá para brincar, para descobrir o que Jackson traria para a personagem de Remy.

Ela recebeu sorrisos e acenos de algumas pessoas, mas Jackson, Norberto Foster e um outro homem não responderam à sua saudação, continuando a conversa. Ela se sentiu muito mais decepcionada com Norberto do que deveria. Só porque adorava os seus filmes não significava que ele fosse um cara legal.

Serena levou alguns segundos para perceber que estavam falando sobre piscinas. Um deles planejava reformar a sua. Ela não tinha opinião sobre o melhor tipo de revestimento, então sentou-se em um lugar vazio e esperou que terminassem, deixando os dedos descansarem na bolsa para que pudesse sentir seu amuleto da sorte. Não era supersticiosa, mas adorou que Erik tivesse comprado aquilo para ela.

Os minutos se passaram e a irritação começou a crescer dentro de si. Ela era uma desconhecida, mas isso não lhes dava permissão de serem grosseiros. Embora definitivamente tornasse isso uma opção.

Ela flexionou os dedos dos pés e depois os deixou relaxar para liberar um pouco da tensão. Não deixaria que eles vissem nenhum sinal de que estava incomodada com aquele comportamento.

Na verdade, ela poderia até se valer disso. Na cena, o personagem de Jackson subestimava Remy, achava que ela não era ninguém. Serena sabia que ele era um alvo fácil. *Falem o quanto quiserem*, pensou. Quanto mais a ignorassem, mais instigada ela ficaria quando finalmente começasse.

Ela voltou a prestar atenção na conversa. Agora estavam falando sobre lareiras externas. Jackson se virou para pegar uma garrafa de água em um assento vazio e seu olhar percorreu o rosto dela e depois desceu para o corpo. Quando ele a encarou novamente, Serena arqueou uma sobrancelha.

— Quer que eu dê uma voltinha? — perguntou.

Talvez ele não tivesse percebido, mas ela já estava começando o teste. Serena imaginou que Jackson poderia gostar de um desafio. As mulheres deviam pular em cima do sujeito aonde quer que fosse. Bem, ela não seria tão fácil assim.

Ele a surpreendeu com uma risada.

— Eu adoraria, pode ser? — perguntou ele, com um tom brincalhão e provocador. Mas isso não significava que ele não fosse um idiota. Serena se levantou e deu uma volta rápida.

— Vamos começar — falou Jackson a Norberto.

Serena foi para o seu lugar e olhou para Jackson, avaliando-o e sem se preocupar em esconder. Disse a si mesma que ele era igualzinho a Erik. Vê-la naquele vestido estava deixando Jackson louco. Ele a queria, e ela, ao contrário de sua relação com Erik, tinha todo o poder, porque não se importava se o conquistaria ou não. Poderia até ser divertido, mas iria feliz para casa sozinha, de qualquer forma.

Ela parou por um segundo, fazendo-o esperar, e então soltou a primeira fala. E, perto do final da cena, quando Jackson a tocou, ela imaginou que eram as mãos de Erik e sentiu um arrepio involuntário. O ator pensou que tinha sido seu toque o responsável por aquilo e a puxou com mais força para si. Serena quase roçou os lábios nos dele ao dizer a última frase, depois se afastou e riu.

— Ótimo — disse Norberto a ela. — Muito bom. Vamos fazer de novo. Jackson, resista um pouco mais. Você a quer, mas quer que ela implore. E Serena, gostei do que você fez, mas vamos além. Você não vai implorar. Consegue sentir seu poder sobre ele.

Serena assentiu. Ela ia arrasar.

— Acho mesmo que arrasei — disse Erik.

Mac seguiu Erik e a outra humana, Kait, enquanto passavam pela fonte. Sentiu cheiro de cachorro em uma das palmeiras e parou para dar uma boa arranhada no tronco. Aquela era a área dele e não cheiraria a xixi de cachorro. Quando Mac alcançou as pessoas, elas continuavam falando. Não era de admirar. Pareciam acreditar que a conversa tinha tanta importância quanto um cochilo.

— Cobrimos praticamente tudo nas sessões de estudo. Não teve nenhuma surpresa. — Kait jogou algumas de suas tranças por cima do ombro. O movimento fez Mac querer atacar, mas ele permaneceu no chão. Tinha coisas a fazer. Não era hora de brincar, pelo menos até que ele estivesse com todos, gatinhos e humanos, felizes.

Ele tinha quase certeza de que queria que Charlie e a outra humana na casa deles ficassem com Pitico. Os dois dariam ao filhote a atenção que ele merecia. Mas Charlie estava com um cheiro infeliz havia dias. Desde que Charlie se mudara para a vizinhança, Mac sempre sentira um cheiro de tristeza no humano, mas agora estava tão forte que fazia os bigodes de Mac tremerem.

Mac percebera que o cheiro de Charlie mudava quando ele estava perto de Kait, e o cheiro dela mudava quando estava perto dele. Kait perdia um pouco do cheiro solitário que o lembrava do cheiro de

Jamie antes de Mac encontrar para ela um companheiro de bando, e Charlie cheirava um pouco menos a tristeza.

Impressionante que o nariz dos humanos fosse totalmente inútil. Se eles nem sequer conseguiam sentir o cheiro uns dos outros, como esperar que soubessem o que as pessoas ao seu redor sentiam? Seriam muito mais felizes se conseguissem.

— Pode ir logo atrás da Serena — disse Kait. — Eu seguro a ronda sozinha por um tempo.

— Se você tem certeza.

Erik saiu correndo na direção dos gatinhos. Mas Mac sabia que não eram os gatinhos que ele queria ver. Era Serena. Erik estava começando a pensar um pouco como gato. Sabia onde era mais feliz e foi para lá.

Kait ainda estava se comportando como um humano. Ela obviamente nem percebia o que a fazia cheirar melhor. Será que nem o próprio cheiro os humanos conseguiam sentir? Seus narizes tinham de funcionar pelo menos para isso, não?

Talvez não. Kait continuou se afastando de Charlie. Mac se virou, com o rabo em pé, e deu alguns passos em direção à casa de Charlie. Então soltou o miado que Jamie sabia que significava: "Venha aqui." Kait, porém, nem se virou.

Mac passou do miado ao uivo, e isso, sim, chamou a atenção da mulher. Ele uivou outra vez e começou a correr. Ele a ouviu correr atrás dele. Boa humana. Mac correu até a casa de Charlie, pulou a cerca e continuou correndo.

Mas Kait parou. Mac sabia que ela conseguia abrir o portão. Por que não o estava seguindo? Mac respirou fundo e soltou seu uivo mais alto e agudo, aquele que fazia David dizer "você vai acordar os mortos".

Mesmo assim, Kait não entrava no quintal, mas Charlie saiu da casa.

— Está tudo bem com ele? — perguntou.

— Não sei. — Kait apoiou uma das mãos no portão. — Ele veio para cá correndo. Não estava mancando nem nada. Talvez tenha sido picado por uma abelha? Não vi nada que pudesse fazer ele agir de um jeito tão maluco assim.

Charlie correu até Mac e começou a passar as mãos com cuidado pelo corpo do gato.

— Nada parece machucado.

— Bem, ele não está mais miando...

— Vou pegar um pouco de água para ele. Você quer entrar?

Mac começou a ronronar quando Kait abriu o portão e entrou no quintal.

— Na verdade, tem uma coisa que quero conversar com você.

— Se você vai tentar me convencer de que os pais androides foram uma das cinco piores histórias do Aranha, vou ouvir, mas tenho que te dizer que não vou concordar.

— Não tem nada a ver com quadrinhos.

— É sobre a minha oficial de condicional? Porque eu participo de todas as reuniões. — Charlie pegou Mac e acariciou sua cabeça. Mac ronronou mais alto. Aquele era o humano certo para Pitico. Pitico adorava receber carinho de seus irmãos.

— É sobre a sua namorada — explicou Kait.

O aperto de Charlie sobre Mac aumentou. Ele não tentou se esquivar. Charlie cheirava a medo. Ele precisava de Mac.

— Não tenho namorada.

— Sua ex. Shelby Wilcox. O Instagram dela é aberto. Parece que ela está se preparando para dar outra festa com aquele amigo, o Michael Douglas. E um pouco de brie. — Mac sentiu o coração de Charlie acelerar. — O que eu queria saber é como ela vai conseguir o Michael com você em prisão domiciliar?

— Não sei do que você está falando.

— Estou falando que você foi preso com uma grande quantidade de MDMA. O suficiente para uma festa, do tipo que sua namorada gosta de dar.

— Shelby ficou chocada quando descobriu que eu estava vendendo. Nós terminamos. Ela não aguentou — disse Charlie.

— Se você vai mentir para mim, não adianta eu ficar aqui.

Kait deu meia-volta e foi embora.

Mac olhou para ela. Nossa Senhora das Sardinhas! Exatamente o que ele precisava fazer para que ela se comportasse? Colocar uma coleira naquela humana e dar a outra ponta a Charlie?

CAPÍTULO 17

— Vou definhar — falou Erik assim que conseguiu dizer algo. — Já se passaram três dias desde que almocei.

— Podemos almoçar no seu horário de almoço, se é isso que você quer fazer — respondeu Serena.

Ela ainda estava montada nele, e a luz do sol do meio-dia que entrava pelas janelas altas do farol deixava sua pele dourada e transformava seus cabelos em chamas pálidas. Para ser poético. Ele não conseguia evitar. Ver Serena o fazia se sentir poético.

— Não, eu não poderia. Vou continuar fazendo esse sacrifício. Você pode precisar de mais material para usar na próxima vez em que se sentir atraída por um grande astro de cinema.

Ele ainda se impressionava com o fato de ela ter pensado nele quando Jackson Evans a tocou. O maldito Jackson Evans.

— Vou guardar alguns biscoitos embaixo do travesseiro — prometeu Serena. — Você precisa recuperar as forças.

Erik riu.

— Você está dizendo que não vai me expulsar da cama por...

Ele foi interrompido pelo celular de Serena gritando "mostre-me o dinheiro!"

— Meu agente — explicou ela. — Melhor eu atender.

Ela saiu de cima de Erik e pegou o telefone da mesinha de cabeceira.

— Oi, Micah.

Erik sentiu um aperto no estômago quando viu o sorriso dela desaparecer, então seus lábios se apertaram porque ela estava tentando impedir o queixo de tremer. Serena assentiu, assentiu novamente e então pareceu perceber que estava em silêncio.

— Eu entendo. É questão de quem se encaixa melhor no filme como um todo.

Ela usou uma das mãos para enxugar as lágrimas que começavam a escorrer.

O estômago dele parecia uma pedra agora. Serena não tinha conseguido o papel. Ela estava tão certa de que arrasara no teste, e mesmo assim não conseguiu o papel. Erik pegou o próprio celular e viu a hora. Precisava ir embora. A equipe de patrulha das rondas ia fazer uma reunião de atualização.

— Eu te devo uma caixa de Big Hunks por me ajudar a chegar tão longe — falou Serena. Seu rosto estava franzido, mas a voz soou calma. Não, mais do que calma. Alegre. — Um teste com Norberto Foster e Jackson Evans? Só isso me faz sentir que estou no caminho certo.

Ela ouviu, torcendo o edredom com as duas mãos.

Erik esticou o pé e conseguiu pegar a cueca boxer. Ele estava se vestindo quando Serena terminou a ligação.

— A gente se fala em breve.

Um momento depois de ter pronunciado as palavras, ela estava soluçando, o rosto entre as mãos e os ombros trêmulos.

Vá até ela, Erik ordenou a si mesmo. *Conforte-a*. Ele se levantou, fechou o zíper e abotoou as calças, depois se forçou a sentar na cama e abraçá-la. Serena pressionou o rosto no ombro dele, espalhando lágrimas quentes em sua pele.

— Eu queria tanto...

— Eu sei que queria. — Ele conseguiu ver a hora no celular dela. Precisava mesmo ir embora. — Eu sei que queria — repetiu.

— E fui ótima no teste. — Ela se afastou e olhou para ele. — Norberto fez com que eu e Evans repetíssemos a cena umas seis ou sete vezes, tentando estilos diferentes. Mesmo que os dois tenham agido que nem idiotas quando entrei, eles realmente mergulharam na cena. E eu estava lá, acertando tudo. Consegui mostrar a eles como improviso, como sigo as orientações. Eu juro que fui muito bem.

— Eu sei. — Seu cérebro se recusava a pensar em mais palavras. — Eu sei.

Claro que ele sabia. Serena lhe contara todos os detalhes quando eles se encontraram à noite, após o teste de um e a prova do outro. Ela contou cada detalhe mais algumas vezes desde então. Estava tão empolgada....

E era justamente quando estávamos mais empolgados que a frustração aparecia. Ela disse que sabia que as chances eram pequenas. Disse que só de estar no comercial já era um sucesso. Disse que a sorte fazia tanta diferença quanto o talento, porque se tratava tanto do que eles procuravam quanto do dom da pessoa.

Erik lhe deu um abraço e beijou o topo de sua cabeça.

— Linda, me desculpa, mas eu preciso mesmo ir andando. — Ele se afastou e saiu da cama. — Não posso chegar atrasado, que dirá faltar — acrescentou enquanto continuava se vestindo.

Serena envolveu o corpo nu com o edredom.

— Sim, claro. Vai lá.

— Te ligo mais tarde.

Erik desceu o primeiro lance de escadas, mas, quando chegou ao segundo andar, começou a pular dois degraus de cada vez. Precisava respirar um pouco de ar fresco. Parecia não haver ar nenhum no farol.

Ele manteve as janelas abertas no caminho para a delegacia e parou o carro no outro extremo do estacionamento, para poder caminhar um pouco. Não ajudou. Parecia que não havia ar suficiente em lugar algum.

Ele olhou para o relógio outra vez e decidiu ir ao banheiro. Não queria chegar cedo à reunião. Kait daria uma olhada na sua cara e saberia que algo estava errado, e ele não estava com vontade de falar sobre o assunto. Nem com ela, nem com ninguém.

Quando faltava um minuto para a reunião começar, Erik saiu do banheiro e caminhou pelo corredor até a sala improvisada do esquadrão. Tinha cronometrado perfeitamente. O comandante Hernandez, responsável pela equipe, estava entrando. Erik o seguiu e sentou-se em seu lugar habitual, ao lado de Kait. O celular dele vibrou. Erik deu uma olhada na mensagem.

Serena
Quando você acha que consegue voltar pra cá?

Sério? Erik tinha saído de lá não fazia nem uma hora e ela sabia que ele estava em uma reunião. Hernandez puxou uma cadeira para a frente da sala apertada.

— Antes de começarmos, tenho um anúncio. Todos os três oficiais da nossa equipe que fizeram o concurso para detetive foram aprovados.

— Menos mal! — Jandro fingiu enxugar o suor da testa. — Todos os dias eu lembrava de outra pergunta que achava ter errado.

Kait deu uma cotovelada em Erik.

— Eu disse que você passaria.

Aquela pedra em seu estômago parecia ter se tornado uma montanha. Viu? Aquela relação com Serena já estava mudando tudo. Ele não conseguia nem se sentir feliz por algo tão importante porque sabia o quanto ela estava triste.

— Não tinha dúvidas de que você passaria — respondeu, conseguindo sorrir para Kait.

— Ano que vem, quando eu fizer a prova, vou superar as notas de todos vocês — anunciou Sean.

— Você sabe que não haverá perguntas sobre se shawarma de cordeiro ou carne enlatada com repolho pioram o cheiro dos seus peidos — falou Tom, e todos, até mesmo Hernandez, riram.

— Lembrem-se de que passar no concurso não significa uma promoção automática a detetive. Todos terão que fazer entrevistas — falou Hernandez. — Vamos continuar. Tenho lido os relatórios, e parece que todos vocês fizeram progresso no esforço de marcar presença em suas rondas. Mas eu quero mais detalhes. Como vão as coisas?

Erik não estava com vontade de falar, deixaria Kait lidar com isso. Não seria um problema para ela. A parceira era boa em dar respostas organizadas e detalhadas. E, sim, ela já estava falando, a primeira a se pronunciar. Ele ouviu sem muita atenção. Sabia tudo o que ela iria dizer afinal.

Poucos minutos depois, o celular dele vibrou outra vez. Ele esperava que não fosse Serena de novo. Deu uma olhada rápida.

Kait
O que houve com você?

Erik
Nada.

Kait
Nem vem. O que foi?

Erik
Serena não conseguiu o papel.

Talvez isso calasse Kait. Ela bateu o pé no dele, uma maneira de Kait dizer "que merda". Ainda bem. Ele não conseguiria lidar com mais perguntas agora.

Erik teve cerca de uma hora e meia de paz, principalmente por causa da reunião, com alguns parabéns pela prova no final. Mas, no segundo em que saíram da delegacia, Kait estava em cima dele.

— Como a Serena está? — perguntou ela enquanto se dirigiam para o estacionamento.

— Mal.

Erik esperava que ela não quisesse detalhes.

— Você comentou que ela saiu do último teste achando que mandou muito bem.

— Pois é. Por isso que agora ela está arrasada. — Dizer isso pareceu quebrar uma barreira em Erik, e de repente ele não conseguia parar de falar. — O que eu sabia que aconteceria. Eu sabia que ela ia quebrar a cara. É a por... — Ele se censurou pelo bem de Kait. — É a porcaria de um filme do Norberto Foster. Poderia ter feito dela uma estrela. Mas ela não conseguiu. Quando saí de lá, ela estava se debulhando em lágrimas. É a mesma coisa que aconteceu com a Tulip. Exatamente a mesma coisa. Por que me deixei envolver com... — Ele pausou outra vez, se controlando. — Com outra maldita aspirante a famosa?

— Serena e Tulip não são nem um pouco parecidas — falou Kait ao chegarem à viatura.

— Talvez não em alguns aspectos, mas ambas são artistas e ambas vieram para cá sonhando com fama e fortuna, como qualquer pessoa que chega a Los Angeles. Serena me convenceu de que era mais prática, mais pé no chão. Mas o que eu vi quando ela recebeu a ligação? Ela não vai conseguir, Kait. E eu não vou passar por isso de novo. Não é como se eu tivesse um relacionamento longo com ela. Não devia ser minha responsabilidade confortá-la. Isso não vai dar certo mesmo.

— Serena não é uma daquelas garotas com quem você sai três vezes e pronto, Erik. Você não pode tratá-la como se ela fosse. — Kait mexeu no chaveiro, mas não destrancou a porta.

— Não saí com ela tantas vezes assim.

Kait apenas o encarou em resposta. Ela sabia que ele sabia que o que dissera era pura merda. Ou porcaria ou seja lá como ela diria. Erik e Serena podiam não ter saído muitas vezes, mas passaram quase todos os momentos livres juntos desde que ela o convidou para dormir na sua casa. Não haviam se passado muitos dias, mas ele não conseguia fingir, nem para si mesmo, que aquilo era um relacionamento casual. Isso não significava que ele tivesse de apoiá-la nos momentos ruins. Precisava pensar em si mesmo.

— Você quer ir para lá agora? Posso dar uma volta enquanto vocês conversam.

Eles tinham passado no Conjunto Residencial Conto de Fadas naquela manhã e planejaram ir para a comunidade de idosos à tarde.

— Vamos para o Jardins. Não quero vê-la, Kait.

Erik torceu para conseguir evitá-la nas próximas rondas pelo Conto de Fadas. Tinha certeza de que Serena não ficaria muito mais tempo. Provavelmente apenas o suficiente para fazer as malas e comprar uma passagem.

Kait bufou, impaciente.

— Você vai ter que vê-la, pelo menos mais uma vez, para terminar com ela.

Terminar com ela? Os dois estavam além de uma aventura casual, mas tinham mesmo um relacionamento que exigisse um término?

— Você tem que falar com ela, Erik — insistiu Kait quando ele não respondeu.

— Vou mandar uma mensagem.

Kait esperou até que ele a encarasse e então disse:

— Isso não é o suficiente.

Mas precisava ser. Ele não conseguiria falar com ela cara a cara. Serena ainda não teria se recuperado. Provavelmente ainda estaria chorando. Ele pegou o celular.

— Erik, não — protestou Kait.

— É o melhor que posso fazer. Você ainda quer dirigir?

Kait destrancou o carro e entrou sem dizer uma palavra. Erik sentou-se no banco do passageiro. Quando Kait deu a partida, ele selecionou o nome de Serena. Queria acabar logo com aquilo, mas tudo o que conseguiu fazer foi olhar para a sequência de mensagens que tinham trocado recentemente. Divertidas, brincalhonas, sexies. Ele não tinha ideia do que escrever. As palavras não importavam, ele decidiu. Não havia maneira boa de dizer aquilo.

> Erik
>
> *Eu não posso voltar. Isso não vai dar certo para mim. Boa sorte com tudo.*

Mac estava tentando mostrar aos gatinhos como uma caixa de papelão podia ser divertida. Ele esvaziou uma das que estavam no galpão e a derrubou. Atrevida entrou na hora, mas os outros filhotes não estavam interessados. Salmão estava lambendo migalhas na tigela de comida, Zoom, correndo, e Pitico, sentado perto de Mac.

Ele sentia um cheiro de infelicidade em Serena, o mesmo que ela vinha exalando havia horas. Mac bufou de frustração. Como ele poderia se concentrar no treinamento dos gatinhos enquanto tinha de aguentar aquele cheiro o tempo todo?

Impossível. Mas ele sabia o que fazer. Só precisava primeiro fazer uma visita a uma das possíveis casas para um dos filhotes. Eles estavam crescendo muito rápido. Era hora de acomodá-los.

Mac deu uma lambida na cabeça de Pitico e depois pegou o túnel até o quintal. Atravessou depressa os dois quarteirões até o prédio onde morava o humano chamado Marcus. Quando outro humano carregando uma sacola de comida — tacos, pensou Mac — abriu a porta, ele entrou disfarçadamente.

Mac gostava de tacos e tinha certeza de que conseguiria convencer o humano a compartilhar, mas não havia tempo. Ele tinha muitas responsabilidades. Subiu as escadas até a porta que dava para o apartamento de Marcus; estava sentindo o cheiro do humano lá dentro, então soltou um miado alto.

Marcus não abriu a porta. Mac miou mais algumas vezes. Marcus não apareceu. Isso não era bom. Um humano devia sempre responder ao primeiro miado. Mas, se fosse aceitável de modo geral, Marcus poderia ser treinado. Ele havia compartilhado sua manteiga de amendoim com Mac da última vez.

Ele ergueu-se nas patas traseiras e segurou a maçaneta da porta com as patas da frente. Ela virou um pouco, mas suas patas escorregaram. Foram necessárias mais duas tentativas, mas Mac conseguiu entrar. Ele ainda aprovava aquele ambiente amplo e aberto. Zoom adoraria ficar ali, com todo aquele espaço para correr.

Agora ele precisava observar Marcus. Talvez até fizessem um pouco de treinamento de miado com ele, para que Zoom não precisasse fazer aquilo, se Mac acabasse escolhendo aquela como a casa certa para o filhote. Encontrou Marcus deitado em um colchão no chão. As persianas estavam fechadas, embora todo mundo devesse saber que uma soneca à tarde era melhor em um local ensolarado. Havia um prato de biscoitos e manteiga de amendoim ali perto, mas Mac o ignorou. Ele se aninhou perto de Marcus. Era preciso determinar se ele seria um bom companheiro para cochilos. Jamie era perfeita para sonecas, mas David se mexia demais. Ele quase rolou por cima de Mac uma vez!

Por que ele estava pensando em Jamie e David? Não importava como eles tiravam sonecas, não mais.

Mac tirou um breve cochilo com Marcus e achou agradável. Decidiu não acordar o humano; reunira todas as informações de que precisava. Marcus tinha um cheiro ansioso. Claramente precisava de um gatinho. Ele tinha muito espaço para um filhote brincar, estava disposto a dividir e não interrompia o cochilo de um gato que compartilhasse sua cama. Ele não só precisava de um gatinho, ele *merecia* um gatinho.

Ao sair, Mac avistou uma coisinha brilhante. Exatamente o que ele precisava. Era óbvio que Serena precisava de alguma coisa assim, pelo menos até Erik voltar. Erik a faria se sentir melhor do que a coisinha brilhante, mas aquilo ajudaria.

Mac voltou para casa e foi direto para a porta de Serena, onde largou o presentinho para miar, pedindo para entrar. Talvez ele não devesse ter tirado aquela soneca. Serena cheirava ainda pior do que antes. Mas ele precisava avaliar Marcus. Era um único gato: só conseguia fazer três ou quatro coisas ao mesmo tempo.

Serena abriu a porta. Boa humana. Ele esticou a pata e gentilmente empurrou a coisinha brilhante na direção dela. Ela ofegou. Tinha gostado! Mac sabia que ela ficaria contente.

Agora ele tinha de voltar ao treinamento dos gatinhos. Seu trabalho nunca acabava.

Serena chamou a polícia. Não tinha escolha, embora soubesse o que iria acontecer. Erik e Kait seriam enviados para lá. Ela teria de ver Erik enquanto ainda se recuperava daquela mensagem. Aquela mensagem! Ela pensou que, assim que saísse do trabalho, Erik voltaria e a animaria, talvez a levasse para jantar ou algo assim. Em vez disso... aquela mensagem!

Serena sabia que ele havia sido magoado por Tulip. Ela entendia. Mas que merda tinha sido aquela? Serena e Erik não se conheciam havia muito tempo, mas pelo amor de Deus! Ele a conhecia bem o suficiente para saber que ela não era como Tulip. Serena desejou nunca o ter conhecido. Desejou que ele nunca tivesse feito o jantar para ela, ou comprado aquela Polly Pocket, nem a feito rir. Desejou nunca o ter levado para cama. Porque agora... doía tanto. Aquele filho da mãe!

Ele chegaria em breve. Ela não podia atender a porta com aquela cara horrenda. Correu escada acima e vestiu seu esvoaçante vestido verde, depois correu para o banheiro. Gemeu quando viu a cara inchada e os olhos vermelhos. Ainda assim, fez o que pôde: lavou o rosto com água fria, pingou algumas gotas de colírio, passou um pouco de corretivo e pó. A campainha tocou. Ela levou um segundo para passar um protetor labial rosado e voltou para o andar de baixo. Era uma atriz, conseguiria lidar com aquilo. Não ia gritar, não ia chorar. Ia fazer parecer que ele não tinha acabado de pisar em seu coração. Não queria que ele pensasse que tinha a capacidade de magoá-la. Nem um pouco.

— Obrigada por virem tão rápido — falou ela ao abrir a porta, fazendo questão de olhar tanto para Erik quanto para Kait. — Não acreditei quando Mac apareceu com os Coelhinhos Tristes. Tenho certeza de que são eles.

— Podemos ver? — perguntou Kait.

Serena percebeu que estava bloqueando a porta.

— Claro.

Ela recuou para que eles pudessem entrar. Quando Erik passou por ela, Serena sentiu o cheiro dele. Erik ainda cheirava a *eles*. Desde a hora do almoço. Estava fraco, mas Serena sentiu como se tivesse levado um tapa.

— Estão na cozinha. Tentei tocar apenas nas laterais. Não quis deixá-lo na porta. — Ela conseguiu manter o tom tranquilo enquanto os conduzia até a mesa da cozinha.

— Onde está o Mac agora? — perguntou Erik enquanto Kait colocava a estatueta em um saquinho de evidências.

— Não sei. Ele miou na porta. Eu abri. Os Coelhinhos Tristes estavam no capacho. — Serena se obrigou a encará-lo enquanto falava. Aqueles olhos castanhos pareciam lhe queimar a pele quando Erik a encarou de volta. — Liguei para a polícia na hora.

— Então você não chegou a ver o gato carregando a estatueta? — perguntou Erik.

— Não. Mas ainda estava um pouco úmida. Imagino que por carregá-la na boca — respondeu ela. — Isso é realmente tudo o que sei.

Serena só queria Erik fora de sua casa.

— Entraremos em contato caso surja alguma outra dúvida — falou Kait. — Lamento saber que você não conseguiu o papel para o qual estava concorrendo.

— Obrigada — respondeu Serena. — Admito que morri de chorar quando soube. Mas a rejeição faz parte do ofício de ser ator.

Ela estava impressionada consigo mesma. Tinha dado aquela resposta de uma forma bem casual e amigável. Mesmo que estivesse falando sobre o motivo pelo qual Erik terminara com ela. O quê? Ela não podia ficar triste por dois segundos? Ainda estava chateada. Queria muito aquele papel. Ela não podia ser humana? Não podia ter emoções?

— Querem beber alguma coisa?

Pontos extra para mim pela educação, pensou Serena.

— Precisamos fazer o relatório — falou Kait, indo até a porta.

Erik e Serena a seguiram. Serena recuou um pouco, sem querer sentir o cheiro dele outra vez. Quando fechou a porta atrás dos dois, caiu no chão e abraçou os joelhos. Precisava de um momento para se recompor.

Respire fundo, disse a si mesma. *Você pode usar isso*. Mas ela não queria guardar aquela emoção para algum papel futuro. Queria esquecer que já se sentira assim. Queria esquecer o que havia acontecido para fazê-la se sentir assim.

Queria esquecer Erik.

CAPÍTULO 18

— Ela não parecia arrasada — comentou Kait enquanto ela e Erik se afastavam do farol.

— Você não viu como ela estava de manhã. Chorando como se tivesse perdido tudo: não um papel, *tudo* — respondeu Erik.

— Você nunca mais vai vê-la mesmo?

— Não se eu puder evitar — respondeu Erik. — Podemos não falar sobre...

— É o gato! Mac! Ele está com alguma coisa na boca! — exclamou Kait, e saiu correndo atrás dele, com Erik nos seus calcanhares.

Mac não foi muito longe, apenas atravessou a rua até a casa de Charlie. Quando chegou ao portão, colocou algo no chão e começou a miar.

— Estou indo! — gritou Charlie de seu lugar de sempre no quintal.

Erik se agachou para ver o que Mac carregava. Era um dos gatinhos. O filhote começou a ir na direção de Erik, mas Mac o prendeu suavemente pela nuca. Quando Charlie abriu o portão, Mac depositou o gatinho a seus pés, esfregou o rosto no filhote, que quase caiu, depois se virou e saiu correndo.

— Eita! — Charlie também se agachou e fez cócegas embaixo do queixo do gatinho. Era o menor da ninhada, Erik percebeu. — O que acabou de acontecer?

— Acho que você acabou de adotar um gatinho — respondeu Kait. Ela se ajoelhou e acariciou a cabeça do filhote, seus dedos tocando de leve os de Charlie.

— Mac está cuidando de uma ninhada de gatinhos. Parece que ele decidiu que você devia ficar com esse. Mas acho que gatos não conseguem pensar desse jeito, né? — perguntou Erik.

— Não sei se conseguem ou não, mas esse carinha precisa de um lar. — Kait encontrou os olhos de Charlie. — Você vai ficar com ele?

— Você acha que eu devo?

— "Com grandes poderes..."

— "Também vêm... grandes responsabilidades."

Kait sorriu.

— Você acertou a citação. Eu devia saber que acertaria.

Erik se levantou, deixando Charlie e Kait conversarem. Ele não estava com vontade de conversar com ninguém. Mal podia esperar até chegar em casa, talvez trabalhar na pátina que havia pensado para a luminária. Queria sua antiga vida de volta.

— Eu não diria que tenho grandes poderes. — Charlie tocou na tornozeleira.

— Para um gato, acho que tem. Se puder alimentá-lo, eis o grande poder — respondeu Kait.

— Não posso nem ir ao supermercado. Mas minha tia pode, e aposto que ela vai adorar este rapazinho. — Ele se levantou, abraçando o gatinho junto ao peito. — Ela teve um gato há alguns anos, mas nunca suportou a ideia de adotar outro depois que ele morreu. Se bem que acho que ela não será capaz de resistir à história de como este apareceu.

Kait levantou-se.

— Você só tem mais três meses de prisão domiciliar.

Charlie olhou para Erik.

— Ela sempre faz isso? É como se tivesse memorizado meu arquivo.

— Ela é sempre minuciosa — respondeu Erik. — Mas acho que foi um pouco além no que diz respeito a você.

Os lóbulos das orelhas de Kait ficaram vermelhos. Isso não acontecia apenas quando ela estava chateada, mas também quando ficava envergonhada — não que Kait se envergonhasse com facilidade. Ela provavelmente preferia que Erik tivesse ficado quieto, mas ele não ligava. Kait estava interessada em Charlie, admitisse ou não. Por que ele próprio não devia saber?

Erik deu uma rápida olhada para a casa de Serena. Sentia um incômodo, como se ela o estivesse observando por uma das janelas, mas não a viu. *Você está se enganando*, pensou. *Ela não deve querer te ver nunca mais.* Que era o que ele queria. Seu estômago estava embrulhado. Ele tinha lidado mal com o término. Kait provavelmente tinha razão sobre a mensagem. Mas ele e Serena só se conheciam fazia algumas semanas.

Ele voltou a ouvir a conversa de Charlie e Kait. Ele precisava de uma distração.

— Descobriu alguma coisa interessante? — perguntou Charlie.

— Não sobre você, exatamente. Mas eu descobri uma coisa sobre a sua namorada...

— Ex-namorada — corrigiu.

Kait assentiu devagar.

— Ex-namorada. Descobri que ela tem antecedentes penais sigilosos de quando era menor de idade. Você sabia que, se alguém que cometeu alguma infração antes da maioridade for considerado culpado de um crime mais tarde, o sigilo dos antecedentes juvenis pode ser desfeito e considerado na pena da pessoa?

Charlie não respondeu. Abaixou a cabeça e direcionou toda a sua atenção para o gatinho.

Interessante. Kait estava dizendo a Erik fazia séculos que havia algo estranho em Charlie. Parecia que ela havia descoberto o quê.

— Tenho quase certeza de que sua então namorada sabia disso. E tenho quase certeza de que, quando se declarou culpado, você também sabia — continuou Kait.

Charlie finalmente ergueu os olhos.

— Qual é o sentido dessa especulação? O caso está encerrado.

— Achei interessante — argumentou Kait.

— É meio romântico assumir a responsabilidade por outra pessoa. Não que ninguém esteja dizendo que foi isso que aconteceu — acrescentou Erik às pressas, quando Charlie lhe lançou um olhar penetrante. — Romântico é uma das qualidades da sua lista do homem perfeito, não é, Kait?

Era quase impossível dizer, mas Erik achou que as orelhas da parceira ficaram ainda mais vermelhas. Ela provavelmente estava chateada e envergonhada.

— Você tem uma lista de qualidades do homem perfeito? — perguntou Charlie para Kait.

— Romântico está lá no final. Não é tão importante assim — murmurou ela. Então se virou para Erik. — É melhor a gente levar as evidências que coletamos para a delegacia.

— Até mais! — Erik despediu-se de Charlie. — Kait e eu estaremos sempre por aqui.

— Patrulhando — completou Kait.

— Foi isso que eu quis dizer. Vamos estar sempre por aqui, patrulhando. — Erik percebeu que Charlie estava lançando um olhar pensativo para Kait.

— Você sabe que vou sair com Marcus de novo — sibilou Kait quando chegaram à calçada. — Estou conversando com ele quase toda noite. Ele está interessado em mim de verdade. E tem a maioria das qualidades da lista.

— Mas ele consegue conversar sobre quadrinhos? Quantas vezes você riu durante todas essas conversas?

Kait não respondeu, mas Erik achou que tinha dado à amiga algo em que pensar. Lançou outro olhar para o farol enquanto passava. *Você está muito melhor sem ela*, lembrou a si mesmo.

— Ele terminou com você por mensagem? — Ruby franziu a testa. — *Por mensagem*?

— Por mensagem — confirmou Serena. Ela sentiu os olhos arderem e piscou várias vezes para evitar que as lágrimas se formassem.

— Querida, por que não me ligou ontem? Você não devia ter ficado sozinha — disse Ruby.

— Se eu tivesse tentado falar sobre isso ontem, teria chorado e feio, com catarro.

Serena pegou um boneco de gengibre do prato no meio da mesa e arrancou sua cabeça com uma mordida.

— Satisfatório, não é? Arrancar a cabeça de outro — insistiu Ruby. — Eu fico com os corpos.

Serena riu e depois fungou.

— Não seja muito legal comigo, ou vou chorar aqui e agora.

— Não será a primeira que chora nesta mesa — tranquilizou-a Ruby. — Na verdade, acho que foi Briony. Eu te falei dela, né? Prima de Jamie, casou com o cara que o Mac encontrou para ela. Eles administram o Jardins, a comunidade de idosos. Mas as coisas ficaram bastante complicadas entre eles durante um tempo.

— Por favor, não me diga que Erik e eu vamos voltar por causa das habilidades especiais do Mac para encontrar o par perfeito. — Serena arrancou a cabeça de outro boneco de gengibre. — Na mensagem, tudo o que ele disse foi que não ia dar certo. Ah, e me desejou boa sorte.

Ela arrancou o braço do boneco de gengibre. Foi bom, mas não tanto quanto a decapitação.

Ruby tirou o braço de sua mão e comeu.

— Esse é outro motivo pelo qual as decorações de Natal devem começar em setembro. Biscoitos natalinos. E, para a sua informação, mudei de assunto porque não consigo pensar em nada a dizer que faça você se sentir melhor.

— Porque não existe nada que vá me fazer sentir melhor mesmo — argumentou Serena. — Vou me sentir mal por sei lá quanto tempo. Devia ser rápido, porque Erik e eu não nos conhecemos há muito tempo, mas...

Ela deu de ombros, desesperançada.

— Não é desculpa, mas a Tulip realmente partiu o coração dele — disse Ruby. — Tive a impressão, por algo que ela disse uma vez, de que foi o primeiro relacionamento sério de Erik.

— Você tem razão. Não é desculpa. — Serena arrancou uma perna do boneco de gengibre e passou para Ruby. — É infantil da parte dele supor que todos os artistas são iguais. Eu não sou como ela. Fiquei chateada por ter perdido o papel. Isso é totalmente normal. Mas olha só para mim. — Ela abriu os braços. — Estou sentada aqui, assassinando bonecos de gengibre e conversando com você. Não estou caída no chão porque não... — Ela fez uma pausa e exclamou: — Emily!

— Emily, sua amiga dos testes? — perguntou Ruby.

Serena sentiu um sorriso se espalhar pelo rosto.

— A vaga estava entre nós duas. Se eu não consegui, significa que Emily foi escolhida! Não tinha pensado nisso até agora. — Ela tirou o celular da bolsa. — Preciso mandar uma mensagem para ela dizendo que temos que sair e comemorar.

— Além de não estar caída no chão, você ainda quer comemorar com a mulher que roubou o papel de você — disse Ruby enquanto Serena digitava a mensagem.

— Emily é ótima. Tenho que apresentar vocês duas algum dia. Você vai gostar muito dela.

Ruby sorriu para Serena quando ela guardou o telefone.

— Você é incrível, sabia?

— Porque não estou brava com Emily? Isso seria loucura. Talvez ela tenha tido mais química com Jackson Evans do que eu. Ou gostaram mais de como os dois ficaram juntos. Ou ela é simplesmente uma atriz melhor. Suponho que isso seja *possível*.

— Odeio ter que te expulsar... — começou Ruby.

— ... mas você tem que trabalhar — finalizou Serena por ela. — Obrigada por me deixar desabafar, Ruby. Juro que vou parar de te tratar como se você fosse minha melhor amiga de comédia romântica.

— A melhor amiga sofre muito menos — lembrou Ruby.

— Tá bom, mas pelo menos me conta de que tipo de cara você gosta, assim não vou me sentir tão culpada.

Ruby riu.

— Eu não tenho exatamente uma lista. — Ela pensou na pergunta. — Gosto de sotaques, o que é loucura, porque todo tipo de homem tem sotaque. Isso não significa nada. Também gosto de pessoas criativas. Satisfeita?

— Por enquanto — respondeu Serena.

Ela e Ruby saíram juntas. Serena não estava com vontade de ir para casa, então decidiu ir até a Yo, Joe! Ela precisava desabafar mais, e Daniel estaria disposto a ouvir.

A Sra. Trask estava lavando as janelas da frente quando Serena chegou ao café.

— "O sucesso é medido pela altura que você alcança depois de chegar ao fundo do poço" — murmurou a mulher para si mesma enquanto esfregava as vidraças com uma folha de jornal amassada.

— Não consigo decidir se a citação do General Patton de hoje é inspiradora ou não — falou ela para Daniel assim que entrou.

— Aquela sobre a altura do pulo depois de chegar ao fundo do poço? — perguntou ele, e ela assentiu. — Também não tenho certeza. Não pensei que estivéssemos prestes a chegar ao fundo do poço. Chegando perto, talvez. Eu me sinto pior por ela do que por mim mesmo. Sempre tem algum lugar que precisa de um barista talentoso. Falando nisso... O que posso preparar para você?

Serena se apoiou no balcão.

— Tem alguma coisa que me faça sentir melhor por ter perdido o papel da mulher-gato?

— Se tiver, ainda não encontrei. Sinto muito, Serena.

— Acontece. Nós dois sabemos que é normal — respondeu ela.

— Sim, e nós dois sabemos que, quando acontece, é uma merda. Vou fazer algo com muito chantilly pra você. O chantilly por si só já é alegre. — Daniel começou a preparar a bebida.

— Talvez fosse mais fácil simplesmente encher o copo de chantilly, porque não foi só isso que aconteceu ontem.

Antes que Serena pudesse contar a ele sobre a mensagem de término de Erik, Marcus entrou.

Daniel olhou para o relógio.

— Meio cedo para a hora do almoço.

— Não trabalho de nove às cinco. Posso sair quando quiser — respondeu Marcus. — Olha, eu disse para mamãe e papai que viria...

— Nem começa — interrompeu Daniel. — Ou pelo menos me deixe fazer o discurso por você. "Daniel, você tem que ser realista. Você não está se dando bem como ator e está ficando velho demais para servir café." Acertei?

— Sim. Eu disse a eles que falaria com você. Também disse que falar não faria diferença — respondeu Marcus. — Dinheiro importa, Daniel. Você não tem nenhuma despesa morando com mamãe e papai, mas eles não estarão aqui para sempre. Você...

— Tivemos essa conversa há menos de uma semana — retrucou Daniel. — Vamos pular essa parte hoje.

— Tá bom — concordou Marcus. — Tá bom.

— Você quer café? — perguntou Daniel.

— Claro, por que não? Estou aqui. Não tenho nada melhor para fazer.

As colheres da porta tilintaram.

— O gato voltou — anunciou a Sra. Trask. — E trouxe um amigo.

Mac entrou trotando e foi direto para Daniel. Ele colocou um dos gatinhos — a da barriga rechonchuda — aos pés de Daniel. Então voltou para a porta e miou. A Sra. Trask abriu para Mac, que saiu.

Daniel pegou a gatinha e ela começou a ronronar.

— Uma vez, quando eu estava me preparando para interpretar um veterinário, li algumas coisas sobre gatos. Eles não ronronam só quando estão felizes. Também pode ser uma coisa que fazem para se consolar quando estão chateados ou com dor.

— Talvez eu devesse começar a ronronar. — Serena se inclinou sobre o balcão. — Ela está bem?

Daniel levantou a gatinha e a observou.

— Não acho que esteja machucada, mas no lugar dela eu estaria um pouco assustado. — Ele colocou a filhote apoiada no peito. — Eles gostam de ouvir um batimento cardíaco... os faz lembrar da mãe gata.

— Essa gatinha não teve mãe por muito tempo. Encontrei essa ninhada no meu galpão. O Mac parecia tê-los adotado, levou comida para eles e tudo mais. Comecei a lhes dar ração quando percebi que estavam lá, mas o Mac passa muito tempo com eles — explicou Serena. — Não acredito que ele trouxe um dos filhotes para cá. Sei que não é longe, mas mesmo assim...

— Já esgotamos a maior parte do meu conhecimento sobre gatos — admitiu Daniel. — Eu gostaria que ela fosse a gata oficial da Yo, Joe!.

Umas mulheres que passaram aqui uma noite dessas virariam frequentadoras regulares por ela.

— Hmm. Interessante — falou Marcus.

— O cérebro do meu irmão está tentando encontrar uma forma de usar essas informações na próxima campanha publicitária dele — explicou Daniel.

— Podemos arrumar uma caminha para ela junto dos produtos de limpeza, já que ela não pode ficar aqui no salão — sugeriu a Sra. Trask. — O General Patton tinha um gato chamado Willie. Talvez você devesse dar esse nome a ela, Daniel.

— Isso significa que vou ficar com ela?

— Você tem dinheiro para alimentar outra boca? — perguntou Marcus, murmurando em seguida um pedido de desculpas.

— Tenho um saco grande de ração para filhotes que você pode usar — disse Serena.

— Estou ouvindo miados, mas não é ela — falou a Sra. Trask. — Acho que está vindo lá de fora.

Ela correu e abriu a porta. Mac entrou com outro gatinho na boca. Dessa vez ele foi direto até Marcus e colocou o gatinho no chão à sua frente. Imediatamente o filhote saiu correndo, ziguezagueando pelo café.

— Olha só ele correndo! — exclamou Marcus, caindo na gargalhada.

Serena não tinha certeza se já tinha ouvido sua risada antes.

— O seu é mais louco que o meu. — Daniel acariciou a filhote no seu colo.

— Meu? — disse Marcus.

— Bem, sabemos que *você* pode se dar ao luxo de alimentar mais uma boca — argumentou Daniel.

— Talvez fosse bom ter companhia.

Marcus riu novamente enquanto "seu" gatinho corria ao redor do sofá e por baixo de uma cadeira.

Serena sentiu seu celular vibrar. Ela estava quase com medo de ver a mensagem. E se fosse de Erik? Se ele tentasse justificar suas ações, ela não queria ouvir. Deu uma olhada cautelosa na tela. A mensagem era de Emily.

Emily
Sim, vamos sair e comemorar! Logo! Amanhã à noite!

Serena
Parabéns de novo. Estou muito feliz por você.

Emily
Eu não teria conseguido sem você. É sério. Você me viu no banheiro antes do último teste. Se você não tivesse entrado, eu ainda estaria lá.

Serena
Não é verdade.

Emily
É 100% verdade. Eu estaria usando um rolo de papel higiênico como travesseiro. Obrigada por me guiar. Amanhã então?

Serena
Com certeza.

Serena guardou o telefone.

— Era a Emily. Eu te contei sobre ela.

— Aham. Sua concorrente para o papel da mulher-gato — respondeu Daniel. Ele balançou a cabeça para Marcus. Ele havia se aproximado do gatinho, que agora tentava subir pela perna da sua calça. Serena percebeu que o terno era caro e que o gatinho devia estar furando o tecido, mas o rapaz ainda estava rindo.

— Sabe o que é estranho? — continuou Serena. — Estou me sentindo como sempre me sinto quando um dos meus alunos consegue um papel: simplesmente feliz e orgulhosa. Mesmo que ao mesmo tempo esteja decepcionada por não ter sido escolhida.

— Você a ajudou com o papel? — Daniel entregou para ela uma bebida com uma nuvem fofa de chantilly no topo.

— Dei alguns pequenos conselhos sobre o teste, só isso. Não foi grande coisa, mas ela ficou muito grata. — Serena lambeu um pouco do chantilly. A gatinha que Daniel segurava miou.

— Acho que preciso encontrar algo para essa garota comer — falou ele. — Não me surpreende que Emily tenha ficado grata. Você é uma professora de atuação incrível.

Ela sorriu.

— Você tem razão. Sou mesmo.

Mac ouviu Jamie chamando-o outra vez, enquanto voltava para o galpão. Queria que ela parasse. Quando a ouvia, sentia um puxão dentro de si, tentando levá-lo até sua humana. Mas ela não era mais sua humana. Como poderia ser?

— Mac, por favor, Macquizinho, volta para casa. Vem pra casa, meu amorzinho. Meu Mac-Mac.

Ele deu um passo em direção à voz dela. Não queria, mas deu.

O cheiro dela estava diferente, mas a voz continuava igual. A maneira como ela dizia o nome dele. Ela o amava. Mesmo que tivesse colocado Mac em uma gaiola, ela o amava.

Mac lembrou a si mesmo que Jamie era humana. Os humanos nem sempre entendiam as coisas, embora pensassem que sim. Talvez Jamie não tivesse imaginado como Mac se sentiria se fosse colocado numa jaula. Talvez tenha pensado que ele iria *gostar*.

Uma vez, Jamie colocou uma coleira nele, e agiu como se ele devesse estar feliz com aquilo. Mac teve de mostrar a ela como estava errada. Ele precisou ensiná-la.

— Mac, preciso que você volte para casa, meu neném. Vem, gatinho! Psst, psst, psst.

Jamie não estaria chamando por ele se não o amasse. Mac devia ter percebido de imediato que o cérebro humano dela havia cometido um erro. Ela ainda era sua Jamie. Ele tinha de lembrar sempre que, por mais que a amasse, ela simplesmente não era tão inteligente quanto ele. David também não.

Mac iria para casa. Seus humanos precisavam dele para ajudá-los a entender o que precisaram fazer. Catioro também precisava dele. Ele era muito mais idiota que os humanos, e isso significava que era incapaz de cuidar de si mesmo.

Assim que pudesse, Mac iria até Jamie. Mas primeiro precisava encontrar um lar para seu último filhote... Atrevida. E não podia voltar para casa até que fizesse isso.

CAPÍTULO 19

Mac olhou por cima do ombro para ter certeza de que Atrevida estava atrás dele. Ela estava. Sabia que a cauda ereta significava "siga--me". Ele tinha sido um bom professor. Mas, por mais inteligente que a filhote fosse, Mac não a deixaria atravessar a rua sozinha. Quando chegaram à esquina, ele a pegou pela nuca e a carregou, ignorando suas reclamações e tentativas de fuga.

No momento em que chegaram ao lugar onde Erik e Kait estavam, Atrevida estava sibilando como louca. Mac não se importou. Era ali que ela deveria ficar. Ele teve dificuldade para tomar aquela decisão, até perceber que Atrevida era tão atrevida que precisava de Erik e Kait para mantê-la na linha. E, quando crescesse um pouco, seria capaz de resolver qualquer problema em que os dois se metessem.

Alguém abriu a porta e Mac foi atrás, com Atrevida logo em seguida, embora não parecesse feliz com isso. Ele captou os cheiros de Erik e Kait, mas teria se lembrado de que caminho seguir mesmo sem isso. Será que Atrevida já tinha aprendido a seguir rastros de cheiros? Talvez ele não tivesse ensinado aos gatinhos tudo de que precisavam saber antes de deixá-los. Bem, mesmo sendo filhotes, eles ainda eram gatos. Saberiam se virar. E Mac daria uma olhada de vez em quando, só para ter certeza.

A porta que Mac precisava usar estava entreaberta. Ele deu uma cabeçada e entrou, depois procurou Atrevida. Ainda atrás dele.

— Quer dizer que você pegou o gato com a pata na botija!

Um dos humanos deu um tapa na mesa onde estava sentado e riu. Alguns outros humanos riram também, mas não tão alto. Será que aquele homem tinha visto Mac? Estavam rindo do Gato? Ele simplesmente disse "gato" e a maioria das pessoas riu.

Kait e Erik não riram. Mac percebeu que Kait não cheirava tanto a solidão como quando correu atrás dele até a casa de Charlie, na noite passada. Graças a ele, Mac. Mas Erik ainda estava com um cheiro horrível. Talvez ele tivesse de dar uma ajuda a Atrevida se Erik não conseguisse descobrir o que o fazia feliz.

— Sei por que o gato roubou todas essas coisas. Queria comprar um miate! — disse uma mulher. Dessa vez todos riram, até Kait e Erik.

Mac não achou graça. Não havia nada de engraçado nele ou em qualquer outro gato. E essa era a outra razão pela qual ele levara Atrevida até lá. Alguns dias em sua companhia e aqueles humanos nunca mais ririam de um gato.

Ele deu algumas lambidas em Atrevida e uma boa esfregada na bochecha. Qualquer um que a cheirasse saberia que estava sob a proteção de Mac. Então foi embora, virando-se para fechar a porta ao sair. Não queria que Atrevida o seguisse dessa vez.

Estava na hora de Mac ir para casa.

Ele começou a correr assim que chegou ao lado de fora. Queria sua humana. Nunca havia passado tanto tempo longe dela. Talvez Jamie ficasse tão feliz em vê-lo que lhe ofereceria sardinhas!

Mac foi direto para a porta da frente e miou. Alguns momentos depois, o babacão começou a latir, mas ninguém lhe disse para ficar quieto. Mac percebeu que Catioro estava sozinho em casa.

Mac virou-se e trotou até a árvore que ficava perto da janela do banheiro. O que tinha acontecido ali? Mais mudanças. Madeira, tela e a coisa que fez barulho. Ele *não* aprovava, mas ignoraria todas as novidades por enquanto. Só queria entrar.

Ele subiu nos galhos familiares e abriu caminho até entrar. A janela estava sempre entreaberta. Catioro subia as escadas fazendo estardalhaço. Começou a balançar seu rabo felpudo assim que Mac entrou no quarto. Normalmente Mac não seria capaz de resistir a um ataque àquele rabo. Era o maior e melhor novelo de lã de todos os tempos. Mas naquele dia ele não estava a fim. Tudo o que queria era Jamie.

Pulando na cama, Mac se aninhou no travesseiro dela. Tinha o cheiro da nova Jamie, um cheiro que não era bem correto. Mas era melhor do que nada. Ele fechou os olhos. Quando acordasse, Jamie provavelmente estaria em casa.

— Tem certeza? — perguntou Ruby. — Isso é tão repentino. Você descobriu que perdeu o papel faz só dois dias.

Ela e Serena estavam na varanda do farol, seu lugar favorito para tomar café da manhã.

— Sei que é difícil de acreditar, mas essa decisão na verdade não tem muito a ver com a perda do papel — respondeu Serena. — Sempre digo aos meus alunos para ouvir sua intuição, e é isso que estou fazendo. Gosto de atuar, embora aquele comercial tenha me lembrado do quanto pode ser tedioso, mas *amo* ensinar. Eu amei passar cenas com Daniel e dar dicas para Emily. Havia uma garota no escritório do meu agente a quem ensinei a pose da Mulher Maravilha. Percebi que a dica a ajudou, e isso me fez sentir muito bem.

Ruby assentiu devagar.

— Só me preocupa que você não tenha dado chance suficiente à atuação. Acabou de chegar aqui.

— Eu sei. Mas eu não comecei a atuar apenas quando cheguei. Faço isso desde a faculdade, e até antes disso, se contarmos minha estreia no ensino fundamental como loba — explicou Serena.

— Quando comecei a dar aulas, era só uma solução provisória, mas depois passei a gostar muito disso. Passei a fazer podcasts e foi incrível. Chegou a um ponto que, quando eu via anúncios para testes, pensava em quais dos meus alunos serviriam para o papel, em vez de pensar se eu mesma queria fazer o teste.

Ruby tomou um gole de café.

— Certo, última coisa. Acredito na intuição, mas algo fez você se candidatar ao prêmio. Não foi sua intuição também?

— Eu pensei que fosse. Mas acho que talvez tenha sido meu ego. Ele deve ter confundido minha intuição, sabe? — Ela percebeu que Ruby ainda precisava de mais explicações. — Ouvi dois alunos falando que talvez devessem estudar com alguém bem-sucedido. Ou seja, eles me viam como uma pessoa que estava dando aulas porque tinha fracassado em se tornar uma atriz de sucesso. E aí, de repente, entrei em pânico. Fiquei, tipo, "Tenho vinte e nove anos. É quase tarde demais. Se vou fazer isso, tenho que fazer agora!" Li sobre o Prêmio Farol dois dias antes do fim das inscrições. Pareceu que era o destino, sabe?

— Sei que disse que era a última coisa, mas acho que tenho mais uma última questão. O prêmio é uma oportunidade incrível. É um dos poucos do gênero. Por que não dar a si mesma este ano para ver o que acontece? Você já começou muito bem, conseguindo o agente e aquele comercial.

Serena esfregou o rosto com as mãos.

— Eu sei. Fiquei acordada a noite toda pensando, tentando me certificar de que não estava simplesmente com medo de continuar tentando. E não é isso. E, já que tenho certeza, por que passar um ano correndo atrás de algo que na verdade eu não quero? Principalmente porque tem tantas mulheres que aproveitariam muito melhor este ano. Espero que os Mulcahy selecionem outra inscrita.

— Vou ter que falar com eles. Isso nunca aconteceu antes — admitiu Ruby.

— Por favor, diga a eles o quanto sou extremamente grata. Eles estão fazendo uma coisa maravilhosa.

Serena sentiu uma pontada de culpa. Nem tinha pensado em como os Mulcahy se sentiriam até aquele momento. Mas sabia que desistir do prêmio era a coisa certa a fazer. Ela começaria a arrumar suas coisas para poder sair do farol assim que possível.

Ela esperava que outra pessoa se mudasse logo. Talvez devesse deixar um aviso sobre Erik para a próxima moradora.

Erik ofereceu à gatinha um pedacinho de pepperoni da pizza do grupo de estudo. Ela cheirou com desconfiança, depois comeu e deu um miado alto. Erik de imediato lhe deu outro pedaço.

— Essa gata já te treinou — comentou Kait. — E não faz nem um dia inteiro que é a gata oficial da delegacia.

— Você viu Sean e Tom discutindo sobre quem devia ficar com ela no colo? — perguntou Angie. — Nunca ouvi os dois concordarem em nada, mas ficaram apaixonados pela gatinha.

Erik olhou para a filhote. Ele tinha quase certeza de que tinha sido ela a ficar presa na árvore. Todos os gatinhos eram tigrados laranja, mas ele tinha certeza de que não era o menor que tinha subido na árvore. O que estava sempre correndo como um louco não teria sido capaz de ficar parado por tantas horas, e o comilão, que amava comida mais do que qualquer coisa, não teria sido capaz de ficar tanto tempo sem um lanchinho.

Aquela gatinha não era a corredora. Se fosse a que adorava comida, teria engolido o pepperoni sem nem cheirar primeiro. Sim, tinha de ser aquela que ele e Serena ficaram observando, sentados no escuro.

Serena... ele precisava pedir desculpas. Não queria tentar reatar, mesmo se ela aceitasse. Mas Serena não merecia ser tratada como lixo, e foi o que ele tinha feito.

— Erik!

Ele automaticamente foi passar outro pedaço de pizza para Jandro, então percebeu que o amigo ainda estava com o seu. Ele colocou a pizza de volta no lugar.

— Acho que me distraí por um minuto.

Kait bufou, mas não fez comentários.

— Eu perguntei o que você disse na última entrevista, quando perguntaram qual era o seu maior ponto fraco — repetiu Jandro. — Ouvi dizer que fazem muitas das mesmas perguntas de quando entramos na polícia.

Erik tentou se lembrar. No momento, tudo em que conseguia pensar era como fora covarde, terminando com uma mulher por mensagem só para não ter de vê-la chorar.

— Ah... foi mal, acho que estou meio cansado hoje. Não me lembro.

— O que eles querem é que você fale como está trabalhando para melhorar qualquer que seja o seu ponto fraco — explicou Kait. — Essa é a parte importante.

— As que eu mais odiei foram aquelas sobre o que você faria se descobrisse que um parente cometeu um crime. — Angie tomou um gole de Coca zero. — Não gosto nem de pensar em ter que prender alguém da minha família.

Jandro se levantou.

— Acabei de perceber que, se as perguntas são basicamente as mesmas que respondemos para entrar na polícia, e todos nós entramos, na verdade não precisamos estudar para a entrevista. De qualquer forma, era com a parte da prova que eu estava preocupado. Vou para casa ver minha esposa. — Ele prendeu a pizza que estava comendo entre os dentes e pegou outra fatia. — Para a viagem — murmurou.

Angie jogou a lata de refrigerante no lixo.

— Também estou indo. Tenho dois anos para me preparar. Mas obrigada por me deixarem participar. — Ela acenou para eles enquanto seguia Jandro porta afora.

— Quer que eu faça algumas perguntas que possam surgir? — perguntou Kait.

Só de pensar nisso, Erik se sentiu exausto.

— Hoje não, ok? Talvez amanhã, quando estivermos patrulhando.

— Você vai se sentir melhor se pedir desculpas a Serena — falou Kait. — Pessoalmente.

— Eu sei.

Ia ser difícil encarar Serena. Ela devia odiá-lo, e ele não a culpava.

CAPÍTULO 20

Erik olhou para o farol. Estava olhando para o prédio já fazia um minuto inteiro. Era difícil simplesmente atravessar o caminho de cascalho até a porta. Era ridículo. Ele era policial, já tinha passado por todos os tipos de confrontos. Sim, Serena devia estar com ódio dele, mas não era como se ela fosse ter uma arma escondida.

Ele não se mexeu. Isso era diferente de qualquer uma das situações de trabalho. Erik não precisava admitir para nenhum dos criminosos que tinha sido um grande idiota. Não devia ser tão difícil admitir o mesmo para Serena. Era cem por cento verdade. Ele se sentia horrível por isso. Pedir desculpas devia ser fácil.

Não que ele não conseguisse admitir que estava errado. Só não queria olhar no rosto dela e ver como os sentimentos por ele haviam mudado. Erik adorava o jeito como Serena sorria quando o via — como costumava sorrir. Tão aberta, mostrando que estava feliz. Não ia acontecer dessa vez.

Antes que Erik conseguisse dar um passo, a porta se abriu.

— O que você está fazendo aqui? — questionou ela imediatamente. — Se está procurando sua escova de dentes, eu joguei fora. Você não deixou mais nada aqui.

Vê-la tirou Erik da paralisia. Ele correu em direção a ela.

— Posso falar com você só um minutinho?

— Por que não me manda uma mensagem? — rebateu ela.

— Justo. Completamente justo — respondeu Erik ao se aproximar.

— Não preciso que você me diga o que é justo.

Erik ergueu as mãos.

— Você tem razão. Não que você precise que eu diga que você tem razão — acrescentou às pressas.

Serena ficou bloqueando a porta aberta, claramente sem querer convidá-lo para entrar. Não parecia uma mulher arrasada por perder um grande papel ou por ser largada por mensagem de texto. Ela estava linda, os olhos castanho-claros, o cabelo preso em um rabo de cavalo encaracolado, com aquela calça jeans que ele adorava e uma camiseta surrada da Actor's Express. Erik ouviu Nicki Minaj tocando em algum lugar no andar de cima. Ele percebeu que os dois nunca conversaram sobre música. Porque realmente não se conheciam havia muito tempo.

— Estou esperando você dizer alguma coisa — disse Serena, e Erik percebeu que estava ali parado, olhando para ela, o que era melhor do que ficar olhando para o farol, mas não muito.

— Sinto muito pela mensagem. Foi uma coisa idiota de se fazer.

— É verdade, foi mesmo.

Serena não iria facilitar as coisas para ele. Mas por que deveria?

— Não tenho nenhuma boa explicação — continuou Erik. — Não existe explicação. Tratei você como se mal nos conhecêssemos.

— Como se estivesse cancelando um encontro com uma das suas mulheres de aplicativo.

Erik assentiu.

— Você merecia coisa melhor. Você... — Por cima do ombro dela, ele avistou duas caixas de papelão. Olhou com mais atenção. Caixas de mudança. Havia uma pilha de roupas dobradas ao lado de uma delas.

Ele recuou um passo.

— Você me deixou ficar aqui pedindo desculpas quando está fazendo exatamente o que eu sabia que faria?

— Que é o quê? — retrucou Serena.

— Fugindo. Você fez um grande discurso para mim, dizendo ser profissional e que tinha expectativas realistas, mas perdeu um papel e pronto! Está dando o fora daqui. — O coração de Erik martelava contra as costelas, a fúria queimando por suas veias. — Quando exatamente você decidiu ir embora? Aposto que comprou uma passagem menos de uma hora depois que seu agente deu a notícia. Você nem sequer ia me contar? Cadê a *minha* mensagem?

— Não adianta falar com você sobre isso — disse Serena. — Você já tem tudo resolvido na sua cabeça.

E fechou a porta na cara dele.

Erik estava certo. Estivera certo o tempo todo. Nunca devia ter se envolvido com ela. Pelo menos não tinha se envolvido muito, e agora estava tudo acabado.

Mac se aconchegou mais perto daquele corpo quente e peludo. O quê? Espere. Ele abriu os olhos. Estava dormindo na almofada do Catioro, ao lado do Catioro! Tudo estava lhe voltando. Tinha acordado no travesseiro de Jamie. Ela não tinha voltado para casa. Nem David. Mac se sentiu tão sozinho que se enrolou perto do babacão e voltou a dormir.

Ele levantou de um pulo. Catioro continuou roncando. Pelo menos o cachorro nunca saberia o quanto Mac havia se rebaixado. Ele precisava de um banho. Agora. Começou a lamber uma das patas dianteiras. Tinha acabado de passar para a outra pata quando ouviu o clique que significava que a porta da casa estava se abrindo.

Jamie estava de volta! Ele ficou de pé. Catioro também. O idiota soltou uma longa série de latidos e galopou escada abaixo, com Mac logo atrás.

— Mac! Você voltou! — exclamou David. Ele se ajoelhou e acariciou a cabeça de Mac com uma das mãos enquanto fazia carinho em Catioro com a outra. O babacão estava babando em cima dele e até conseguiu lamber Mac uma vez. Nojento.

Mac respirou fundo. Jamie estava lá fora? Ela chegaria em seguida? Ele não sentia o cheiro dela. Onde ela estava?

— Jamie vai ficar tão feliz em te ver. Ela estava tão preocupada com você. Você não a ouviu te chamar? — perguntou David. — Eu também fiquei te chamando. Não parei de procurar por você.

Ele pegou Mac nos braços e se levantou. Catioro continuou pulando, como se quisesse que David o carregasse também. Será que ele não sabia que era gigantesco?

David abriu a porta da prisão. Mac não tentou fugir quando David o colocou na gaiola e fechou a porta. Ele poderia encontrar uma forma de sair mais tarde, mas agora nem queria. Tudo o que queria era esperar ali mesmo, até Jamie voltar para casa. Ele sentou-se na almofada. Uma soneca cairia bem, mas Mac não queria nem piscar até vê-la.

Nem mesmo quando David colocou água e um prato de sardinhas na prisão, Mac se mexeu. Ele comeria e beberia quando sua humana voltasse.

A campainha tocou. O coração de Serena deu um pulo. Era melhor que não fosse Erik de novo. Ela largou a fita adesiva que estava usando para fechar uma das caixas, e foi até a porta. Ela a abriu... e encontrou Ruby parada ali.

— Fiquei com medo de que fosse o Erik — admitiu ela. — Ele esteve aqui faz pouco tempo.

— Para se desculpar, espero — disse Ruby ao entrar.

— Ele começou a fazer isso, mas depois deu uma olhada em volta... — Serena apontou para as caixas. — E foi embora. Ele concluiu que eu estava fugindo de volta para casa, porque não aguentei perder o papel. Falei que eu não sou a Tulip, mas ele obviamente não acreditou em mim.

Ruby olhou para as caixas por um momento.

— Não quero ser uma melhor amiga desleal, nada comédia romântica, mas entendo por que o Erik pensou isso. Ele não tinha motivos para imaginar que você decidiu que preferia ensinar a atuar.

Serena sentiu um pouco de sua raiva desaparecer, o que a fez sentir frio, como se sua fúria estivesse realmente gerando calor.

— Ele devia ter perguntado. Mesmo que pensasse que sabia o que estava acontecendo, devia ter me dado o benefício da dúvida e conversado comigo. Se bem que eu não estava sendo muito aberta.

— Depois daquela mensagem, ele teve sorte de você não o ter tratado como um biscoito de gengibre e literalmente lhe arrancado a cabeça com uma mordida. — Ruby sorriu. — Viu, ainda estou do seu lado.

— Obrigada por ter vindo — falou Serena. — Você é uma grande amiga.

— Na verdade, eu não estava vindo ver como você estava, embora tenha certeza de que o teria feito, se não tivesse outro motivo para vir. — Seus olhos escuros brilhavam.

— Outro motivo?

— Vamos sentar. Estou aqui em negócios oficiais com documentação comercial oficial.

Ruby ergueu uma pasta e sentou-se à mesa da cozinha. Serena adorava aquela mesa verde-clara. E sua geladeira azul. E a colcha de retalhos na sua cama. Ela adorava o lugar inteiro. Ia sentir falta dali.

— Você quer um chá ou algo assim? — perguntou Serena.

— Talvez depois. Mas mal posso esperar para te contar o que vou te contar — respondeu Ruby. — Sente-se, sente-se.

Serena obedeceu.

— Nesta pasta, tenho um novo contrato entre você e a Fundação Farol.

Serena imaginou que teria de assinar algo para provar que estava desistindo do prêmio, mas não entendia por que Ruby estava tão animada com isso.

— Em quanto tempo eles querem que eu deixe o imóvel? Já comecei a fazer as malas. Posso sair em um dia, talvez dois. Quero que outra pessoa possa se acomodar o mais rápido possível.

— Desculpa. Isso não vai acontecer. Porque você vai ficar! — Serena abriu a boca, mas não conseguiu falar nada. — A intenção do prêmio é dar a uma mulher a oportunidade de seguir carreira nas artes — explicou Ruby. — Acontece que o Sr. e a Sra. Mulcahy consideram o ensino de atuação uma atividade diretamente relacionada. E eu também. Você pode ficar com o prêmio, desde que prove que está tentando conseguir trabalho ou que está trabalhando como professora de atuação.

— Isso é... Uau. Minha cabeça está...

Serena girou as mãos em círculos.

— Não é maravilhoso?

— É absolutamente maravilhoso.

Mas Serena ainda sentia frio. Estava apenas tendo dificuldade para absorver tudo. Era só isso.

— Quer saber, eu nunca te fiz a pergunta que sempre faço às pessoas quando as conheço. Se sua vida fosse um filme, qual seria o título?

— Profundo — brincou Serena. Então parou e pensou. — Acho que teria que ficar sem título por enquanto. Sinto que ainda estou mais para um projeto em desenvolvimento, não tenho certeza.

Ruby assentiu.

— Justo. Vou perguntar outra vez no fim do ano.

Serena se perguntou se já teria uma resposta até lá. Mesmo sabendo que ainda tinha o prêmio, o chão parecia um pouco instável sob seus pés.

CAPÍTULO 21

A gatinha — já haviam se passado dois dias desde sua chegada, mas ninguém conseguia concordar sobre que nome dar a ela — rastejou pela mesa, bem agachada, com os olhos fixos na garrafa de água de Kait.

— Ela está prestes a atacar! — avisou Tom.

Tarde demais. A garrafa foi derrubada. Com tudo. Então a gatinha se virou, mordeu o dedo de Erik e saiu correndo.

— Ela é tão fofa — falou Sean.

— Um cafajeste e um cavalheiro se apaixonam pela mesma gatinha — murmurou Angie, com um sorriso.

— Ela é atrevida. — Jandro sorriu para a gatinha também.

— Esse seria um bom nome para ela — sugeriu Angie. — Ela é cem por cento atrevida.

— Não cem por cento. Ela também é mandona e danada — falou Erik. A gatinha pulou no colo de Jandro e adormeceu. — E fofinha.

Erik invejou a maneira como ela conseguia fazer isso, simplesmente deitar e dormir. Nada de ficar se revirando na cama sem parar, como ele vinha fazendo nas últimas noites.

— Acho que Atrevida é um nome apropriado — comentou Kait. — Devíamos votar.

Pela primeira vez desde que o processo de batismo da gatinha começou, eles obtiveram unanimidade.

— Vou comprar tigelas com o nome dela — anunciou Tom.

— Me fala de que cor vão ser. Vou comprar um arranhador e quero que combine — ofereceu outro policial.

— Podemos ir juntos depois do turno — respondeu Tom.

Kait e Erik trocaram um olhar. Tirando o piquenique de verão do departamento, aqueles dois nunca saíam juntos fora do trabalho.

Erik sentiu o celular vibrar. Ele puxou o aparelho do bolso ao mesmo tempo que Kait fez o mesmo com o dela. Jandro estava tentando pegar o seu sem perturbar Atrevida.

— São os horários das nossas entrevistas — contou Kait a todos.

Erik tinha de contar a eles agora. Só ficaria mais difícil se esperasse.

— Então, eu decidi que quero me retirar do processo. Não quero virar detetive agora.

Essa era uma das coisas que o mantinha acordado. Serena era a outra. Ele nunca devia ter se envolvido com ela. Sabia o que estava por vir e foi atrás dela mesmo assim.

— Isso é loucura! — exclamou Kait. — Você foi tão bem na prova. Está preocupado com a entrevista? Eu disse que faria algumas perguntas para te ajudar a se preparar, mesmo que não seja necessário. Como todo mundo falou na outra noite, muitas das perguntas serão iguais às que já tivemos que responder, e você não teve nenhum problema com isso.

— Não é a entrevista. — Erik sabia que seus colegas não entenderiam, mas também sabia que precisava tentar explicar. — Não sou do tipo de ficar em escritório. Se passo mais de algumas horas nesta sala, ou em uma parecida, fico agoniado. Eu gosto das rondas. Gosto de conhecer a comunidade, de fazer parte dela, de ser alguém em quem as pessoas sabem que podem confiar.

— Como as pessoas do Conjunto Residencial Conto de Fadas confiam em você? Não conseguiu prender nem um gato — brincou Tom. Ninguém riu.

— Por que você não conversou comigo? — perguntou Kait, a voz tão baixa que só ele conseguiu ouvir.

— Não acredito que você não disse nada em nenhuma das noites que estudamos juntos — disse Jandro ao mesmo tempo. — Quando decidiu isso?

— Acho que estava na minha cabeça há um tempo. Então de repente percebi que não precisava fazer isso. Não preciso ser detetive só porque trabalhei cinco anos como policial. E naquele momento percebi que não queria.

— Você vai ser um daqueles caras que fica na patrulha para sempre? Um daqueles fracassados? — perguntou Angie. — Desculpa. Eu não queria dizer essa última parte em voz alta.

— Não acho que ficar na patrulha faça de Erik um perdedor. — Kait bateu o pé no dele. — Se você pode, por que não fazer o trabalho de que gosta?

— Dinheiro — sugeriu Jandro.

Erik esperava que Kait tivesse mais a dizer, mas, quando olhou para a parceira, ela estava concentrada em seu laptop.

— Cuspa que gatil! — soltou ela.

— O quê? — perguntou Erik, inclinando-se para ela. "Cuspa que gatil" era o tipo de eufemismo que ela só usava para coisas realmente importantes.

— Conseguiram tirar as impressões digitais dos Coelhinhos Tristes — contou ela. — São de Marcus Quevas.

— Marcus? — repetiu Erik. — Se fosse Daniel, eu entenderia. Ele precisa de dinheiro. Mas Marcus tem um ótimo emprego.

Kait fechou o laptop e apoiou as mãos cruzadas sobre ele.

— Acho que deveríamos fazer o seguinte. Ligamos para o Sr. e a Sra. Quevas para dizer que temos novidades sobre o caso e que gostaríamos de dividir com a família inteira.

— Você quer confrontá-lo na frente da família toda? — Erik ficou surpreso. Kait não era do tipo vingativo.

Ela balançou a cabeça.

— Só assim conseguiremos fazer a prisão e trazê-lo para a delegacia sem muito alarde. Seus vizinhos de prédio não estarão de olho.

— Faz sentido — falou Erik. — Vamos lá.

Algumas horas depois, ele e Kait estavam sentados à mesa da sala de jantar dos Quevas. Lynne estava torcendo nervosamente a ponta da toalha de mesa outra vez.

— Tem certeza de que não querem beber nada?

Erik ficou tentado a aceitar, só porque sabia que era o que ela queria. Mas precisavam acabar logo com aquilo.

— Recuperamos a estatueta que foi roubada das irmãs Kocora — começou ele.

— Elas não deveriam estar aqui, então? — perguntou o Sr. Quevas.

— Vamos repassar todas as informações a elas também — respondeu Kait.

Erik se perguntou como Kait estava se sentindo, sentada à mesa com Marcus. Parecia que ele só tinha ficado atrás dela, ligando, mandando mensagens e convidando-a para sair, para ficar de olho no caso. Pelo menos os dois não tinham ficado tão próximos. Não como ele e Serena.

Merda. Quantas semanas ele levaria para parar de pensar nela o tempo todo? Demorou uma eternidade com Tulip, mas não era a mesma coisa. Ele tinha terminado tudo tão rápido...

Erik forçou sua atenção de volta para os Quevas enquanto Kait prosseguia:

— Conseguimos obter impressões digitais da estatueta.

Erik viu Marcus tensionar a mandíbula um pouco, mas não parecia prestes a fugir. Ele não esperava que isso acontecesse, mas sempre era uma possibilidade.

Kait encarou Marcus.

— As impressões digitais eram suas, Marcus.

— Tenho certeza de que é só porque Marcus já deve ter mexido na estatueta na casa de Helen e Nessie — falou Lynne, com a voz trêmula.

— Marcus é muito bem-sucedido — afirmou Carson. — Não há razão para ele roubar nada.

Kait e Erik estavam preparados para ambas as hipóteses.

— Conversamos com Helen e Nessie, e Marcus nunca esteve na casa delas — disse Erik ao grupo.

— E nós entramos em contato com o trabalho de Marcus. Ele não está na Ballista há quase um ano — acrescentou Kait.

— Impossível... — disse Carson.

— Deve haver algum engano — falou Lynne no mesmo momento.

Daniel não disse nada, apenas encarou o irmão.

— É verdade — admitiu Marcus. — Eu consegui viver da poupança por um tempo, mas meu aluguel é caro. Vendi a maior parte dos móveis. Levei muitas das minhas roupas para uma loja de consignação. Então simplesmente não vi mais nenhuma opção.

— Ah, Marcus. Por que você não falou com a gente? — perguntou a mãe, baixinho.

— Só peguei o colar porque sabia que você odiava, mãe, e sabia que você e meu pai receberiam o dinheiro do seguro. Então Marie mencionou o anel, e ouvi as irmãs falando que gostariam que os Coelhinhos Tristes fossem roubados. Parecia um bom negócio para todos.

— A única parte ruim do plano é que ele é contra a lei. — Erik se levantou. — Marcus, você precisa vir até a delegacia conosco.

Kait começou a ler os direitos dele.

* * *

— Então Kait começou a ler os direitos do meu irmão — contou Daniel a Serena. — Marcus disse que estava concorrendo para algumas vagas. Disse que começaria a devolver o dinheiro assim que pudesse. Acho que ele vendeu as peças usando um negociante que não fez muitas perguntas. Ainda não tinha entregado a estatueta.

Serena franziu a testa.

— Ainda não entendo como Mac conseguiu pegar aquilo.

— Estou descobrindo que os gatos são criaturas estranhas e misteriosas. O meu gosta de pisar na minha cara às duas da manhã. Não dá para explicar. — Daniel riu, depois sua expressão ficou séria novamente.

— O que vai acontecer agora? Fiança ou ...?

— Acho que ele vai conseguir sair pagando fiança. Meu pai está tentando resolver tudo. Minha mãe subiu para o quarto logo depois que Marcus foi levado. Ela não queria conversar, então vim para cá.

— Fico feliz que você tenha vindo. Foi bom poder fazer um café para você, para variar. Espero que tenha gostado da seleção de leite e açúcar — falou Serena.

Daniel tomou outro gole.

— Perfeito. — Ele largou a xícara. — Depois que eles foram embora, comecei a me perguntar se talvez Marcus pudesse receber a sentença de prisão domiciliar, que nem o Charlie, que mora ali do lado. Ele ficou com a tia porque parte do acordo é morar com um familiar. Eu sei que nossos pais deixariam Marcus ficar com eles. Com a gente, quero dizer.

Daniel suspirou.

— Preciso mesmo encontrar um novo emprego. Não vou desistir de atuar, mas preciso ganhar mais. Consigo lidar com o fato de morar com meus pais. Mas meus pais e Marcus? Ah, não. Quero que ele consiga a prisão domiciliar. Só não tenho condições de ficar no quarto ao lado.

— Eu entendo. Também tenho um irmão. — Serena estendeu as mãos. — Posso segurá-la por um minuto? Sinto falta da hora dos filhotes.

— Claro. — Daniel entregou a gatinha rechonchuda. — Decidi chamá-la de Macchiato. As listras me lembram do caramelo em cima do chantilly de um macchiato de caramelo. Também é uma homenagem ao Mac, já que foi ele quem trouxe a pequena Mac para mim.

— Amei. — Serena abraçou a sonolenta mini Mac.

— Que tipo de pessoa fica falando sobre nomes de gatinhos quando seu irmão está na prisão? — perguntou Daniel de repente. — Pareço um sociopata.

— Claro que não. Não há nada que você possa fazer agora — assegurou Serena. — A ideia da prisão domiciliar é boa. É algo que você pode tentar fazer acontecer. Suponho que possa falar com Kait ou Erik? Não tenho certeza de quais são os canais certos, mas eles poderiam indicar o caminho, se não for com eles.

— Erik vai voltar aqui depois que ele... terminar com Marcus? Talvez eu pudesse perguntar mais tarde — falou Daniel.

— Para a ronda, você quer dizer?

MiniMac começou a amassar pãozinho na perna dela. Serena sentia as unhas afiadas mesmo através da calça jeans, mas não a impediu. A filhote era um doce.

— Não. Para ficar com você.

Serena fechou os olhos por um longo momento.

— Ah, eu nem consegui te contar. — Ela gemeu.

— Bem, vai ter que me contar agora. — Daniel estendeu a mão e acariciou a cabeça da gatinha.

— Nós terminamos. Ou seja lá o verbo usado quando duas pessoas nunca mais querem se ver, mas estão juntas há apenas algumas semanas. Eu fiz o imperdoável: chorei na frente dele quando não consegui o papel da mulher-gato. — Ela podia ouvir a amargura em sua voz. Ela odiava isso.

— Claro que chorou. Eu também teria chorado — disse Daniel.

— Também não te contei que não quero continuar procurando trabalhos de atriz.

— Isso é loucura! Por perder um papel? Eu perco papéis o tempo todo. Você já tem um agente. As pessoas matariam pelo seu agente. Você já...

— Para! — interrompeu Serena. — Por favor — acrescentou — Tudo o que você está dizendo é verdade. Eu sei que é. Sei que tive muita sorte.

— Bem, você também tem um pouco de talento.

Ela riu.

— Obrigada. Mas a questão é a seguinte... percebi que, embora goste de atuar, gosto muito mais de ensinar atuação. Não percebi o quanto. Não quero abrir mão disso.

Daniel ergueu as sobrancelhas.

— Bem, eu sou sempre a favor de que as pessoas sigam seus sonhos. Como essa decisão afeta tudo isso? — Ele indicou a aconchegante sala do farol.

— Achei que teria que ir embora, mas o casal que financia o Prêmio Farol decidiu que ensinar atuação é algo que estão dispostos a apoiar. Então, vou continuar aqui até o fim do ano. Tudo o que preciso fazer é mostrar que estou procurando trabalho como professora de atuação.

— Tenho muitos amigos que gostariam de ter você como preparadora — revelou Daniel. — Alguns deles até têm dinheiro. Alguns também são extremamente atraentes. E alguns até são heterossexuais. Vamos curar esse seu coração partido.

— Meu coração não está partido — insistiu Serena, embora definitivamente tivesse levado um golpe. — Mas não estou pronta para nenhum encontro. — Ela apontou para ele. — Prometa que não vai tentar.

— Não até que você me dê sinal verde — concordou Daniel.

Serena não achava que isso iria acontecer tão cedo. Ela precisaria de um período de recuperação depois de Erik. Um longo período de recuperação.

Mac sentiu o cheiro dela antes que a porta se abrisse. Jamie! Ainda estava um pouco estranho, mas definitivamente era a sua Jamie. Ele estava esperando havia muito tempo. David tinha voltado para casa algumas vezes para dar comida a ele e a Catioro, mas Jamie nunca tinha aparecido. Agora ela estava de volta.

David entrou primeiro... sozinho. Subiu as escadas correndo sem falar com Mac.

— Tudo bem, ele está preso! — disse ele em voz alta. Mac o ouviu descer, embora fosse difícil por causa dos uivos do cabeça-oca.

Finalmente Jamie entrou na cozinha, seguida por David. Mac não conseguiu se segurar e soltou miado após miado de saudação. Ele nem sempre demonstrava o quanto ficava animado por vê-la. Era melhor manter os humanos ligados, mas naquele dia era impossível esconder.

Ela entregou algo a David e caminhou lentamente até a porta da prisão, apertando a barriga com uma das mãos.

— Ainda estou um pouco dolorida — disse enquanto se abaixava e o soltava.

Mac começou a enrolar-se em torno de seus tornozelos, certificando-se de que ela estava bem marcada com o cheiro dele.

— Estou tão feliz que você tenha voltado para casa. Fiquei tão preocupada com você, seu gatinho danado — continuou Jamie. Como sempre, quando ela dizia "gatinho danado", não parecia achá-lo tão danado assim.

Ela se abaixou lentamente até o chão e deu um abraço em Mac. Ele ronronou seu ronronar mais alto.

— Mac, olha. Olha quem está aqui. É sua irmãzinha.

— Nossa filha não é irmã do gato — disse David. O cheiro dele estava mais feliz do que nunca. Mesmo que Jamie não cheirasse muito normal, seu cheiro também estava mais feliz do que nunca. — Talvez ele pudesse ser tio dela. Tio MacGyver.

— Tio Mac — Jamie disse no ouvido de Mac enquanto David se ajoelhava ao lado deles e mostrava a Mac o que estava segurando. Mac já tinha visto um desses antes. Era um gatinho humano.

Um gatinho humano ia morar na casa de Mac! Ele se afastou de Jamie e subiu correndo as escadas, saindo pela janela do banheiro antes que alguém pudesse pegá-lo.

— Mac! — Ele ouviu Jamie gritar. Ela estava parada na porta enquanto ele descia da árvore correndo. Assim que suas patas tocaram o chão, ele correu. E correu. E correu.

CAPÍTULO 22

Serena fez uma pausa enquanto começava a atravessar o pátio. Erik e Kait estavam de pé em cima da fonte, provavelmente dando outra palestra sobre segurança, como fizeram na primeira vez que ela os viu ali. Ou talvez dando uma atualização sobre os roubos, embora já tivesse se passado uma semana desde a prisão de Marcus. Ela não tinha certeza. Eles estavam de costas e ela não conseguia ouvi-los muito bem.

Ela pensou em recuar e dar a volta até a entrada do outro lado do Conto de Fadas. Mas estava com duas sacolas de supermercado em uma das mãos e três na outra, e elas já estavam machucando seus dedos. Além disso, Erik ainda era o policial da área. Serena não poderia evitá-lo para sempre, embora tivesse conseguido fazer isso durante a última semana. Ela não se sentia preparada nem para trocar algumas palavras. Ela não se sentia preparada nem para olhar para a cara dele.

Apenas vá, disse a si mesma. Não *é* como se ele fosse pular da fonte e segui-la. Por que ele faria isso? Provavelmente também queria evitá-la.

Ela respirou fundo e começou a andar.

* * *

— Tenho um anúncio que é ao mesmo tempo feliz e triste — falou Erik ao grupo reunido em frente à fonte, um grupo menor do que na primeira vez que ele e Kait fizeram sua apresentação sobre segurança. — Minha parceira, Kait, foi promovida a detetive. O que significa que ela não será mais uma das policiais do Conto de Fadas. Mas vocês ainda podem contar comigo. — Ele sorriu para todos. — E em breve terei um novo parceiro.

Ele não conseguia imaginar um parceiro melhor do que Kait. Seria uma grande mudança trabalhar com alguém novo. Mas o alívio que sentiu depois de anunciar que não faria a entrevista para a vaga de detetive indicou que havia tomado a decisão certa. Além disso, não importava o que acontecesse, Kait sempre faria parte de sua vida.

— O que aconteceu? Você foi reprovado? — perguntou um cara de meia-idade usando sunga e uma toalha pendurada nos ombros. Levou um momento para Erik reconhecê-lo com tão pouca roupa. Sr. Todd, da travessa Chapeuzinho Vermelho. Sua pergunta era desagradável, mas desagradável era seu senso de humor habitual. A cada ronda, Erik se familiarizava mais com as peculiaridades das pessoas de sua comunidade.

— Não, Sr. Todd, só errei duas perguntas — respondeu Erik. — Mas decidi que sentiria sua falta. — Ele estendeu os braços para indicar todo o grupo. — Sentiria demais a falta de todos vocês se me tornasse detetive.

Isso rendeu muitas risadas, mas também muitos sorrisos de agradecimento e alguns aplausos.

— Também vou sentir a falta de todos — acrescentou Kait. — Mas saibam que seguirei preocupada com a segurança do bairro, ok? E é sobre segurança que Erik e eu queremos conversar com vocês. Só porque os roubos no Conjunto Residencial Conto de Fadas foram solucionados, não significa que seja seguro deixar portas ou janelas destrancadas.

Fazia menos de um mês desde que eles subiram na beira da fonte e se apresentaram como os novos policiais de ronda. Menos de um mês desde que Erik vira Serena pela primeira vez. Sua mente continuava voltando para ela. Não fazia tanto tempo, no entanto. Apenas uma semana desde que a vira pela última vez. As lembranças começariam a desaparecer, especialmente porque ela já tinha voltado para Atlanta e ele não a veria...

Sua cabeça se virou em direção ao brilho vermelho-dourado que capturou sua visão periférica. Serena. Era Serena. O que é que ela ainda estava fazendo ali?

— Preciso de um voluntário! — Ele não pretendia dizer isso. Foi como se a sua voz fosse comandada por outra pessoa. Serena congelou por um segundo, depois começou a andar mais rápido. — Você! Serena Perry. Você fez um ótimo trabalho da última vez. Volta aqui, vamos repetir.

Kait estava lançando um olhar interrogativo para o parceiro. Erik não a culpava. Sentia-se como se estivesse perdendo a cabeça. O que estava fazendo? Ele ficou surpreso ao vê-la, só isso, disse a si mesmo. Não queria deixá-la ir embora sem descobrir o que ainda estava fazendo ali.

Serena subiu na borda da fonte sem pegar a mão de Erik.

— Apenas faça o que você faria se eu aparecesse na sua porta — instruiu ele. Então fingiu bater.

Ela imitou o gesto de abrir uma fresta da porta e fez uma careta para ele.

— Você não viu minha placa de não perturbe?

Maravilha. Ela estava entrando na onda e indo muito bem. Uma placa de não perturbe era uma ótima ideia.

— Sim, mas queria falar com a senhora sobre uma grande oportunidade. Tenho certeza de que não vai querer perder — começou ele.

— Não vou comprar nada de você. Eu não te conheço.

Serena fingiu fechar a porta. Erik bateu no ar outra vez, mas Serena já havia pulado da beirada da fonte e estava se afastando.

— Vou ajudar nossa voluntária a levar as compras para casa, como forma de agradecimento. — Erik olhou para Kait. — Você pode ficar e tirar as dúvidas?

— Claro. Alguém tem dúvidas? Ou gostaria de contar uma história sobre alguém que bateu à sua porta e deixou você desconfortável? — perguntou Kait enquanto Erik ia atrás de Serena.

— Por que você ainda está aqui? — perguntou ele a Serena quando a alcançou. — Espera. Não. Isso foi horrível. O que eu quis dizer é que estou surpreso por ver você aqui.

— Eu moro aqui — disse Serena, sem dar maiores explicações.

— Mas você falou que estava indo embora.

— Na verdade, não falei nada disso. Você viu as caixas e concluiu que eu iria sair correndo aos prantos para Atlanta porque não consegui um papel para o qual fiz teste — retrucou ela, olhando para a frente.

— Ah... — Ele pensou no assunto, tentando se lembrar dos detalhes. Ele tinha visto aquelas caixas e... E pirou. Porque ela estava fazendo exatamente o que ele temia que fizesse desde o momento em que descobriu que ela era atriz. Fazendo exatamente o que Tulip tinha feito. — Acho que... acho que você está certa. Eu só supus que fosse isso.

— Ainda bem que você não vai aceitar o emprego de detetive — disse Serena. — Detetives devem evitar suposições, não é?

— Acho que lhe devo um pedido de desculpas. Na verdade, um pedido de desculpas e meio. Não terminei o que comecei naquele dia.

Ela apertou o passo, ainda sem sequer o encarar.

— Podemos parar um minuto? Eu gostaria mesmo de me desculpar e gostaria de estar olhando para você quando o fizer.

Serena parou bruscamente e virou-se para ele.

— Tá bom. Pode falar.

Ela estava agindo como se não tivesse feito nada de errado. Ela... Ela chorou na frente de um cara em quem confiava quando não conseguiu algo que queria muito. Foi só isso que ela fez. Estava chateada e deixou que ele visse.

— A forma que te tratei não tem justificativa, mas espero que talvez você possa me perdoar de alguma forma. Quando você ficou chateada depois daquela ligação do seu agente, eu fiquei com medo. Essa é a verdade. Parecia que o pior período da minha vida estava prestes a se repetir, e eu não aguentei.

— Não era nada disso. Eu estava lidando com as minhas emoções. Só isso, Erik. Sou humana — argumentou Serena.

— Eu entendo isso. Agora. Quando aconteceu, tudo o que eu sabia era que não aguentaria. Eu... pensei que a Tulip e eu estávamos apaixonados. Sei que eu estava. Eu estava loucamente apaixonado por ela. Teria feito qualquer coisa por ela. Ela queria se mudar de Los Angeles. Tudo bem, eu teria ido junto. Mas de alguma forma acho que me transformei em algo que a lembrava do seu fracasso. Ela nunca tentou explicar por que não quis que eu a acompanhasse. Apenas disse não. E foi embora. Foi tudo muito rápido.

Serena estendeu a mão e passou-a de leve pelo braço dele.

— Sinto muito que isso tenha acontecido. Mas você percebe que foi isso que fez comigo? Não de uma forma tão dolorosa. Não tínhamos o relacionamento que você e a Tulip tiveram. Não estávamos apaixonados. Nem nos conhecíamos muito bem. Mas eu estava me sentindo muito próxima de você.

— Eu também — admitiu Erik.

— E foi como se você tivesse se transformado em outra pessoa — completou Serena.

— Eu sei. Me desculpa.

Ela assentiu.

— Tudo bem. Tudo bem — repetiu ela. — Vamos continuar. Essas sacolas vão amputar meus dedos.

Ele pegou todas as sacolas.

— Por que você estava encaixotando as coisas na sua casa naquele dia? Se posso perguntar — acrescentou ele rapidamente.

— Porque eu decidi que não queria continuar atuando. Não porque não consegui o papel. Mas porque percebi que amo ensinar. Não achei que conseguiria ficar no farol, já que ganhei o prêmio para passar um ano perseguindo a carreira de atriz. Só que os Mulcahy decidiram que lecionar era uma atividade artística e que eu poderia ficar com o prêmio enquanto tentasse conseguir trabalho como professora de atuação.

Eles atravessaram a passarela para a casa de Serena.

— Tenho certeza de que isso parece loucura. Eu sei que fiz muito progresso e bem rápido. Sei que existem atores que matariam pelo que já consegui. O comercial. O agente.

— Entendo. As pessoas que sabem que passei no exame de detetive acham que sou maluco por querer continuar onde estou. Mas sei que odiaria passar tanto tempo dentro de um escritório. E estou realmente atrasado com os relatórios da ronda. Estar presente no bairro, fazer com que as pessoas confiem em mim, que acreditem que quero ajudar... para mim não há trabalho melhor. Há dinheiro melhor, mais prestígio, mas não há trabalho melhor.

Eles chegaram à porta.

— Não vou convidar você para entrar — falou ela. — Mas quer ir ao Branca de Neve? Tomar uma cerveja? Falar sobre nosso amor por empregos que nunca trarão fama e fortuna?

Erik sentiu uma leveza tomar conta de seu corpo, como se alguém tivesse soltado blocos de cimento presos a seus pés.

— Sim. Eu adoraria.

— Vou só guardar as compras — falou Serena. — Volto já.

— Estarei aqui.

Mac estava correndo. Correndo sem parar. Suas patas estavam queimando. Era difícil respirar. Ele tropeçou, mas se forçou a continuar.

Ele alcançou sua árvore e subiu direto, apesar de estar muito cansado. Empurrou a janela com a cabeça e pulou no chão do banheiro. Podia sentir o cheiro do gatinho humano. Seu cheiro misturado ao de Jamie.

Ele foi até lá. Precisou de duas tentativas para subir na cama. Quando conseguiu, depositou seu presente ao lado daquela pessoinha.

— Mac — disse Jamie. — Você trouxe isso para o bebê?

Ela passou os dedos pelo queixo dele, e ele ergueu a cabeça para que ela continuasse coçando. Ela continuou. Ele a treinara bem.

— David, venha ver o que nosso gato fez.

David entrou correndo na sala, com Catioro logo atrás, o rabo grosso e todo o traseiro balançando.

— Olha o que esse gatinho maravilhoso fez. Mac trouxe isto para o bebê. — Jamie deu um tapinha no presente que Mac havia trazido para casa. Ele não o deixara cair nenhuma vez, embora fosse quase tão grande quanto ele.

— Um elefante de pelúcia? — David pegou o presente e Catioro começou a choramingar. Não era para ele! Se o babacão tentasse pegar aquilo para si, Mac teria de lhe dar um tapa. Talvez sem as garras... na primeira vez.

— Eu não devia elogiar. Obviamente ele foi um gatinho muito, muito danado. Obviamente isso é roubado — disse Jamie. Ela falou aquele "gatinho danado" daquele jeito meio "bom gatinho", como sempre. Tirando a vez que ele comeu manteiga. Mas será que ela não percebia o quanto ele gostava de manteiga? Se ela apenas colocasse um pouco de manteiga na tigela dele, Mac não precisaria comer a da bancada. Suspiro. Jamie nitidamente precisava de mais treinamento.

E a nova humaninha. Precisaria de muitas horas de treinamento. Ela não sabia nada sobre gatos. Mac não conseguiria tirar mais do que duas ou três sonecas por dia durante anos! Mas a nova bebê era responsabilidade dele, e Mac levava suas responsabilidades muito a sério. Alguém tinha de fazer isso.

EPÍLOGO

Dez meses depois

— Entrem! — gritou Daniel enquanto Erik e Serena caminhavam pelo caminho sinuoso até o lar estilo casa na árvore dos Quevas.

— Estamos muito animados para ver o show! — Serena lhe deu um abraço.

— Para com isso, você basicamente já viu a minha parte. Foi você quem me ajudou a refinar meu estilo de apresentação. — Daniel olhou para Erik. — Ela é uma professora verdadeiramente talentosa.

— E agora é uma professora verdadeiramente talentosa e com espaço próprio — contou Erik.

— Acabei de assinar o contrato esta tarde! Estou tão animada! Eu faria uma dancinha feliz, mas acho que não tem espaço no momento.

Ela olhou ao redor da sala, avistando Al e Marie, Kait, Helen e Nessie, Marcus, o Sr. e a Sra. Quevas, Charlie e a tia, Ruby, Riley e a mãe de Riley, a Sra. Trask, Jamie e David e a bebê, Emily...

— Emily! — chamou Serena, acenando. — Preciso dar um oi — avisou a Erik, deixando-o com Daniel. Eles tinham descoberto um amor em comum por vendas de garagem, e agora Daniel passava quase tanto tempo com Erik quanto com ela.

Ela dera apenas alguns passos quando quase esbarrou em Ruby. O lugar estava lotado.

— Seu ano no farol está quase acabando. Vou sentir sua falta — comentou Ruby.

— Ah, não se preocupe. Você não vai se livrar de mim tão fácil. Estou pronta para ser sua melhor amiga de comédia romântica — respondeu Serena.

— Não tenho ninguém com quem ter a minha comédia romântica — lembrou Ruby.

— As coisas mudam. Estou indo cumprimentar Emily. Quero que você a conheça.

— Mais tarde. Quero ir ao banheiro antes do início do show. Mas eu disse que faria uma pergunta quando seu tempo no farol estivesse quase acabando. — Ela sorriu. — Se a sua vida fosse um filme, qual seria o título?

— Hmmmm. — Serena inclinou a cabeça, pensando. — Que tal *Romance de Conto de Fadas*? Já que minha vida se tornou uma comédia romântica quando vim morar no Conjunto Residencial Conto de Fadas, com todos os malucos altos e baixos. E transas incríveis.

— Adorei! — exclamou Ruby. — Agora preciso encontrar o banheiro.

Serena procurou Emily e a viu abrindo caminho no meio da multidão. Ela deu um abraço em Serena quando as duas se encontraram.

— Eu vi o outdoor do *Be-Were* na Sunset. Você está linda, grandona daquele jeito! — Serena disse à amiga.

— Isso tudo parece completamente surreal — admitiu Emily. — Você precisa ir comigo à estreia. Erik também pode ir, mas você tem que sentar ao meu lado. E tem que ficar até os créditos finais.

— Claro. Eu sempre faço isso. Tem uma daquelas cenas extras? — perguntou Serena.

Emily sorriu enquanto balançava a cabeça.

— Minha professora de atuação está listada nos créditos.

Serena gritou, não conseguiu evitar. Só tinha mais dois meses no farol, mas, mesmo que partisse no dia seguinte, estaria tudo bem. Aquele ano transformara sua vida. Ela teria a própria escola de atuação, ocupando um andar inteiro de um prédio, em vez da sala de aula da faculdade comunitária que usava em Atlanta.

— Obrigada, Emily. E obrigada por tudo que você fez pelo café e pelo show.

— Ei, eu tenho muito em comum com os gatos. Literalmente. Não poderia dar as costas para minha própria espécie. Daniel me disse que, apesar de a Yo, Kitty! estar rolando há apenas uma semana, oito gatos já foram adotados.

— E, depois desta noite, aposto que vai ter uma fila de gente esperando para entrar — respondeu Serena.

— Silêncio, todo mundo! — gritou Marcus de um lugar próximo à TV de tela grande. Ele estava vestindo um terno bonito, mas Serena notou que havia pequenas ranhuras nas pernas da calça. Também notou uma leve protuberância em torno de um tornozelo. Ela sabia que era a tornozeleira eletrônica, mas não achava que as pessoas que desconheciam que ele estava em prisão domiciliar perceberiam. — Já vai começar. Qualquer pessoa com menos de cinquenta anos, sente-se no chão.

Emily e Serena obedientemente se sentaram, e Erik se juntou a elas. Daniel atravessou a multidão e se posicionou ao lado do irmão.

— Temos cerca de dois minutos! — gritou Daniel. — Vou praticar para o Emmy, que certamente ganharei, fazendo alguns agradecimentos. Em primeiro lugar, tenho que agradecer a esse cara... — ele colocou o braço em volta do irmão — ... pela brilhante ideia de transformar a Yo, Joe! em um *cat café*.

— “Aceite os desafios para que possa sentir a alegria da vitória!” — gritou a Sra. Trask, erguendo o punho no ar. Seu cabelo agora estava todo turquesa e incrível.

— Foi você quem disse que, com gatinhos, o café teria dezenas de clientes — lembrou Marcus ao irmão.

— Ok, então obrigado aos filhotinhos, agora gatinhos adolescentes, pela inspiração. E obrigado por serem frequentadores assíduos do *reality show* do Yo, Kitty! Olha só a MiniMac ali, comendo o canapé de alguém.

— Não! — exclamou Marie. — Solta já isso.

MiniMac obedeceu e depois se afastou, provavelmente para procurar outra coisa para comer, fora do campo de visão de Marie.

— Ali está o meu carinha, Deoxys, batizado em homenagem ao Pokémon mais rápido, escalando as cortinas — acrescentou Marcus.

Marie bateu palmas.

— Você, desça daí.

Deoxys pulou no chão e perseguiu MiniMac, tentando agarrar o rabo da irmã.

— Cadê Chewie Dois? — perguntou Daniel.

— Aqui. — Charlie acenou de seu lugar ao lado de Kait. Seu gato, seu gato imenso, estava deitado em seus ombros. — Dá para acreditar que ele era o menor da ninhada?

— Você acha que agora que Charlie está livre, Kait vai tirá-lo da *friendzone*? — sussurrou Serena para Erik.

— É possível. Você me tirou... depois de um tempo. — Erik apertou a mão dela. — E ela nunca vai encontrar ninguém com quem possa discutir sobre o Homem-Aranha do mesmo jeito.

— E, por último, mas não menos importante, Atrevida, a gata oficial da delegacia de polícia de North Hollywood. — Kait tentou pegá-la, mas Atrevida deu-lhe um tapinha com a pata para impedi-la. — Se Yo, Kitty! for tão bem quanto esperamos, teremos que fazer um *spin-off*. Atrevida, a gata da SWAT.

— Na verdade, ela não trabalha com a SWAT — protestou Kait.

Daniel acenou para ela com um sorriso.

— Detalhes, detalhes. Não comecem a me expulsar, ainda tenho mais alguns agradecimentos. Emily Lee, que em breve será uma grande estrela do cinema, por convencer seu estúdio de que patrocinar o programa seria uma ótima maneira de promover *Gatuna*. E a Erik Ross, nosso policial favorito, por oferecer ideias sobre como reformar a cafeteria e torná-la *cat friendly*.

— Daniel, dá para calar a boca? Vai começar em um minuto.

— Cala a boca você, Marcus — respondeu Daniel, mas sorriu para o irmão.

Jamie se levantou, com sua filhinha, Amora, equilibrada no quadril. O nome da menina na verdade era Genevieve, que Serena achava lindo. Mas sempre a chamavam de Amora, para combinar com Mirtilo, brincadeira com o apelido da mãe, "Mi", e geleia predileta do pai. Como se isso fizesse sentido.

— Alguém viu o Mac? — perguntou Jamie. — Ele veio com a gente.

— Isso não significa nada. Ele pode estar em qualquer lugar — respondeu Erik. — Vou dar uma olhada na vizinhança. Conheço vários esconderijos dele. Vou ligar para o Jardins também. Ele tem vários amigos lá. Briony e Nate não se importarão de dar uma olhada.

Antes que Erik pudesse se levantar, Mac entrou na sala com um macaco de pelúcia pelo menos tão comprido quanto ele na boca. Seus bigodes se eriçaram de orgulho.

— Kait, Erik, vocês não estão de plantão, lembram? — falou Jamie. — Isso significa que ninguém precisa prender meu gatinho danado.

— Na verdade, mesmo quando estamos de folga... — começou Kait, mas parou quando um homem de cinquenta e poucos anos entrou na sala.

— Sinto muito — falou ele. — Eu bati na porta, mas acho que ninguém ouviu. — Ele tinha um leve sotaque do Leste Europeu que Serena não conseguiu identificar. — A porta estava aberta, então entrei.

— Como podemos ajudar? — perguntou Daniel.

— Pensei ter visto um gato laranja entrar correndo aqui. Ele estava carregando...

— Um macaco? — perguntou David, pegando-o de Mac, que bufou em protesto.

— Sim. Eu faço bichos de pelúcia. Tenho uma mesa no mercado de pulgas em Fairfax. Esse gato conseguiu roubar quase dois por mês.

— É por isso que o quarto da nossa filha está cheio de animais. Mac não para de trazê-los para casa — disse Jamie ao estranho, e olhou para Mac. — Fairfax fica muito longe de casa. Gatinho danado — repreendeu.

Jamie precisa mesmo de umas aulas de atuação, pensou Serena, tentando não rir.

— Ficaremos felizes em pagar por eles — ofereceu David. — Não sabíamos onde ele estava conseguindo esses bichos de pelúcia.

— Está começando agora, de verdade! — anunciou Marcus.

Erik se levantou.

— Eu sou policial. Esta é a minha área. Vamos para a cozinha e vou fazer um relatório.

— Eu acompanho vocês. — David e o homem seguiram Erik para fora da sala.

Um coro de miados começou e, na tela, David abriu a porta do Yo, Kitty!.

— Você fica satisfeito com isso, Sebastian? — perguntou Erik.

— Satisfeito e, na verdade, um tanto lisonjeado — respondeu Sebastian. — Acho que vou fazer um gatinho baseado no Mac.

— Vou comprar esse também — falou David. — Minha esposa vai adorar.

— Será um presente meu — disse Sebastian. — Já que você está comprando dezesseis das minhas criações.

— Já terminaram, ou estou interrompendo? — perguntou Ruby, enfiando a cabeça pelo vão da porta da cozinha.

— Tenho certeza de que nenhum de nós consideraria sua presença nada além de um prazer — declarou Sebastian. Ele parecia saído de uma viagem no tempo, o que a avó de Erik chamaria de um verdadeiro cavalheiro.

Ruby pareceu gostar.

— Obrigada. Na verdade, é justamente sobre suas criações que eu queria falar. Adoro todos os bichos de pelúcia que Mac traz para minha afilhada. Eles são fofos, mas ainda têm um toque artístico diferenciado.

Sebastian fez uma pequena reverência.

— Estou trabalhando como figurinista de um filme e queria saber se você gostaria de criar algo especificamente para a produção. Poderíamos conversar sobre o personagem ao qual ele pertenceria, e talvez você pudesse fazer alguns esboços.

— Eu amo filmes. Seria uma honra — respondeu Sebastian. — Deixe-me lhe dar meu cartão.

Ele tirou um cartão de visita do bolso do colete e deu um passo em direção a Ruby. Mac entrou e deu uma volta entre Ruby e Sebastian, esfregando a cabeça nas pernas dos dois enquanto andava.

Erik e David trocaram olhares. Os dois tinham ficado um pouco bêbados na festa de Natal de Ruby e tiveram uma longa e confusa conversa que incluiu suposições sobre como exatamente Mac conseguia unir tantos casais. Nate apareceu em algum momento e se juntou a eles. A teoria favorita deles era que Mac era o Cupido e que tinha irritado tanto alguém lá no céu que acabou transformado em um gato.

— Ele está fazendo de novo — disse David baixinho, e Erik assentiu, então pediu licença e voltou para a sala, mas não viu Serena.

— Ela foi para o quintal para respirar um pouco de ar fresco — disse Emily a ele.

Erik encontrou Serena olhando para o farol do outro lado da rua. A cúpula estava iluminada, e dava a impressão de que a construção vigiava a vizinhança.

— Vou sentir falta desse lugar — falou Serena.

Erik passou os braços ao redor dela, e ela se recostou nele.

— Estava mesmo querendo falar com você sobre isso. — Ele sentiu um frio no estômago, não de ansiedade, mas de animação, quando a virou para encará-lo. — O que você acha de vir morar comigo?

— Hmmm. Não sei... Você pode construir algum tipo de prateleira descolada para minhas coisas estranhas?

— Do tamanho que você quiser — prometeu Erik.

— Você vai me obrigar a cozinhar para você?

Ele riu.

— Como se eu pudesse te obrigar a fazer alguma coisa. Mas não. Na verdade, uma condição para sua mudança é que você nunca cozinhe nada que não possa ser colocado no micro-ondas.

Serena se inclinou para mais perto até que seus lábios quase tocassem os dele.

— Você vai me amar para sempre?

— Para todo o infinito.

Ela o beijou.

— Isso foi um sim, mas ainda tenho mais uma pergunta.

Erik a apertou em um abraço. Não conseguia imaginar nada que Serena desejasse que ele não quisesse lhe dar.

— Podemos adotar um gato?

— Nossa casa não estaria completa sem um gato.

* * *

Ruby e o humano ficavam com um cheiro bom juntos. Ambos tinham um cheiro de contentamento quando estavam sozinhos, mas seus aromas ficavam duas vezes melhores quando estavam juntos. Sentindo-se satisfeito consigo mesmo, Mac voltou para a sala, que estava cheia de seus humanos e seus gatinhos. Já estavam quase tão grandes quanto ele, mas sempre seriam filhotes para Mac.

Ele pulou no colo de Jamie e se aninhou ao lado de Amora. Ela fez um carinho sem jeito na cabeça dele, e Mac sentiu algo pegajoso grudando em seu pelo. Bem, é para o que servem as línguas, embora os humanos nunca fossem aceitar isso.

Pela primeira vez, ninguém estava com um cheiro triste. Ninguém estava com um cheiro ansioso. Seus gatinhos eram todos bem-cuidados pelos humanos que Mac selecionara para eles. Ele bocejou e fechou os olhos. Merecia uma soneca. Provavelmente teria de ser curta, sabendo o quanto os humanos tinham dificuldade de cuidar de si mesmos. Eles não eram muito espertos.

Mas eram muito amáveis.

Este livro foi composto na tipografia ITC Souvenir Std,
em corpo 11/16, e impresso em papel off-white
no Sistema Cameron da Divisão Gráfica
da Distribuidora Record.